Marcada

The House of Night
Livro
1

8ª reimpressão - março/2014

P.C. Cast e Kristin Cast

Marcada

The House of Night
Livro
1

Tradução
Johann Heyss

novo século

São Paulo 2009

Produção editorial Sieben Gruppe Serviços Editoriais
Capa Genildo Santana - Lumiar Design
Projeto Gráfico Cissa Tilelli Holzschuh
Diagramação Denise Tilelli Ferretti
Preparação Maria Cristina Souza Leite
Revisão Equipe Novo Século Editora

Dados Internacionais de Catalogação na Publicação (CIP)
(Câmara Brasileira do Livro, SP, Brasil)

Cast, P.C.
Marcada / P. C. Cast e Kristin Cast ; tradução
Johann Heyss. – Osasco, SP : Novo Século Editora, 2009.
Título original: Marked.
1. Ficção norte-americana I. Cast, Kristin.
II. Título.

09-03992 CDD-813

Índices para catálogo sistemático:

1. Ficção : Literatura norte-americana 813

2009
IMPRESSO NO BRASIL
PRINTED IN BRAZIL

Alameda Araguaia, 2190 – 11º andar – Conj. 1111
CEP 06455-000 – Barueri/SP
Fone (11) 2321-5080 – Fax (11) 2321-5099
www.novoseculo.com.br
atendimento@novoseculo.com.br

Para nossa maravilhosa agente, Meredith Bernstein,
que disse as quatro palavras mágicas:
vampira terminando os estudos.
Nós adoramos você.

Agradecimentos

Eu gostaria de agradecer a John Maslin, um maravilhoso aluno, pela ajuda na pesquisa e por ler e dar opiniões sobre várias das primeiras versões deste livro. Sua contribuição foi inestimável.

Um grande OBRIGADO para o pessoal das minhas aulas de escrita criativa no ano letivo de 2005-2006. Seu *brainstorm* foi de grande ajuda (e bem divertido). Também quero agradecer à minha fantástica filha, Kristin, por garantir a linguagem adolescente. Sem você eu não teria conseguido. (Ela me fez escrever isto.)
P.C.

Quero agradecer à minha adorável mãe, mais conhecida como PC, por ser uma escritora tão inacreditavelmente talentosa e com quem foi tão fácil de trabalhar. (Tudo bem, foi ela quem me fez escrever isto.)
Kristin

P.C. e Kristin gostariam de agradecer a Dick Cast, seu pai/avô, pela hipótese biológica de ele ter ajudado a criar a base para os vampiros da Morada da Noite. Nós amamos você, pai/vô!

Do poema de Hesíodo para Nyx,
a personificação da Noite na mitologia grega:

"Lá também fica a sombria morada da Noite;
nuvens apavorantes a envolvem na escuridão.
Em frente a ela, Atlas permanece ereto
e sobre sua cabeça e braços incansáveis
sustenta com firmeza o amplo céu,
onde Noite e Dia cruzam uma soleira de bronze
e então, se aproximam e se saúdam."

HESÍODO, *TEOGONIA*

1

Justo quando eu achava que meu dia não tinha como piorar, vi o cara parado perto do meu armário. Kayla estava falando sem parar as baboseiras de sempre e nem reparou nele. De início, agora que parei para pensar de verdade, ninguém havia reparado nele antes que começasse a falar, o que reforça tragicamente minha esdrúxula incapacidade de me encaixar no grupo.

– Não, Zoey, *juro por Deus* que Heath não ficou *tão* bêbado depois do jogo. Você não devia ser tão dura com ele.

– É – disse eu distraidamente. – Claro – então tossi. Outra vez me senti um lixo. Eu devia estar sofrendo daquilo que o senhor Wise, meu "mais insano que o normal" professor de biologia do curso preparatório, chamava de Praga Adolescente.

Será que se eu morresse conseguiria escapar da prova de geometria de amanhã? A esperança é a última que morre.

– Zoey, por favor. Você está ouvindo? Acho que ele só tomou umas quatro, sei lá, cinco cervejas, e talvez umas três doses de licor. Mas isso não vem ao caso. Ele provavelmente nem teria bebido nada se os seus pais não a tivessem feito voltar para casa logo depois do jogo.

Trocamos um longo olhar de resignação e de total concordância em relação à última injustiça cometida contra mim por minha mãe e pelo infeliz do meu padrasto, com quem ela se casara há três longos anos. Então, após mal parar para respirar, K. continuou a tagarelar.

– Além do que, ele estava comemorando. Ou seja, nós derrotamos o *Union*! – K. sacudiu meu ombro e levou o rosto para perto do meu. – *Hello*! Seu namorado...

– Meu quase-namorado – eu a corrigi, tentando ao máximo não tossir sobre ela.

– Que seja. Heath é nosso zagueiro, então é claro que ele ia comemorar. Fazia um milhão de anos que o *Broken Arrow* não derrotava o *Union*.

– Dezesseis – sou um desastre em matemática, mas K. me faz parecer um gênio.

– Mais uma vez, *que seja*. A questão é: ele estava feliz. Você devia dar um desconto para o garoto.

– A questão é que ele estava bêbado pela quinta vez na semana. Desculpe, mas não quero sair com um cara cujo principal foco na vida passou de jogar futebol no time do colégio a enxugar uma caixa de cerveja sem engasgar. Para não mencionar que ele vai ficar gordo com tanta cerveja – tive de fazer uma pausa para tossir. Estava me sentindo meio tonta e forcei-me a respirar lenta e profundamente quando passou a crise de tosse. Não que a tagarela da K. tivesse reparado.

– Eca! Heath *gordo*! Tô fora desse visual.

Eu dei um jeito de ignorar outra vontade de tossir.

– Beijá-lo é como beijar um pudim de cachaça.

K. fez uma careta.

– Tá certo, sua doente. Pena que ele é tão gostoso.

Eu revirei os olhos sem fazer questão de esconder minha irritação com sua típica superficialidade.

– Você fica tão irritadiça quando está doente. Enfim, você não faz ideia da cara de cachorrinho abandonado de Heath depois que você o ignorou no almoço. Ele nem conseguia...

Então eu vi o cara novamente. Morto. Tudo bem, eu logo me dei conta que ele não estava tecnicamente "morto". Ele era um morto-vivo. Ou não humano. Sei lá. Os cientistas diziam uma coisa, as pessoas diziam outra, mas no final era sempre a mesma coisa. Não havia dúvida do que ele era, e mesmo se eu não tivesse sentido o poder e a escuridão que irradiavam dele, não havia como deixar de perceber sua *Marca*, a lua crescente azul-safira em sua testa e a tatuagem adicional de um nó entrelaçado que lhe emoldurava os olhos igualmente azuis. Ele era um vampiro, e pior... ele era um *Rastreador*.

Bem, bobagem! Ele estava ao lado do meu armário.

– Zoey, você não está ouvindo nada do que estou dizendo!

Então o vampiro falou e suas palavras cerimoniosas deslizaram pelo espaço entre nós, perigosas e sedutoras, como sangue misturado a chocolate derretido.

– Zoey Montgomery! Fostes escolhida pela Noite; tua morte será teu nascimento. A Noite te chama; preste atenção para escutar *Sua* doce voz. Teu destino aguarda por ti na Morada da Noite!

Ele ergueu um dedo longo e branco e apontou para mim. Minha testa explodia de dor e Kayla abriu a boca e gritou.

Quando as manchas brilhantes finalmente sumiram de minha visão eu levantei os olhos e vi o rosto pálido de K. me olhando fixamente.

Como de costume, eu disse a primeira coisa ridícula que me veio à cabeça.

– K., seus olhos estão pulando para fora de sua cabeça como os de um peixe.

– Ele *Marcou* você. Ah, Zoey! Você está com o desenho daquela coisa na sua testa! – então ela apertou a mão trêmula contra os lábios brancos, tentando, sem sucesso, suprimir o choramingo.

Eu me sentei e tossi. Estava com uma dor de cabeça de matar e esfreguei a marca deixada entre minhas sobrancelhas. Era como se eu tivesse sido picada por uma abelha; a dor descia irradiando ao redor dos olhos, chegando às maçãs do rosto. Senti que ia vomitar.

– Zoey! – K. agora estava chorando de verdade, falando entre pequenos soluços.

– Ah... Meu... Deus... Aquele cara era um *Rastreador* – um vampiro *Rastreador*!

– K. – pisquei os olhos com dificuldade, tentando fazer desaparecer a dor de minha cabeça –, pare de chorar. Você sabe que eu odeio quando você chora – estiquei o braço para tentar reconfortá-la com um tapinha nos ombros, mas ela automaticamente se encolheu e afastou-se de mim.

Eu não conseguia acreditar naquilo. Ela se encolheu mesmo, como se estivesse com medo de mim. Ela deve ter visto nos meus olhos que fiquei magoada, pois imediatamente começou a soltar um monte de suas típicas baboseiras.

– Ah, meu Deus, Zoey! O que você vai fazer? Você não pode ir àquele lugar. Não pode ser uma daquelas coisas. Isso não pode estar acontecendo! Com quem irei aos nossos jogos de futebol?

Percebi que ela não se aproximou nem um pouquinho de mim enquanto tagarelava. Reprimi as sensações de enjoo e mágoa que ameaçavam me levar às lágrimas. Meus olhos secaram instantaneamente. Eu era boa em esconder lágrimas. Era para ser mesmo; tive três anos de treino para ficar boa nisso.

– Tudo bem. Vou dar um jeito. Deve ser algum... algum erro bizarro – menti.

Eu não estava realmente falando; estava apenas soltando palavras pela boca. Ainda fazendo careta de dor de cabeça, levantei-me. Olhei ao redor e senti um leve alívio por K. e eu sermos as únicas pessoas na sala de matemática, e então tive de engolir uma gargalhada que eu sabia ser de nervoso. Se eu não estivesse totalmente maluca por causa daquela maldita prova de geometria, marcada para o dia seguinte, e tivesse corrido até meu armário para pegar meu livro e tentar obsessiva e inutilmente estudar à noite, o *Rastreador* teria me encontrado em frente à escola, em meio à maioria dos 1.300 garotos e garotas que deixavam naquele momento o Colégio *Broken Arrow*, esperando o que a idiota da minha irmã "clone de Barbie" gostava de chamar, toda metida, de "grandes limusines amarelas". Eu tenho carro, mas ficar junto dos menos afortunados que tinham de pegar ônibus é uma tradição respeitada, além de ser uma excelente maneira de ver quem está dando em cima de quem. Supostamente, só havia outro garoto na sala de matemática – um *nerd* alto e magro de dentes estragados que eu, infelizmente, pude ver bem demais, pois ele estava lá parado com a boca escancarada, olhando para mim como se eu tivesse dado à luz uma ninhada de porcos voadores.

Tossi de novo, desta vez uma tosse bem molhada e nojenta. O *nerd* fez um barulhinho rangente e saiu correndo em direção à sala da senhora Day, apertando uma tábua de xadrez contra o peito esquelético. Acho que haviam mudado o encontro do clube de xadrez para segunda-feira depois da escola.

Vampiros jogam xadrez? Vampiros eram *nerds*? E vampiras chefes de torcida estilo Barbie? Algum vampiro tinha banda? Será que os vampiros eram *emos* esquisitos do tipo que usam calças de garotas e aquelas franjas tenebrosas que cobrem metade da cara? Ou seriam todos que nem aqueles góticos que não gostam de tomar banho? Será que eu ia virar gótica? Ou pior, será que eu ia virar *emo*? Eu não gostava muito de usar preto, pelo menos não o tempo todo, nem estava sentindo súbita aversão por água e sabão, e nem estava com nenhuma vontade obsessiva de mudar o estilo do meu cabelo e exagerar no delineador.

Tudo isso girava em um turbilhão em minha mente quando senti novamente a vontade de gargalhar e deixar escapar o nervoso que estava preso em minha garganta. Quase agradeci por ter saído apenas como tosse.

– Zoey? Você está bem? – a voz de Kayla soou tão alta, como se alguém a estivesse beliscando, e ela deu mais um passo para trás, afastando-se de mim.

Eu suspirei e senti minha primeira faísca de raiva. Eu não havia pedido por nada disso. K. e eu éramos melhores amigas desde a terceira série e agora ela estava olhando para mim como se eu tivesse virado um monstro.

– Kayla, sou eu. A mesma de dois segundos atrás e duas horas atrás e dois dias atrás – fiz um gesto de frustração em direção à minha cabeça latejante. – Isto não muda quem eu sou!

Os olhos de K. ficaram molhados de novo, mas felizmente o telefone celular dela começou a tocar *Material Girl*, de Madonna. Automaticamente, ela deu uma olhada para ver quem estava ligando. Pela cara de espanto dela, eu podia jurar que era Jared, seu namorado.

– Vá – eu disse com voz cansada e inexpressiva – pegue carona para casa com ele.

Seu olhar de alívio foi como um tapa na minha cara.

– Ligue para mim – disse ela, olhando rapidamente para trás e batendo em retirada pela porta ao lado.

Fiquei olhando enquanto ela saiu correndo pelo gramado leste em direção ao estacionamento. Deu para ver que ela estava com o celular grudado na orelha e conversando toda animadinha com Jared. Tenho certeza que ela já estava contando a ele que eu estava virando um monstro.

O problema, claro, era que me transformar em monstro era a mais luminosa dentre minhas duas opções. Opção número um: eu viro vampira, o que significa monstro na cabeça de praticamente todo ser humano. Opção número dois: meu corpo rejeita a mudança e eu morro. Para sempre.

Então a boa notícia é que eu não teria que fazer a prova de geometria amanhã.

A má notícia é que eu teria que me mudar para a Morada da Noite, um internato no centro de Tulsa que era conhecido entre todos os meus amigos como Escola de Aperfeiçoamento de Vampiros, onde durante os próximos quatro anos eu passaria por transformações bizarras e mudanças físicas indescritíveis, bem como uma total, permanente e drástica mudança de vida. Isso se o processo todo não me matasse.

Ótimo. Eu não queria fazer nenhuma das duas coisas. Só queria tentar ser normal, apesar do fardo de meus pais mega-conservadores, do ogro do meu irmão mais novo e da minha irmã tão perfeitinha. Eu queria passar em geometria. Queria manter minhas notas altas para ser aceita no curso de veterinária da Universidade de Oklahoma e queria cair fora de Broken Arrow, Oklahoma. Mas o que mais queria era me encaixar – ao menos na escola. Em casa era esperança perdida, de modo que tudo que me restou foram meus amigos e minha vida longe da família.

Agora isso também estava sendo tirado de mim.

Eu esfreguei a testa e me descabelei até cobrir parcialmente meus olhos e, com sorte, a marca que aparecera sobre eles. Mantendo a cabeça abaixada, corri até a porta que dava para o estacionamento dos alunos.

Mas parei pouco antes de sair. Pelas janelas abertas que ladeavam as portas de aparência institucional pude ver Heath. As garotas se aglomeravam ao redor dele, fazendo pose e jogando os cabelos, enquanto os caras do lado de fora faziam manobras ridículas em suas enormes picapes, tentando (mas geralmente não conseguindo) parecer descolados. Não dá para entender como eu escolheria *isso* para me atrair? Não, para ser justa comigo mesma, devo lembrar que Heath costumava ser incrivelmente doce, e ainda agora ele tinha seus momentos. Principalmente quando se dava ao trabalho de se manter sóbrio.

Os risinhos histéricos e agudos das garotas voaram rapidamente do estacionamento até mim. Ótimo. Kathy Richter, a maior cachorra da escola, estava fingindo que dava um tapa em Heath. Até mesmo de onde eu estava ficava óbvio que ela achava que bater nele era algum tipo de ritual de acasalamento. Como sempre, o sem-noção do Heath só ficou parado, rindo. Ora, que inferno, pelo jeito meu dia não ia melhorar em nada. E meu fusca 1966 azul-ovo-de-pintarroxo estava bem no meio deles. Não, eu não podia ir até lá. Não podia caminhar no meio de todos eles com este troço na minha testa. Jamais conseguiria ser parte deles outra vez. Já sabia muito bem o que eles fariam. Lembrei-me do último garoto que um *Rastreador* escolhera na escola.

Acontecera no começo do ano letivo passado. O *Rastreador* chegara antes da escola começar suas atividades e escolheu o garoto como alvo quando ele estava caminhando para sua primeira aula. Eu não vi o *Rastreador*, mas depois vi o garoto, só por um segundo, depois que ele largou os livros e saiu correndo do edifício com sua nova Marca brilhando na testa pálida e com suas bochechas muito brancas lavadas por lágrimas. Jamais me esqueci como os corredores estavam cheios naquela manhã e como todo mundo se afastou quando ele tentou fugir pela porta da frente da escola, como se ele tivesse alguma doença contagiosa. Eu fui uma das que recuou e ficou olhando quando ele passou, apesar de sinceramente sentir muito por ele. Só não queria ser rotulada como uma daquelas "garotas amigas de esquisitos". Meio irônico, não é?

Ao invés de ir para o meu carro, fui para o toalete mais próximo que, felizmente, estava vazio. Havia três cabines – sim, eu conferi duas vezes para ver se via os pés de alguém. Em uma das paredes havia duas pias, sobre as quais estavam pendurados dois espelhos de tamanho médio. Em frente às pias havia uma parede coberta por um enorme espelho sob o qual existia uma prateleira para colocar escovas, maquiagem e qualquer outra coisa. Pus minha bolsa e meu livro de geometria sobre ela, respirei fundo e, com um só movimento, levantei a cabeça e escovei meus cabelos para trás.

Era como olhar para o rosto de um estranho familiar. Sabe aquela pessoa que você vê no meio da multidão e jura que conhece, mas não conhece? Agora esta pessoa era eu: a estranha conhecida.

Ela tinha os meus olhos, que ostentavam o mesmo tom de avelã que parecia indeciso entre o verde ou o castanho. Mas meus olhos nunca foram tão grandes e redondos. Ou foram? Ela tinha os meus cabelos – longos e lisos e quase tão escuros quanto os de minha avó antes de começarem a ficar grisalhos. A estranha tinha as minhas pronunciadas maçãs do rosto, nariz longo e lábios fartos – mais traços de vovó e seus antepassados *Cherokee*. Mas meu rosto jamais fora tão pálido... talvez apenas parecesse pálido em comparação com o desenho azul-escuro de uma lua crescente perfeitamente posicionada no meio de minha testa. Ou quem sabe fosse aquela horrenda luz fluorescente. Torci para que fosse a luz.

Olhei fixo para a exótica tatuagem. Misturada às minhas feições *Cherokee*, parecia uma marca de bestialidade... como se eu pertencesse a tempos ancestrais, quando o mundo era maior... mais bárbaro.

Depois deste dia minha vida nunca mais seria a mesma. E por um momento – só por um instante – me esqueci do horror de ser excluída e senti um chocante estouro de prazer, enquanto internamente regozijava o sangue do povo de minha avó.

2

Quando achei que já tinha dado tempo para todo mundo ter ido embora da escola, joguei o cabelo sobre a testa e saí do banheiro correndo em direção às portas que davam para o estacionamento dos alunos. A área parecia limpa – só tinha um ou outro garoto usando aquelas pavorosas calças *baggy* folgadas do tipo "aspirante a marginal" que deixavam o cofrinho à mostra. Segurar as calças para não caírem enquanto caminhavam consumia toda sua concentração; eles nem repararam em mim. Eu rangi os dentes pela dor que latejava em minha cabeça, destranquei a porta e fui direto para meu fusquinha.

No momento em que pus os pés para fora o sol começou a me destruir. Quer dizer, não era um dia especialmente ensolarado; no céu flutuavam muitas daquelas nuvens grandes e fofas que ficavam lindas em fotos, e elas bloqueavam parcialmente o sol. Mas isso não ajudou em nada. Tive de comprimir os olhos dolorosamente e fazer de conta que os protegia daquela luz intermitente com a mão. Acho que estava tão concentrada na dor que sentia, e só por causa de uma luminosidade normal, que só reparei na picape quando ela parou a um triz de mim.

– Ei, Zo! Não recebeu minha mensagem?

Ah, merda, merda, merda! Era Heath. Levantei a cabeça para olhar para ele por entre os dedos como se estivesse assistindo a um daqueles filmes idiotas de carnificina. Ele estava sentado na caçamba da picape de seu amigo Dustin. Vi que atrás dele, na cabine, estavam o próprio Dustin e seu irmão, Drew, fazendo o mesmo de sempre – brigando e discutindo sobre sabe Deus que idiotice de garotos. Felizmente, eles me ignoraram. Olhei para Heath novamente e suspirei. Ele estava com uma cerveja na mão e um sorriso apatetado no rosto. Esqueci momentaneamente que acabara de ser Marcada e estava fadada a me tornar um monstro bebedor de sangue e marginalizado e fiz cara feia para Heath.

– Está bebendo na escola? Ficou maluco?

Seu sorrisinho de menino cresceu.

– Sim, sou maluco, e você, meu bem?

Eu o reprovei com a cabeça e dei-lhe as costas, abrindo a porta rangente do meu fusca e jogando meus livros e mochila no banco do acompanhante.

– Por que vocês não estão treinando futebol? – perguntei, ainda mantendo o rosto virado.

– Você não ouviu? Ganhamos o dia de folga por causa da lavada que demos no *Union* na sexta-feira!

Dustin e Drew, que afinal deviam mesmo estar meio que prestando atenção em Heath e eu, soltaram de dentro da cabine uns "*Whoo-hoo*" e "*yeah*" bem típicos de Oklahoma.

– Ah, hum... não. Eu devo ter perdido o anúncio. Estive ocupada hoje. Sabe, amanhã tem uma prova de geometria das grandes – tentei soar normal e indiferente. Então tossi e acrescentei – além do que, estou pegando uma gripe daquelas.

– Zo, na boa, você tá chateada com alguma coisa? Tipo, a Kayla disse alguma besteira sobre a festa? Você sabe que eu não lhe traí de verdade.

Ahn? Kayla não disse uma palavra que fosse sobre Heath me trair. Esqueci (tudo bem que temporariamente), como uma demente, da minha nova Marca. Virei a cabeça de repente para poder fuzilá-lo com os olhos.

– O que você fez, Heath?

– Eu, Zo? Você sabe que eu jamais... – mas seu número de inocente e suas desculpas foram suprimidos por uma nada atraente expressão boquiaberta de choque quando ele viu minha Marca – mas o que... – ele começou a dizer, mas eu o interrompi.

– *Shhh*! – virei a cabeça em direção a Dustin e Drew, que ainda não faziam ideia de nada e agora estavam cantando junto com o último *CD* de Toby Keith, a plenos pulmões e sem um pingo de afinação.

Os olhos de Heath ainda estavam arregalados de choque, mas ele baixou a voz.

– Isso aí é alguma maquiagem que você fez para a aula de teatro?

– Não – murmurei – não é.

– Mas você não pode ser Marcada. Nós estamos ficando.

– Nós não estamos ficando! – e assim acabou a semitrégua da minha tosse. Eu praticamente me dobrei de tossir, uma tosse nojenta e cheia de muco.

– Ei, Zo! – Dustin gritou da cabine – você precisa se livrar desses cigarros!

– É, você parece que vai cuspir um pulmão – completou Drew.

– Cara! Deixe-a em paz. Você sabe que ela não fuma. Ela é vampira.

Ótimo. Maravilha. Heath, com sua costumeira falta de qualquer traço de bom senso, achou que estava me defendendo ao gritar com os amigos, que instantaneamente enfiaram as cabeças para fora das janelas abertas e olharam para mim com cara de idiotas, como se eu fosse um experimento científico.

– Cara! Zoey é uma criatura bizarra! – disse Drew.

As palavras insensíveis daquele garoto fizeram borbulhar e derramar a raiva que fervia em silêncio em alguma parte dentro de meu peito desde que Kayla se encolheu de medo de mim. Ignorando a dor que o sol me causava, eu olhei bem nos olhos de Drew.

– Cala a droga dessa boca! Já tive um dia péssimo e não preciso ficar ouvindo besteiras de você – olhei para ele, que agora estava em silêncio e de olhos arregalados, e para Dustin, e acrescentei: – Nem de você – e enquanto mantive contato visual com ele me dei conta de algo que me chocou e estranhamente me excitou: Dustin parecia estar com medo.

Com muito medo. Olhei novamente para Drew. Ele parecia com medo também. Então senti aquela coisa. Uma sensação de formigamento que subiu por minha pele e fez arder minha Marca.

Poder. Eu senti poder.

– Zo? Que droga é essa? – a voz de Heath desviou minha atenção e meu olhar dos outros.

– Vamos cair fora daqui! – disse Dustin, engatando a marcha no carro e pisando no acelerador. A picape subitamente avançou, fazendo Heath perder o equilíbrio e escorregar no asfalto do estacionamento girando como um redemoinho de braços, livros e respingos de cerveja.

Automaticamente corri até ele.

– Você está bem? – Heath estava de quatro e eu me abaixei para ajudá-lo a se levantar.

Foi quando senti o cheiro. Havia algo com um cheiro maravilhoso: quente, doce e delicioso.

Será que Heath estava usando algum perfume novo? Algum daqueles troços esquisitos cheios de feromônios que supostamente atraem as mulheres como se fosse um grande controle remoto geneticamente modificado? Não me dei conta do quanto estava perto dele até que ele se levantou e nossos corpos quase pressionaram um ao outro. Ele baixou os olhos em minha direção com uma pergunta no olhar.

Eu não recuei. Devia ter recuado. Antes eu teria... mas agora não. Hoje não.

– Zo? – ele disse baixinho, com voz profunda e rouca.

– Você está com um cheiro ótimo – não resisti a dizer. Meu coração batia tão alto que dava para ouvir o eco em minhas têmporas latejantes.

– Zoey, senti muito sua falta. Precisamos voltar. Você sabe que eu te amo – ele se aproximou para tocar meu rosto, e ambos reparamos no sangue na palma de sua mão.

– Ah, merda. Acho que eu... – sua voz sumiu quando ele olhou para o meu rosto. Só faço ideia de como eu devia estar, com a cara toda branca, minha nova Marca traçada num ardente azul-safira e olhando fixo para o sangue na mão dele. Eu não conseguia me mexer; não conseguia desviar o olhar.

– Eu quero... – murmurei – eu quero... – o que eu queria? Não conseguia dizer com palavras. Não, não era isso. Eu não queria dizer com palavras. Não diria em voz alta nada sobre a devastadora onda de desejo incandescente que tentava me tragar. E não era porque Heath estava tão perto de mim. Ele já estivera perto de mim antes. Ora, droga, fazia um ano que assumimos o namoro, mas ele nunca me fizera sentir assim, não deste jeito. Mordi os lábios e gemi.

A picape freou chiando e embicou ao nosso lado. Drew saltou e agarrou Heath pela cintura, puxando-o para a caçamba do veículo.

– Me solta! Estou falando com Zoey!

Heath tentou se desvencilhar de Drew, mas o garoto era batedor veterano no *Broken Arrow*, era realmente gigantesco. Dustin bateu a porta da picape e acelerou.

– Deixe-o em paz, sua anormal! – Drew gritou para mim quando Dustin pisou fundo no acelerador, e dessa vez saíram cantando pneus.

Entrei no meu fusca. Minhas mãos tremiam tanto que eu tive que tentar três vezes até conseguir ligar o carro.

– É só chegar em casa. É só chegar em casa – fiquei repetindo essas palavras entre uma tosse e outra enquanto dirigia. Nada de pensar no que acabara de acontecer. Eu não conseguia pensar no que acabara de acontecer.

A viagem para casa levou quinze minutos, mas pareceu passar num piscar de olhos. Logo eu estava na garagem, tentando me preparar para a cena que eu tinha certeza que me esperava lá dentro.

Por que eu estava tão ansiosa para chegar aqui? Acho que tecnicamente não estava assim tão ansiosa. Acho que estava apenas querendo fugir do que acontecera no estacionamento com Heath.

Não! Eu não ia pensar nisso agora. E de mais a mais devia haver alguma explicação racional para tudo, uma explicação racional e simples. Dustin e Drew eram retardados – pinguços totalmente imaturos. Não usei nenhum poder especial sinistro para intimidá-los. Eles só deram ataque porque eu fui Marcada. Era isso. Tipo, as pessoas costumam ter medo de vampiros.

– Mas eu *não* sou vampira! – disse. Então tossi ao lembrar de como o sangue de Heath me parecera hipnoticamente belo e do súbito desejo que ele me fez sentir. Desejo pelo seu sangue.

Não! Não! Não! Sangue não era belo nem desejável. Eu devia estar em estado de choque. É isso. Tinha de ser isso. Eu estava em estado de choque e não estava pensando direito. Tudo bem... Tudo bem... Distraída, toquei minha testa. Parara de arder, mas mesmo assim sentia algo diferente. Tossi pela zilionésima vez. Ótimo. Não ia pensar em Heath, mas não podia mais negar. Eu *estava* me sentindo diferente. Minha pele estava ultrassensível. Meu peito doía, e apesar de estar usando meus lindos óculos de sol *Maui Jim*, meus olhos continuavam a lacrimejar dolorosamente.

– Estou morrendo... – gemi, e então prontamente tranquei os lábios. Eu bem que podia estar morrendo. Levantei os olhos em direção à grande casa na qual não me sentia à vontade mesmo depois de três anos.

– Enfrente isso. Simplesmente enfrente – ao menos minha irmã ainda não estaria em casa – ensaio da torcida. Tomara que o ogro estivesse totalmente hipnotizado por seu novo *video game Delta Force: Black Hawk Down* (hummm... perfeito). Acho que poderei ficar a sós com minha mãe. Talvez ela entenda... talvez ela saiba o que fazer...

Ah, que inferno! Eu tinha dezesseis anos, mas de repente me dei conta que tudo que eu mais queria era minha mãe.

– Por favor, faça-a entender – murmurei em uma simples prece a qualquer deus ou deusa que pudesse estar me ouvindo.

Como sempre, entrei pela garagem. Caminhei pelo corredor em direção ao meu quarto e joguei meu livro de geometria, minha bolsa e minha mochila sobre a cama. Depois respirei fundo e fui, um tanto trêmula, procurar por minha mãe.

Ela estava na sala de estar, enroscada na beira do sofá, bebericando uma xícara de café e lendo *Chicken Soup for a Woman's Soul*[1]. Ela parecia tão normal, bem como sempre fora seu jeito. A não ser pelo fato de que costumava ler romances exóticos e se maquiar. Ambas eram coisas que seu novo marido não permitia (que droga).

– Mãe?

– Hum? – ela não olhou para mim.

Engoli em seco.

– Mamãe – chamei-a do jeito que costumava fazer antes de ela se casar com John – preciso de sua ajuda.

Não sei se foi o uso inesperado do termo "mamãe" ou se algo em minha voz acionou um pouco da boa e velha intuição materna que ela ainda devia ter em algum ponto dentro de si, mas os olhos que ela levantou imediatamente do livro estavam suaves e cheios de preocupação.

– O que foi, meu bem – ela começou, e então suas palavras pareceram congelar nos lábios quando seus olhos encontraram a Marca em minha testa.

– Ah, Deus! O que você fez desta vez?

Meu coração começou a doer novamente.

– Mãe, eu não fiz nada. Não fiz nada para isso acontecer comigo. Não tenho culpa.

– Ah, por favor, não! – ela choramingou, como se eu não tivesse dito nada – o que seu pai vai dizer?

Tive vontade de gritar "*como alguma de nós pode saber que diabo meu pai ia dizer se não o víamos e nem ouvíamos falar dele há quatorze anos!*", mas sabia que não ia adiantar nada, e ela sempre ficava furiosa quando eu a lembrava que John não era meu pai "de verdade". Então tentei uma tática diferente – uma da qual eu desistira três anos atrás.

1 Livro de autoajuda voltado para o público feminino. Sem título em português. (N.T.)

– Mamãe, por favor. Pode simplesmente não contar nada a ele? Ao menos por um ou dois dias? Deixe tudo entre nós duas até a gente... sei lá... se acostumar com isto, ou algo assim – prendi a respiração.

– Mas o que eu vou dizer? Você não conseguirá cobrir esse troço nem com maquiagem – ela curvou os lábios de um jeito esquisito ao lançar um olhar nervoso para a lua crescente.

– Mãe, eu não disse que ficaria aqui até nos acostumarmos com isto. Tenho que ir embora; você sabe disso. Tive de fazer uma pausa enquanto uma tosse das grandes me fez sacudir os ombros. – O *Rastreador* me Marcou. Tenho que me mudar para a Morada da Noite, senão vou ficar cada vez mais doente – *e morrer*, tentei lhe dizer a última palavra com os olhos. Não seria capaz de pronunciar aquilo.

– Só preciso de uns dias para conseguir lidar com... – parei de repente para não ter de dizer o nome dele, e desta vez tossi de propósito, o que não foi difícil.

– O que direi ao seu pai?

Senti uma onda de pânico na voz dela. Ela não era a mãe? Não era ela quem tinha de oferecer respostas ao invés de perguntas?

– Só... diga a ele que vou passar os próximos dias na casa da Kayla porque temos um trabalho de biografia dos grandes para fazer.

Vi a mudança nos olhos de minha mãe. A preocupação sumira, dando lugar a uma dureza que eu conhecia tão bem.

– Então você está dizendo que quer que eu minta para ele.

– Não, mãe. Estou dizendo que quero que você, pelo menos desta vez, coloque minhas necessidades acima da vontade dele. Quero que você seja minha mãe. Que me ajude a fazer as malas e me leve de carro até aquela nova escola, pois estou com medo e doente e não sei se consigo fazer tudo isso sozinha! – terminei de dizer aquilo, afobada, respirando com dificuldade e tossindo na mão.

– Eu não sabia que havia deixado de ser sua mãe – ela disse friamente.

Ela me cansou ainda mais do que Kayla. Dei um suspiro.

– Acho que esse é o problema, mãe. Você não se importa o suficiente para saber. Você só se importa com John desde que se casou com ele.

Ela olhou feio para mim.

– Não sei como você pode ser tão egoísta. Não vê tudo que ele fez por nós? Graças a ele eu larguei aquele emprego horroroso na *Dillard's*. Graças a ele não temos que nos preocupar com dinheiro e temos esta casa linda e espaçosa. Graças a ele temos segurança e um futuro brilhante.

Eu já tinha escutado tanto aquelas palavras que podia recitá-las de cor. Era nesse ponto de nossas "não conversas" que eu costumava pedir desculpas e voltar para meu quarto. Mas hoje eu não podia pedir desculpas. Hoje era diferente. Tudo era diferente.

– Não, mãe. A verdade é que graças a ele faz três anos que você não presta atenção em seus filhos. Você sabia que sua filha mais velha tornou-se uma garota fácil e mimada que já transou com metade do time de futebol? Sabe dos *video games* asquerosos e sanguinolentos que Kevin esconde de você? Não, claro que não sabe! Os dois fingem que são felizes e que gostam de John e mantêm toda a falsidade nesta família só para que você sorria para eles, e reze por eles e os deixe fazer o que querem. E eu? Você acha que sou má porque eu não finjo – porque sou franca. Sabe de uma coisa? Estou tão cansada da minha vida que fico feliz por ter sido Marcada pelo *Rastreador*. Eles chamam aquela escola de vampiros de Morada da Noite, mas nada pode ser mais sombrio que este lar perfeito! – antes que eu começasse a chorar ou gritar, dei meia volta e fui para o meu quarto, e bati a porta ao entrar.

Tomara que todos se afoguem.

Dava para ouvir pelas paredes finas que ela estava histérica, ligando para John. Sem dúvida ele ia correr para casa para lidar comigo: "O Problema". Ao invés de sentar na cama e chorar como estava tentada a fazer, tirei todas as coisas da escola de minha mochila. Nem ia precisar de nada daquilo no lugar para onde eu estava indo. Eles não deviam nem ter aulas normais. Provavelmente eram aulas de Como Rasgar Gargantas Nível I e... e... Introdução à Visão no Escuro. Sei lá.

A despeito do que minha mãe fazia ou não fazia, eu não podia ficar. Tinha que ir embora.

Então o que precisaria levar?

Minhas duas calças jeans favoritas, além da que eu estava usando. Duas camisetas pretas. Tipo, o que mais vampiros usariam? Além do que, preto emagrece. Quase deixei de lado meu lindo e cintilante colar azul-esverdeado, mas tantas peças pretas iam me deprimir ainda mais... então incluí o colar. Depois enfiei um monte de sutiãs, calcinhas, xampus e maquiagem na bolsa lateral. Quase deixei meu bichinho de pelúcia, o "*pesh*" Otis (não conseguia falar "peixe" quando tinha dois anos), em cima do travesseiro, mas... bem... vampira ou não, acho que não conseguiria dormir muito bem sem ele. Então o enfiei gentilmente na droga da mochila.

Foi quando ouvi baterem na minha porta e a voz daquela coisa me chamou.

– Que é? – eu gritei, e tive um violento ataque de tosse.

– Zoey. Sua mãe e eu precisamos falar com você.

Que ótimo. Estava na cara que eles não haviam se afogado.

Eu dei um tapinha no ombro de Otis. – Ah, Otis, que saco – levantei os ombros, tossi outra vez e fui encarar o inimigo.

3

À primeira vista meu "padrastotário", John Heffer, parece um cara legal, até mesmo normal. (Sim, o sobrenome dele é esse mesmo: Heffer[2], e infelizmente, também é o sobrenome de minha mãe. Ela é a senhora Heffer. Dá para acreditar nisso?) Quando ele e minha mãe começaram a sair juntos eu cheguei a ouvir por acaso algumas das amigas de minha mãe chamá-lo de "lindo" e "charmoso". No começo. Claro que agora minha mãe tem outro grupo de amigas; aquelas que o senhor "lindo e charmoso" considera mais adequadas para minha mãe do que as amigas divertidas e solteiras com as quais ela costumava sair.

Eu nunca gostei dele. Mesmo. Não estou dizendo isso só porque não o suporto agora. Desde o primeiro dia em que o vi, só enxergo uma coisa: um fingidor. Ele finge que é um cara legal. Ele finge que é bom marido. Ele até finge ser bom pai.

Ele é um coroa como outro qualquer. Tem cabelos escuros, perninhas de graveto e está começando a ficar barrigudo. Seus olhos são como sua alma, de um castanho frio e desbotado.

Entrei na sala de estar e o vi parado de pé ao lado do sofá. Minha mãe estava encolhida na ponta do sofá, agarrando a mão dele. Seus olhos estavam vermelhos e úmidos. Que ótimo. Ela ia bancar a Mãe Magoada Histérica. Uma cena que ela desempenhava muito bem.

---

2 Heffer: em inglês significa "mulher gorda". (N.T.)

John havia começado a tentar me fulminar com os olhos, mas minha Marca o distraiu. Seu rosto se retorceu de nojo.

– Vá de retro, Satanás! – disse ele, com aquela que eu costumava chamar de voz de sermão.

– Não é Satanás. Sou só eu – suspirei.

– Isso não é hora de ser sarcástica, Zoey – disse minha mãe.

– Eu cuido disso, meu bem – disse o "padrastotário", dando tapinhas distraídos no ombro dela e voltando novamente a atenção para mim. – Eu avisei que seu mau comportamento e seu jeito abusado acabariam lhe prejudicando. Nem me surpreende que isso tenha acontecido tão cedo.

Eu neguei com a cabeça. Esperava por isso. Esperava mesmo por isso, mas ainda assim me chocava. O mundo inteiro sabia que ninguém podia fazer nada para provocar a Transformação. Toda aquela história de "se um vampiro lhe morder você vai morrer e se transformar em um deles" é pura ficção. Há anos que os cientistas vêm tentando descobrir o que causa a sequência de eventos físicos que leva ao vampirismo, na esperança de assim descobrir a cura, ou ao menos inventar uma vacina para combatê-lo. Até agora, ninguém teve sorte. Mas agora John Heffer, meu "padrastotário", descobrira subitamente que mau comportamento adolescente – especificamente da minha parte, que consistia em mentiras ocasionais, alguns pensamentos irritados e comentários petulantes direcionados basicamente contra meus pais e, talvez, um tesão semi-inofensivo por Ashton Kutcher (pena que ele gosta de mulheres mais velhas) – causara essa reação física em meu corpo. Ora, que inferno. Quem sabe?

– Isto não foi algo que causei – finalmente consegui dizer – isto não aconteceu *por minha causa*. Foi algo que me fizeram. Todos os cientistas do planeta concordam com isto.

– Os cientistas não sabem de tudo. Eles não são homens de Deus.

Eu fiquei só olhando para ele. Ele era Veterano do Povo de Fé, uma posição da qual ele tanto se orgulhava. Foi uma das razões pelas quais minha mãe se atraiu por ele e, em nível estritamente lógico, eu conseguia entender por que. Ser um Veterano significava que ele era um homem bem-sucedido. Ele tinha o emprego certo. Uma bela casa. A família perfeita. Supunha-se que ele fazia as coisas certas e acreditava no caminho certo. Teoricamente ele teria sido uma ótima escolha de novo marido e novo pai para nós. Infelizmente a teoria não expunha a história completa. E agora, como era de se esperar, ele ia bancar o Veterano e jogar Deus na minha cara. Eu seria capaz de apostar minhas lindas sandálias *Steve Madden* novas que aquilo irritava a Deus tanto quanto irritava a mim.

Tentei de novo.

– Estudamos isso na aula de biologia. É uma reação física que ocorre nos corpos de alguns adolescentes quando aumentam os níveis de hormônio – parei, pensando com muita dificuldade e toda orgulhosa de mim mesma por me lembrar de algo que aprendi no semestre passado. – Em algumas pessoas os hormônios despertam qualquer coisa em uma... uma... – pensei mais um pouco e me lembrei – ramificação danificada de DNA que dá início à Transformação – sorri, não para John na verdade, mas de entusiasmo com minha capacidade de lembrar da matéria que terminamos de estudar meses antes. Percebi que o sorriso fora um equívoco ao ver que ele estava trincando o maxilar daquele jeito já conhecido.

– O conhecimento de Deus ultrapassa a ciência e é blasfêmia negar isso, minha jovem.

– Eu não disse que os cientistas sabem mais que Deus! – levantei as mãos e tentei segurar uma tosse – só estou tentando lhe explicar este troço.

– Não preciso que nenhuma garota de dezesseis anos me explique coisa alguma.

Bem, ele estava usando aquela calça horrível e aquela camisa horrorosa. Estava na cara que ele precisava que uma adolescente lhe explicasse coisas, mas achei que não era a melhor hora de mencionar seu infeliz e obviamente perturbado senso de estilo.

– Mas, John, querido, o que faremos com ela? O que os vizinhos vão dizer? – seu rosto empalideceu ainda mais e ela soltou um pequeno soluço. – O que as pessoas dirão no Encontro de Domingo?

Ele apertou os olhos quando abri a boca para responder e interrompeu antes que eu conseguisse falar.

– Nós vamos fazer o que qualquer boa família faria. Vamos entregar a situação a Deus.

Eles iam me mandar para um convento? Infelizmente, tive que lidar com outro acesso de tosse, de modo que ele continuou falando.

– Vamos entregar o caso para o doutor Asher. Ele saberá o que fazer para acalmar esta situação.

Maravilhoso. Fabuloso. Ele vai chamar o psiquiatra da família, o "Homem Incrivelmente Inexpressivo". Perfeito.

– Linda, ligue para o número de emergência do doutor Asher, e em seguida acho que seria boa ideia ativar a corrente telefônica de preces. Certifique-se que os outros Veteranos saibam que devem se reunir aqui.

Minha mãe assentiu e começou a se levantar, mas as palavras que saíram da minha boca os fizeram cair sentados de novo no sofá.

– O quê? Sua resposta é ligar para um psiquiatra totalmente sem noção sobre adolescentes e trazer aqueles imbecis Veteranos conservadores para cá? Até parece que eles vão sequer tentar entender! Não! Vocês não percebem? Eu tenho que ir embora. Esta noite – tossi, um som realmente visceral que doeu em meu peito. – Viu? Isto só vai piorar se eu não estiver com os... – hesitei. Por que era tão difícil dizer "vampiros"? Porque soava tão diferente, tão decisivo, e parte de mim reconheceu, tão fantástico. – Tenho que ir para a Morada da Noite.

Mamãe deu um pulo e por um segundo achei que ela fosse mesmo me salvar. Então John pôs o braço ao redor do ombro dela, possessivo. Ela olhou para ele e quando voltou a me encarar, seus olhos pareciam pedir desculpas, mas suas palavras, como era típico, refletiam apenas o que John queria que ela dissesse.

– Zoey, com certeza não haveria mal nenhum se você passasse apenas esta noite em casa, não é?

– Claro que não – John disse a ela. – Tenho certeza que o doutor Asher verá que há necessidade de uma visita em domicílio. Com ele aqui, ela vai ficar bem – e deu um tapinha em seu ombro, fingindo ser gentil, mas soando, na verdade, pegajoso.

Tirei os olhos dele e voltei-me para minha mãe. Eles não me deixariam ir embora. Nem hoje à noite, e talvez nunca, ou pelo menos não antes de os paramédicos me rebocarem. Subitamente entendi que a questão não era só esta Marca e o fato de minha vida ter mudado completamente. A questão era o controle. Se eles me deixassem ir embora, estariam de alguma forma perdendo. No caso de minha mãe, preferia pensar que ela tinha medo de me perder. Eu sabia o que John não queria perder. Ele não queria perder sua preciosa autoridade e a ilusão de que formávamos uma familiazinha perfeita. Como mamãe já dissera, *O que os vizinhos iriam, pensar – o que as pessoas iriam pensar no Encontro de Domingo?* John tinha de preservar a ilusão, e se para isso era preciso me deixar ficar realmente doente, ora, bem, era um preço que ele estava disposto a pagar.

Mas eu não estava disposta.

Acho que estava na hora de tomar as coisas nas próprias mãos (afinal, minhas unhas estavam muito bem feitas).

– Ótimo – eu disse. – Ligue para o doutor Asher. Ative a linha de preces telefônicas. Mas vocês se importam se eu for me deitar até todos chegarem aqui? – tossi novamente por via das dúvidas.

– Claro que não, meu bem – mamãe disse, demonstrando alívio. – Provavelmente você vai se sentir melhor se descansar um pouquinho – então ela se afastou do braço possessivo de John. Sorriu e me abraçou. – Quer que eu leve algum remédio para sua tosse?

– Não, eu vou melhorar – disse, agarrando-me a ela só por um segundo, querendo tanto voltar três anos no tempo quando ela ainda era minha – e ainda estava do meu lado. Então respirei fundo e recuei. – Vou melhorar.

Ela olhou para mim e balançou a cabeça como se pedisse desculpas do único jeito que podia, ou seja, com os olhos.

Eu me virei e caminhei para o quarto. Pelas costas, o "padrastotário" disse:

– Por que você não aproveita e nos faz o favor de arrumar um talco ou algo assim para cobrir esse troço em sua testa?

Eu nem sequer fiz uma pausa. Só continuei caminhando. E não ia chorar.

Vou me lembrar disso – disse a mim mesma severamente. – *Vou me lembrar de como me fizeram sentir terrível hoje. Então, quando eu estiver com medo e sozinha e estiver acontecendo sei lá mais o quê, vou me lembrar que nada podia ser pior do que ficar aqui. Nada.*

4

Então eu me sentei na cama e tossi, ouvindo minha mãe ligar toda histérica para o número de emergência do psiquiatra, e em seguida, não menos histérica, fazer uma segunda ligação para ativar a temível corrente de preces por telefone do Povo de Fé. Dentro de trinta minutos nossa casa começaria a ficar cheia daquelas gordas senhoras e seus maridos pedófilos de olhos maliciosos. Eles me chamariam para a sala de estar. Minha Marca seria considerada um "problema realmente grande e constrangedor", de modo que me untariam com alguma meleca que com certeza me entupiria todos os poros e me deixaria com uma espinha gigante na testa. Depois colocariam a mão na minha cabeça e começariam a rezar. Pediriam a Deus para me ajudar a deixar de ser uma adolescente terrível e um problema para meus pais. Ah, e aquela coisinha que era minha Marca teria de desaparecer também.

Se fosse assim tão simples. Seria um prazer entrar em acordo com Deus para ser uma boa menina em troca de mudar de escola e de espécie. Até faria a prova de geometria. Bem, *o.k.*, talvez não a prova de geometria – mas, mesmo assim, eu não pedi para me transformar em um monstro. Aquilo tudo significava que eu tinha que ir embora. Começar minha vida de novo em algum lugar onde eu fosse nova no pedaço. Em algum lugar em que eu não tivesse amigos. Pisquei os olhos com dificuldade, fazendo força para não chorar. A escola era o único lugar no qual ainda me sentia em casa; meus amigos eram minha única família. Eu cerrei os punhos e esfreguei os olhos para não chorar. Uma coisa de cada vez – eu faria uma coisa de cada vez.

Para começo de conversa, eu não lidaria de jeito nenhum com clones do "padrastotário". E, como se o Povo de Fé não fosse ruim o bastante, a terrível sessão de preces seria seguida por uma sessão igualmente irritante com o doutor Asher. Ele me faria um monte de perguntas sobre como me sentia em relação a isso e aquilo. Depois viriam com aquela conversinha, dizendo que raiva e angústia eram coisas normais em adolescentes, mas que só eu podia decidir o tamanho do impacto que isso teria em minha vida... blá-blá-blá e como se tratava de uma "emergência", ele provavelmente ia querer que eu desencavasse algo que representasse minha criança interior ou sei lá o quê.

Eu, com certeza, precisava sair dali.

Que bom que eu sempre fora a "ovelha negra" e estava muito bem preparada para uma situação dessas. Tudo bem, eu não estava pensando exatamente em fugir de casa para sair correndo e me juntar aos vampiros quando guardei uma chave reserva debaixo do vaso de flores na minha janela. Eu estava apenas pensando que talvez pudesse querer dar uma escapada até a casa de Kayla. Ou, se eu realmente quisesse ser uma menina má podia encontrar Heath no parque para ficarmos. Mas então Heath começou a beber cada vez mais e eu comecei a virar vampira. Às vezes a vida não faz o menor sentido.

Peguei minha mochila, abri a janela e, com uma graciosidade que dizia mais sobre minha natureza pecadora do que os sermões chatos do "padrastotário", abri a janela. Coloquei meus óculos escuros e dei uma olhada lá fora. Eram só quatro e meia ou algo assim, ainda não estava escuro, de modo que fiquei realmente feliz pela existência da cerca privativa que me protegeu dos vizinhos abelhudos. Deste lado da casa as únicas outras janelas eram as do quarto de minha irmã, e ela ainda devia estar no ensaio da torcida. (Com certeza o inferno devia estar prestes a congelar, pois pela primeira vez eu fiquei contente pelo fato do mundo de minha irmã girar em torno do que ela chamava de "esporte da torcida".) Soltei primeiro a mochila e depois saí pela janela, tomando cuidado para não fazer o mínimo ruído ao pisar na grama. Fiquei ali parada por um longo tempo, enfiando a cara entre os braços para segurar aquela tosse horrível. Então me abaixei e levantei a beira do vaso de lavanda que vovó Redbird[3] me dera e procurei com os dedos o metal duro da chave, que estava aninhada junto à grama amassada.

O portão nem rangeu quando eu o abri e me esgueirei para sair como se fosse uma das *Panteras*. Meu lindo fusquinha estava lá parado, onde sempre ficava – bem em frente à terceira porta da garagem para três carros. O "padrastotário" não me deixava estacioná-lo dentro, pois o cortador de grama era mais importante. (Mais importante que um VW *vintage*? Como assim? Isso não fazia o menor sentido. Jesus, agora até pareci um cara falando. Desde quando eu me importava se meu fusca era *vintage*? Eu devia mesmo estar Mudando.) Olhei para os lados. Nada. Corri a toda velocidade até o meu fusca, pulei para dentro, coloquei em ponto morto e agradeci de coração por nossa garagem ser ridiculamente íngreme quando meu maravilhoso carro rolou suave e silenciosamente até a rua. De lá, era começar pegando a direção leste para vazar daquele bairro de casas grandes e caras.

Nem olhei pelo retrovisor.

Estiquei o braço e desliguei meu celular. Não queria falar com ninguém.

Não, isso não era bem verdade. Havia uma pessoa com quem eu realmente queria falar. Ela era a única pessoa no mundo que tenho certeza que não olharia para minha Marca pensando que eu era um monstro, ou uma anormal, ou uma pessoa realmente medonha.

Como se fosse capaz de ler meus pensamentos, meu fusca pareceu virar sozinho para pegar a estrada que levava à rodovia *Muskogee*

3 Pluma Vermelha, nome indígena. (N.T.)

Turnpike e, depois, ao lugar mais maravilhoso deste mundo – a fazenda de lavandas de vovó Redbird.

Ao contrário do trajeto da escola para casa, a viagem de uma hora e meia até a fazenda de vovó Redbird pareceu levar uma eternidade. Quando saí da rodovia e peguei a estrada de terra batida que dava na fazenda de minha avó, meu corpo doía ainda mais do que daquela vez que contrataram uma professora de ginástica maluca que achava que podíamos fazer circuitos de peso insanos enquanto nos chicoteava e tagarelava o tempo todo. *O.k.*, ela não tinha um chicote de verdade, mas era como se tivesse. Meus músculos doíam demais. Eram quase seis da tarde e o sol estava finalmente se pondo, mas meus olhos ainda doíam. Na verdade, até os fracos raios do entardecer faziam minha pele formigar de um jeito esquisito. Fiquei feliz por ser o fim de outubro e estar frio o bastante para eu poder usar meu suéter com capuz *Borg Invasion 4D* (claro, foi um passeio *Jornada nas Estrelas: A Próxima Geração* em Las Vegas e, lamentavelmente, às vezes sou uma total *nerd Star Trek*) que, felizmente, cobria quase toda minha pele. Antes de sair de meu fusca eu procurei no banco de trás até achar meu velho chapéu de caminhoneiro da Universidade de Oklahoma e enfiei na cabeça para livrar meu rosto do sol.

A casa de minha avó ficava entre dois campos de lavandas e recebia sombra de dois carvalhos velhos e enormes. Fora construída em 1942 em pura pedra Oklahoma, com duas confortáveis varandas e janelas excepcionalmente grandes. Eu adorava aquela casa. Só de subir os pequenos degraus de madeira da varanda eu já me sentia melhor... segura. Foi quando vi o bilhete preso com fita isolante na porta externa. Era fácil reconhecer a linda caligrafia de vovó: *Fui colher flores selvagens no penhasco.*

Toquei o papel com cheiro de lavanda. Ela sempre sabia quando eu vinha visitá-la. Quando eu era criança, achava esquisito, mas ao crescer fui apreciando aquele sentido extra que ela tinha. A vida inteira eu sempre soube que podia contar com vovó Redbird em qualquer situação. Durante aqueles tenebrosos primeiros meses de casamento de minha mãe com John, acho que eu teria murchado e morrido se não pudesse fugir todo fim de semana para a casa de vovó.

Por um segundo eu pensei em entrar (vovó jamais trancava as portas) e esperar por ela, mas precisava vê-la, ganhar seu abraço e ouvir dela o que eu queria que minha mãe tivesse dito. *Não tenha medo... vai dar tudo certo... vamos dar um jeito*. Então, ao invés de entrar, peguei a pequena trilha na margem do campo de lavandas mais ao norte que dava no penhasco e segui por ela, deixando meus dedos roçarem no topo das plantas mais próximas, de modo que, enquanto caminhava, elas iam soltando no ar seu doce e nítido perfume, como se estivessem me dando boas-vindas.

Parecia fazer anos que eu estivera ali, apesar de eu saber que eram apenas quatro semanas. John não gostava de minha avó. Ele a achava esquisita. Eu o ouvi dizer a minha mãe que ela era uma "bruxa" e que iria "para o inferno". Que cretino.

Então me veio um pensamento impressionante e eu parei completamente. Meus pais não controlavam mais meus atos. Eu nunca mais ia morar com eles. John não podia mais me dar ordens.

Uau! Que demais!

Tão demais que me fez tossir até cruzar os braços sobre o peito como que para segurá-lo. Eu precisava encontrar vovó Redbird, e já.

5

A trilha que levava ao penhasco sempre fora íngreme. Eu já havia subido por ela zilhões de vezes, com e sem minha avó, e jamais me sentira desse jeito. Não era mais só a tosse. E nem só os músculos doídos. Eu estava tonta e meu estômago começara a roncar tanto que me lembrei de Meg Ryan no filme *Segredos do Coração*[4] depois de comer todo aquele queijo e ter uma crise de intolerância à lactose. (Kevin Kline está muito bonitinho naquele filme – quer dizer, bonitinho para um coroa.)

E meu nariz estava escorrendo. Não estou dizendo que eu estava fungando um pouquinho. Quero dizer que estava limpando o nariz na manga de meu suéter com capuz (nojento). Não conseguia respirar de boca fechada, o que me fazia tossir mais, e não conseguia acreditar como meu peito estava doendo! Tentei me lembrar de como morreram aqueles que não conseguiram completar a Transformação e virar vampiros. Será que eles tiveram um ataque cardíaco? Ou será que eles ficaram tossindo e de nariz escorrendo até a morte?

Pare de pensar nisso!

Eu precisava de vovó Redbird. Se não soubesse responder, vovó daria um jeito. Vó Redbird entendia as pessoas. Ela disse que isso se devia ao fato de ela não ter perdido o contato com sua tradição *Cherokee* e com a sabedoria tribal das Sábias ancestrais que carregava no sangue.

---

4 French Kiss no original. (N.T.)

Ainda hoje eu sorria ao pensar no jeito que minha avó franzia o cenho sempre que se tocava no nome do "padrastotário" (ela é a única adulta que sabe que o chamo assim). Vovó Redbird disse que era óbvio que a magia do sangue Redbird, tão própria das Sábias *Cherokee*, havia passado bem longe das veias de minha mãe, só para que uma dose extra me fosse destinada.

Quando novinha eu subi por aqui segurando a mão de vovó incontáveis vezes. No prado de grama alta e flores selvagens nós abríamos uma manta vivamente colorida e fazíamos piqueniques no almoço enquanto ela me contava histórias do povo *Cherokee* e me ensinava as misteriosas palavras de sua língua. Enquanto eu subia com dificuldade o caminho sinuoso, aquelas histórias antigas pareciam girar sem parar em minha mente, como se fossem a fumaça da fogueira cerimonial... inclusive a história triste de como as estrelas se formaram quando um cachorro foi flagrado roubando farinha de milho e a tribo o açoitou. Quando o cachorro saiu correndo e uivando para sua casa no norte, a farinha se espalhou pelo céu e a magia nela contida formou a Via Láctea. Ou como o Grande Falcão formou as montanhas e vales com suas asas. E a minha história favorita, a da jovem mulher-sol que morava no leste e seu irmão-lua que morava no oeste, e da Redbird que era filha do próprio sol.

– Não é esquisito? Sou uma Redbird e filha do sol, mas estou me transformando em um monstro da noite – ouvi-me falando em voz alta e fiquei surpresa de ver como minha voz soava fraca, principalmente com minhas palavras parecendo ecoar ao meu redor, como se eu estivesse falando dentro de um tambor que vibrava.

Tambor...

Ao pensar na palavra, lembrei-me dos debates aos quais vovó me levou quando eu era pequenininha, e depois, meus pensamentos de alguma forma soprando vida à memória, eu ouvi de verdade a batida rítmica dos tambores cerimoniais. Olhei ao redor, espremendo os olhos até mesmo com a mínima luz do dia que acabava. Meus olhos doíam e minha vista estava toda estranha. Não tinha vento, mas as sombras das pedras e árvores pareciam estar se mexendo... se esticando... procurando me alcançar.

– Vó, estou com medo... – eu choraminguei entre tosses devastadoras.

Não há porque temer os espíritos da terra, Zoey Passarinha.

– Vó? – Será que eu tinha escutado sua voz me chamando pelo apelido, ou era só esquisitice e ecos, dessa vez vindo de minha memória? – Vó! – chamei outra vez, e então parei para ouvir alguma resposta.

Nada. Nada a não ser o vento.

U-no-le... a palavra *Cherokee* para vento entrou em minha mente como um sonho parcialmente esquecido.

Vento? Não, espere aí! Não havia vento nenhum segundos atrás, mas agora eu tive que segurar meu chapéu com uma das mãos e com a outra afastar os cabelos que me açoitavam o rosto selvagemente. Então pude ouvir no vento – os sons de muitas vozes *Cherokees* cantando no tempo da batida dos tambores cerimoniais. Através de um véu de cabelos e lágrimas vi fumaça. O cheiro doce de nozes e de madeira de pinheiro encheu-me a boca aberta e senti o gosto das fogueiras de meus ancestrais. Engasguei, tentando retomar o fôlego.

Foi quando os senti. Estavam todos ao meu redor, formas quase visíveis, vacilantes como ondas de calor emanando do asfalto no verão. Dava para senti-los me pressionando ao girar e se movimentar com passos graciosos e intricados, dando voltas e voltas ao redor da imagem sombria de uma fogueira *Cherokee*.

Junte-se a nós, u-we-tsi-a-ge-ya... Junte-se a nós, filha...

Fantasmas *Cherokees*... afogando-me nos próprios pulmões... a briga com meus pais... minha vida antiga agora era passado...

Era demais. Corri.

Acho que o que eles nos ensinam em biologia sobre a adrenalina tomar conta durante momentos de pânico é verdade, pois apesar de meu peito parecer prestes a explodir, como se eu estivesse tentando respirar debaixo d'água, subi correndo a parte mais íngreme da trilha como se tivessem aberto todas as lojas do *shopping* para distribuir sapatos de graça.

Subi a trilha – cada vez mais íngrime – arfando e esforçando-me para me afastar daqueles espíritos assustadores que flutuavam ao meu redor como se fossem névoas, mas ao invés de deixá-los para trás, parecia que eu estava adentrando cada vez mais seu mundo de fumaça e sombras. Será que eu estava morrendo? Será que era assim? Será que era por isso que eu estava vendo fantasmas? Cadê a luz branca? Completamente em pânico, corri adiante, agitando os braços feito louca como se assim fosse espantar o terror que me perseguia.

Não vi a raiz que irrompeu no chão duro da trilha. Completamente desorientada, tentei me segurar, mas meus reflexos não estavam funcionando. Caí pesadamente. A dor em minha cabeça foi intensa, mas só durou um instante e logo a escuridão me engoliu.

Acordar foi esquisito. Esperava que meu corpo doesse, principalmente a cabeça e o peito, mas ao invés de sentir dor, senti... bem... senti-me bem. Na verdade, sentia-me melhor que apenas bem. Não estava tossindo. Meus braços e pernas estavam impressionantemente leves, latejantes e quentes, como se eu tivesse entrando em uma banheira de água quente e borbulhante em uma noite fria.

Ahn?

A surpresa me fez abrir os olhos. Eu estava olhando para uma luz, a qual miraculosamente não me doeu nos olhos. Ao invés da luminosidade ofuscante do sol, aquilo era mais como uma suave chuva de luz de velas filtradas do alto. Eu me sentei e percebi que estava errada. A luz não vinha do alto. Era eu quem estava subindo!

Estou indo para o céu. Bem, isso deixará algumas pessoas chocadas.

Olhei para baixo e vi *meu corpo*! Eu ou isso ou... ou... sei lá o nome daquilo que estava deitado e aterrorizantemente perto da beira do penhasco. Meu corpo estava totalmente imóvel. Minha testa tinha um corte e sangrava muito. O sangue pingava sem parar dentro de uma fenda no chão pedregoso, fazendo uma trilha de lágrimas vermelhas que caía no coração do penhasco.

Era incrivelmente estranho olhar para baixo e ver a mim mesma. Eu não estava com medo. Mas devia estar, não devia? Isso não queria dizer que eu estava morta? Quem sabe agora eu poderia ver melhor os fantasmas *Cherokees*. Mesmo esse pensamento não me dava medo. Na verdade, ao invés de ficar amedrontada, eu era apenas uma observadora, como se nada disso pudesse de fato me alcançar. (Meio como aquelas garotas que vão para a cama com todo mundo e acham que não vão engravidar nem pegar uma doença sexualmente transmissível das bravas. Bem, veremos daqui há dez anos, não é?)

Eu gostava do jeito que o mundo parecia estar, novinho em folha, mas era meu corpo que ficava me chamando a atenção. Flutuei perto dele. Minha respiração estava ofegante, curta e superficial. Bem, meu corpo estava respirando assim, não que *eu* fosse eu. (Isso é que é confusão de pronomes.) E eu/ela não estava com boa aparência. Eu, digo, ela estava pálida e com os lábios azuis. Ei! Cara branca, lábios azuis e sangue vermelho. Sou patriota ou não sou?

Eu ri, e foi incrível! Eu juro que pude ver minha risada flutuando ao meu redor como aquelas coisinhas que se soltam quando a gente sopra um dente-de-leão, só que, ao invés de serem brancos, eram azulados como crostas de açúcar cristalizado sobre um bolo de aniversário. Uau! Quem diria que bater com a cabeça e desmaiar podia ser tão divertido? Fiquei imaginando se ficar doidona era assim.

A risada gelada de dentes-de-leão desapareceu e ouvi o som de água corrente, cristalina e brilhante. Cheguei mais perto de meu corpo, podendo ver aquilo que, de início, pensei ser uma fenda no chão, mas que na verdade era uma rachadura estreita. O som vivo de água estava vindo bem de dentro da rachadura. Curiosa, espiei, e o desenho cintilante de palavras prateadas elevou-se de dentro da rocha. Esforcei-me para ouvir e fui recompensada com um som fraco e murmurante.

– *Zoey Redbird... venha para mim...*

– Vó! – eu gritei para dentro do talho na pedra. Minhas palavras eram cor de púrpura brilhante e preencheram o ar ao meu redor. – É a senhora, vó?

– *Venha para mim...*

O prateado misturou-se à púrpura de minha voz visível, deixando as palavras com a cor brilhante de flores de lavanda. Era um presságio! Um sinal! De alguma forma, como os guias espirituais nos quais o povo *Cherokee* acreditou por séculos, vó Redbird estava me dizendo para entrar pela pedra.

Sem hesitar mais, arremessei meu espírito adiante, descendo pela rachadura, seguindo a trilha do meu sangue e da clara memória do sussurro de vovó, até chegar ao chão liso de um lugar que parecia uma caverna. No meio do espaço borbulhava um pequeno córrego que emanava séries de fragmentos de um som visível, luminoso e translúcido. Misturando-se às gotas escarlates do meu sangue, a água iluminava o ambiente com uma luz cintilante da cor de folhas secas. Eu quis me sentar perto da água borbulhante e deixar meus dedos tocarem o ar ao redor dela e brincar com a textura de sua música, mas a voz me chamou novamente.

– *Zoey Redbird... siga-me ao seu destino...*

Então eu segui o córrego e o chamado da mulher. A caverna afunilou-se até virar um túnel arredondado. Depois o túnel fez uma curva em forma de caracol que dava uma volta atrás da outra em delicada espiral, terminando abruptamente em um muro coberto por símbolos que me pareciam familiares e estranhos ao mesmo tempo. Confusa, observei o córrego cair através de uma fenda no muro e desaparecer. E agora? Será que eu devia segui-lo?

Olhei para trás, em direção ao túnel. Não havia nada, a não ser a luz dançante. Virei-me para o muro e senti uma espécie de choque elétrico. Pare! Havia uma mulher sentada de pernas cruzadas em frente ao muro! Ela usava um vestido branco franjado e adornado com os mesmos símbolos que estavam no muro atrás dela. Era fantasticamente bela, com seus longos cabelos lisos e tão negros que pareciam ter reflexos azuis e púrpuros, como a asa de um corvo. Seus lábios fartos curvaram-se quando ela falou, preenchendo o ar entre nós duas com a clareza poderosa de sua voz.

– *Tsi-lu-gi U-we-tsi a-ge-hu-tsa. Bem-vinda, Filha. Você conseguiu.*

Ela falava em *Cherokee*, mas apesar de minha falta de prática na língua pelos últimos dois anos, entendi as palavras.

– Você não é minha avó! – eu disse, sentindo-me estranha e deslocada quando minhas palavras púrpuras se juntaram às dela, formando padrões incríveis de lavanda cintilante no ar que nos rodeava.

Seu sorriso era como o sol nascente.

– *Não, Filha, não sou, mas conheço Sylvia Redbird muito bem.*

Respirei fundo.

– Eu morri?

Tive medo que ela risse de mim, mas ela não riu. Ao invés disso, seus olhos escuros transmitiram suavidade e cuidado.

– *Não, u-we-tsi-a-ge-ya. Você está longe de estar morta, apesar de seu espírito ter se libertado temporariamente para perambular pelo reino de Nunne'hi.*

– O povo-espírito! – dei uma olhada ao redor do túnel, tentando enxergar faces e formas dentro das sombras.

– *Sua avó ensinou-lhe bem, us-ti Do-tsu-wa... pequena Redbird. Você é uma mistura única das Antigas Sendas e do Novo Mundo – mescla do sangue tribal ancestral e da batida do coração dos intrusos.*

Suas palavras fizeram-me sentir quente e fria ao mesmo tempo. – Quem é você? – eu perguntei.

– *Sou conhecida por muitos nomes... Mulher Mutável, Gaea, A'akuluujjusi, Kuan Yin, Aranha-Avó, até mesmo Amanhecer...*

Quando ela dizia cada nome seu rosto transformava-se de um modo tão poderoso que fiquei tonta. Ela devia ter entendido, pois parou e me abriu novamente seu sorriso fulgurante, e seu rosto voltou a tomar as feições da mulher que eu vira primeiro.

– Mas você, Zoey, minha Filha, pode me chamar pelo nome que seu mundo me conhece agora, Nyx.

– Nyx – minha voz mal passava de um sussurro – a Deusa vampira?

– Na verdade, foram os gregos antigos, tocados pela Transformação, que me cultuaram primeiro como a mãe pela qual procuravam em sua noite sem fim. Tive o prazer de, por muitas eras, chamar seus descendentes de meus filhos. E, sim, em seu mundo esses filhos são chamados de vampiros. Aceite o nome, u-we-tsi-a-ge-ya; nele encontrarás seu destino.

Pude sentir minha Marca queimando na testa, e de repente tive vontade de chorar.

– Eu... eu não entendo. Encontrar meu destino? Só quero encontrar um jeito de lidar com minha nova vida – fazer tudo se ajeitar. Deusa, eu quero me encaixar em algum lugar. Acho que não estou a fim de encontrar meu destino.

O rosto da Deusa suavizou-se outra vez e quando ela falou, sua voz era como a de minha mãe, só que mais – como se ela tivesse dado um jeito de borrifar o amor de todas as mães do mundo em suas palavras.

– Acredite em si mesma, Zoey Redbird. Eu a Marquei como minha. Você será minha primeira u-we-tsi-a-ge-ya v-hna-i Sv-no-yi... Filha da Noite... nesta era. Você é especial. Aceite isso sobre si mesma, e começará a entender que há um verdadeiro poder em sua singularidade. Dentro de você está combinado o sangue mágico das antigas Sábias e Idosas e a visão e compreensão do mundo moderno.

A Deusa levantou-se e caminhou graciosamente em minha direção, sua voz pintando símbolos prateados de poder no ar ao nosso redor. Ao me alcançar, ela enxugou as lágrimas do meu rosto e o segurou com as mãos.

– Zoey Redbird, Filha da Noite, eu a nomeio meus olhos e ouvidos no mundo de hoje, um mundo em que bem e mal lutam para se equilibrar.

– Mas eu tenho dezesseis anos! Não sei nem estacionar em vagas apertadas! Como poderia saber como ser seus olhos e ouvidos?

Ela apenas sorriu, serena.

– Você é mais velha que sua idade, Zoey Passarinha. Acredite em si mesma e encontrará o caminho. Mas lembre-se, a escuridão nem sempre equivale ao mal, assim como nem sempre a luz traz o bem.

Então a Deusa Nyx, a antiga personificação da Noite, se aproximou e me beijou a testa. E pela terceira vez no dia, desmaiei.

6

Bela, veja a nuvem, a nuvem aparece.
Bela, veja a chuva, a chuva está chegando...

As palavras da antiga canção flutuaram através de minha mente. Eu devia estar sonhando com a vovó Redbird outra vez. Isso me aquecia e me dava uma sensação de segurança e felicidade que era especialmente agradável agora que eu estava me sentindo tão... ferrada... só que não conseguia lembrar exatamente o porquê. Hum. Estranho.

Quem falou?
A orelhinha do cereal
Bem no alto do caule...

A canção de vovó continuou e eu enrosquei o corpo, suspirando e esfregando a bochecha no travesseiro macio. Infelizmente, ao mexer a cabeça uma dor medonha espalhava-se por minhas têmporas e, como uma bala numa vidraça, a dor estilhaçou toda a felicidade enquanto se abateu sobre mim o peso da memória do dia anterior.

Eu estava me transformando em vampira.

Havia fugido de casa.

Sofrera um acidente e depois uma experiência esquisita de quase-morte ou algo assim.

Eu estava virando uma vampira. Ah, meu Deus.

Cara, minha cabeça estava doendo mesmo.

– Zoey! Acordou, meu bem?

Pisquei os olhos embaçados para enxergar vovó Redbird, que estava sentada em uma cadeirinha ao lado da minha cama.

– Vó! – eu disse, meio grasnando, enquanto pegava a mão dela. Minha voz soava tão terrível quanto a sensação em minha cabeça – o que aconteceu? Onde estou?

– Está em segurança, Passarinha. Está em segurança.

– Estou com a cabeça doendo – levei a mão à parte que doía em minha cabeça e meus dedos acharam o ponto dolorido.

– Não é para menos. Você me fez envelhecer uns dez anos – minha avó acariciou gentilmente as costas de minha mão. – Todo aquele sangue... – ela estremeceu, balançou a cabeça e sorriu para mim. – Que tal prometer que nunca mais fará isso de novo?

– Prometo – disse – então, você me encontrou...

– Sangrando e inconsciente, Passarinha – minha avó afastou o cabelo de minha testa, passando os dedos de leve sobre minha Marca. – E tão pálida que sua lua crescente negra parecia brilhar contra sua pele. Eu sabia que você precisava ser levada para a Morada da Noite, e foi exatamente o que eu fiz – ela deu risada e o brilho malicioso em seus olhos a fez parecer uma garotinha. – Liguei para sua mãe para dizer que eu estava te levando para a Morada da Noite e fingi que o celular saiu de área para desligar. Receio que ela não esteja muito feliz com nenhuma de nós duas.

Eu sorri também para a vovó Redbird. Minha mãe realmente deveria estar furiosa com ela também.

– Mas Zoey, o que você estava fazendo sob a luz do sol, afinal?

Esforcei-me para me sentar, grunhindo de dor de cabeça. Mas, felizmente, pelo jeito eu não estava mais com tosse. *Deve ser porque eu finalmente cheguei aqui, na Morada da Noite...* Mas o pensamento desapareceu quando minha mente processou tudo que vovó dissera.

– Espere, eu não podia ter lhe dito antes. O *Rastreador* foi à escola hoje e me Marcou. Fui para casa primeiro. Realmente tinha esperanças que minha mãe me entendesse e ficasse do meu lado. – Parei, lembrando-me novamente daquela cena horrível com meus pais. Minha avó apertou-me a mão em total compreensão – ela e John basicamente trancaram-me no quarto enquanto ligavam para nosso psiquiatra e acionavam a linha de preces por telefone.

Minha avó fechou a cara.

– Então saí pela janela e vim direto lhe procurar – concluí.

– Fico feliz que tenha feito isso, Zoey, mas simplesmente não faz sentido.

– Eu sei – suspirei. – Também não consigo acreditar que fui Marcada. Por que eu?

– Não foi isso que eu quis dizer, meu bem. Não me surpreende que você tenha sido Rastreada e Marcada. O sangue Redbird sempre carregou uma magia muito forte; era mera questão de tempo até uma de nós também ser Escolhida. O que significa que não faz sentido que você tenha sido apenas Marcada. A lua crescente não é um mero desenho. Ela está completamente cheia agora.

– Impossível!

– Veja por si mesma, *u-we-tsi-a-ge-ya* – ela usou o termo *Cherokee* para filha, subitamente me fazendo lembrar muito uma deusa antiga e misteriosa.

Minha avó procurou uma caixinha antiga de pó de arroz que sempre carregava consigo. Sem dizer mais nada, ela me entregou. Levantei a tampinha. Ela se abriu com um estalo, mostrando meu reflexo... a estranha conhecida... aquele *eu* que não era bem eu. Seus olhos eram grandes e sua pele, branca demais, mas eu mal reparei nisso. O que eu não conseguia ficar encarando era a Marca, a Marca que agora se completara, formando uma lua cheia, perfeitamente preenchida com o peculiar azul-safira da tatuagem vampírica. Sentindo-me como se estivesse passando por um sonho, levantei o braço e deixei meus dedos traçarem a Marca de aparência exótica e pareci sentir os lábios da Deusa em minha pele outra vez.

– O que isto significa? – perguntei, incapaz de tirar os olhos da Marca.

– Esperávamos que você tivesse a resposta para essa pergunta, Zoey Redbird.

A voz dela era impressionante. Antes mesmo de tirar os olhos de meu reflexo, soube que ela era única e incrível. Eu tinha razão. Ela era uma estrela de cinema de tão bonita, bonita como a Barbie. Jamais vira alguém tão perto da perfeição. Ela tinha olhos enormes e amendoados de um verde musgo profundo. Seu rosto tinha o formato quase perfeito de coração e sua pele tinha aquele tipo de sedosidade impecável que se vê na tevê. Seus cabelos eram de um vermelho profundo – nada daquele vermelho alaranjado nem alourado e sim um ruivo acastanhado escuro e brilhante que caíam em pesadas ondas pelos ombros. Seu corpo era, bem, era perfeito. Ela não era magrela como aquelas malucas que forçam vômito e morrem de fome para se encaixar no padrão Paris Hilton de elegância. O corpo desta mulher era perfeito porque ela era forte, mas curvilínea. E tinha belos seios. (Bem que eu queria ter uns assim.)

– Ahn? – eu disse. Aliás, eu estava parecendo uma otária.

A mulher sorriu para mim, mostrando dentes impressionantemente alinhados e brancos – sem presas. Ah, acho que esqueci de mencionar que, além de sua perfeição, ela tinha uma lua crescente de safira caprichosamente tatuada no meio da testa, e dela saíam linhas serpeantes que me lembravam ondas oceânicas lhe emolduravam as sobrancelhas, descendo e se estendendo ao redor das maçãs do rosto pronunciadas.

Ela era uma vampira.

– Eu disse que estávamos esperando que você já pudesse explicar por que uma vampira novata que não passou pela Transformação tem a Marca da maturidade na testa.

Sem o sorriso nem o gentil cuidado em sua voz, aquelas palavras soariam ásperas. Ao invés disso, o que ela disse soou como preocupação e um quê de confusão.

– Então quer dizer que não sou vampira? – apressei-me em perguntar.

Sua risada foi como música.

– Ainda não, Zoey, mas eu diria que o fato de você já ter a Marca completa é um excelente presságio.

– Ah... eu... bem, que bom. Isso é bom – balbuciei.

Felizmente, vovó me salvou da humilhação total.

– Zoey, esta é a Grande Sacerdotisa da Morada da Noite, Neferet. Ela cuidou bem de você enquanto você estava... – vovó parou, obviamente sem querer dizer a palavra inconsciente – enquanto você dormia.

– Bem-vinda à Morada da Noite, Zoey Redbird – Neferet disse calorosamente.

Eu dei uma olhada para minha avó e depois voltei a olhar para Neferet. Sentindo-me um tantinho perdida, gaguejei: – Esse... esse não é meu nome de verdade. Meu sobrenome é Montgomery.

– É? – Neferet disse, levantando suas sobrancelhas cor de âmbar. – Um dos benefícios de começar vida nova é ter a oportunidade de começar de novo e tomar decisões que antes você não podia tomar. Se você pudesse escolher, qual seria seu nome de verdade?

– Zoey Redbird – disse, sem hesitar.

– Então, a partir deste momento, você será Zoey Redbird. Bem-vinda à sua nova vida – ela estendeu a mão como se quisesse apertar a minha, e eu automaticamente retribui o gesto. Mas ao invés de apertar minha mão, ela me segurou o antebraço, o que foi esquisito, mas por alguma razão, pareceu apropriado.

Seu toque era cálido e firme. Seu sorriso flamejava em boas-vindas. Ela era impressionante e inspirava respeito. Na verdade, ela era o que todos os vampiros eram, mais que humana – mais forte, mais esperta, mais talentosa. Ela parecia alguém que acendeu uma luz interna chamejante, o que percebi se tratar de uma descrição irônica em se considerando os estereótipos dos vampiros (alguns dos quais eu já sabia que eram totalmente verdadeiros): eles evitam a luz do sol, são mais poderosos à noite, precisam beber sangue para sobreviver (eca!) e reverenciam uma deusa conhecida como a personificação da Noite.

– O... obrigada. Prazer em conhecê-la – eu disse, esforçando-me muito para soar ao menos parcialmente inteligente e normal.

– Como eu estava dizendo à sua avó hoje, jamais uma novata chegou a nós de modo tão incomum; inconsciente e com a Marca completa. Você se lembra do que lhe aconteceu, Zoey?

Abri a boca para dizer a ela que me lembrava completamente – lembrava de cair e bater com a cabeça... de me ver como se fosse um espírito flutuante... de seguir aquelas palavras estranhamente visíveis para dentro da caverna... e finalmente de encontrar a deusa Nyx. Mas logo antes de pronunciar as palavras, me veio uma sensação estranha, como se alguém tivesse me dado um soco no estômago. O *Rastreador* me Marcara; eu contei aos meus pais e arrumei uma briga das grandes com eles; depois corri para a casa de vovó. Eu estava me sentindo muito doente, de modo que quando subi a trilha para o penhasco... – Lembrei-me do resto – de *todo* o resto – dos espíritos do povo *Cherokee*, da dança e do acampamento. *Cale a boca*! gritava a sensação. – Eu... eu acho que escorreguei porque estava tossindo demais e bati com a cabeça. Só me lembro depois de minha vó Redbird cantando e acordei aqui – terminei às pressas. Queria desviar os olhos daqueles incisivos olhos verdes, mas a mesma sensação que me ordenava ficar quieta também me ordenava claramente a continuar olhando-a nos olhos, dizendo que eu tinha que me esforçar para demonstrar que não estava escondendo nada, apesar de eu na verdade não fazer ideia de por que eu estaria escondendo algo.

– É normal ter perda de memória ao bater com a cabeça – vovó quebrou o silêncio, prática.

Eu seria capaz de beijá-la.

– Sim, claro que é – Neferet disse rapidamente, seu rosto perdendo o ar severo. – Não tema pela saúde de sua neta, Sylvia Redbird. Tudo vai dar certo com ela.

Ela falou respeitosamente com minha avó, e parte da tensão que vinha crescendo dentro de mim se desfez. Se ela gostava da vovó Redbird, só podia ser uma pessoa legal, vampira ou o que fosse. Certo?

– Tenho certeza que você já sabe que vampiros – Neferet fez uma pausa e olhou para mim – até mesmo os vampiros novatos têm um poder incomum de recuperação. Você está sarando tão rápido que pode deixar a enfermaria em total segurança – ela tirou os olhos de vovó para olhar para mim. – Zoey, gostaria de conhecer sua colega de quarto?

Não. Engoli em seco e assenti.

– Sim.

– Excelente! – disse Neferet. Felizmente ela ignorou o fato de eu estar lá, de pé, sorrindo como um idiota gnomo de jardim.

– Tem certeza que não é melhor deixá-la aqui mais um dia sob observação? – vovó perguntou.

– Entendo sua preocupação, mas garanto que as feridas físicas de Zoey já estão sarando em um ritmo que você acharia extraordinário.

Ela sorriu para mim outra vez e, apesar de eu estar com medo e nervosa, e completamente angustiada, devolvi-lhe o sorriso. Parecia que ela estava genuinamente feliz por eu estar lá. E, para ser sincera, ela me fazia pensar que me transformar em vampira não devia ser tão ruim assim.

– Vó, estou bem. Mesmo. Minha cabeça só está doendo um pouquinho, e de resto sinto-me melhor – me dei conta disso enquanto falava. Parei completamente de tossir. Meus músculos não doíam mais. Sentia-me perfeitamente normal, a não ser pela dorzinha de cabeça.

Então Neferet fez algo que não apenas me surpreendeu, mas me fez gostar dela instantaneamente – e começar a confiar nela. Ela foi até minha avó e falou lenta e cuidadosamente.

– Sylvia Redbird, eu lhe juro solenemente que sua neta está em segurança aqui. Todos os novatos têm um mentor adulto. Para garantir-lhe meu juramento, eu serei a mentora de Zoey. E agora você precisa confiá-la aos meus cuidados.

Neferet pôs o pulso sobre o coração e fez uma mesura formal para minha avó. Vovó hesitou por um breve instante e respondeu.

– Vou contar com seu juramento, Grande Sacerdotisa de Nyx – então ela imitou os gestos de Neferet, colocando o pulso sobre o coração e fazendo-lhe uma mesura e depois se voltando para mim para me dar um forte abraço. – Se precisar de mim, Zoey, me chame. Amo você.

– Chamo, sim, vó. Também amo você. E obrigada por me trazer aqui – murmurei, sentindo seu aroma familiar de lavanda e tentando não chorar.

Ela me beijou delicadamente no rosto e então saiu do recinto com seus passos rápidos e seguros, deixando-me sozinha pela primeira vez na vida com uma vampira.

– Bem, Zoey, está pronta para começar sua nova vida?

Levantei os olhos para ela e pensei novamente como ela era impressionante. Se eu realmente me *Transformasse* em vampira, será que eu teria sua segurança e força, ou isso era algo que apenas a Grande Sacerdotisa tinha? Por um instante me veio à mente como seria demais ser uma Grande Sacerdotisa – e então minha sanidade voltou. Eu era apenas uma garota. Uma garota confusa que com certeza não tinha talento para ser uma Grande Sacerdotisa. Só queria saber como me encaixar lá, mas Neferet com certeza fez o que estava me acontecendo parecer mais fácil de levar.

– Estou, sim – fiquei contente por soar mais segura do que de fato me sentia.

7

– Que horas são?

Estávamos caminhando por um corredor estreito que fazia uma curva delicada. As paredes eram feitas de uma mistura estranha de pedra escura e tijolos expostos. De vez em quando apareciam vacilantes lâmpadas de gás em antiquados castiçais negros de ferro presos nas paredes, emanando uma espécie de brilho suave amarelado que era, felizmente, suave o suficiente para meus olhos. Não havia janelas no corredor, e não encontramos mais ninguém (apesar de eu ficar espiando nervosamente para os lados, imaginando minha primeira visão de garotos e garotas vampiros).

– São quase quatro da manhã, o que significa quase uma hora de aula – Neferet disse e então sorriu levemente ao ver a expressão em meu rosto, que eu tinha certeza que era de choque.

– As aulas começam às oito da noite e terminam às três da manhã – ela explicou – os professores estão disponíveis até às três e meia da manhã para ajudas extras aos alunos. A academia de ginástica fica aberta até o amanhecer, cuja hora exata você sempre saberá assim que completar a Transformação. Até então o amanhecer será sempre informado nas salas de aula, salas coletivas e áreas de reuniões e encontros, inclusive a sala de jantar, biblioteca e academia de ginástica. Naturalmente, o Templo de Nyx fica aberto o tempo todo, mas os rituais formais acontecem duas vezes por semana, logo depois da escola.

O próximo ritual será amanhã – Neferet deu uma olhada para mim e seu leve sorriso me aqueceu. – Agora parece um pouco opressor, mas você em breve vai se adaptando. E sua colega de quarto lhe ajudará, assim como eu.

Eu estava ficando pronta para abrir a boca e fazer outra pergunta quando uma bola de pelo alaranjado veio em disparada pelo corredor e, sem fazer ruído, aninhou-se nos braços de Neferet. Eu dei um pulo e soltei um gritinho estúpido – e então me senti totalmente retardada ao ver que a bola de pelo alaranjado não era nenhum bicho-papão voador ou coisa assim, só um gato muito grande.

Neferet riu e coçou as orelhas da bola de pelos.

– Zoey, este é o Skylar. Ele costuma ficar por aí esperando para se jogar sobre mim.

– Este é o maior gato que eu já vi na vida – eu disse, esticando a mão para ele me cheirar.

– Cuidado, ele gosta de morder.

Antes que eu tirasse a mão do caminho, Skylar começou a esfregar o rosto em meus dedos. Eu prendi a respiração.

Neferet inclinou a cabeça para o lado, como se estivesse ouvindo palavras no vento. – Ele gosta de você, o que com certeza não é muito comum. Ele não gosta de ninguém a não ser eu. Ele chega até a manter os outros gatos longe de sua área. Ele é terrivelmente briguento – disse ela carinhosamente.

Cocei as orelhas de Skylar com cuidado, como Neferet estava fazendo.

– Gosto de gatos – disse baixinho. – Eu tinha um, mas quando minha mãe se casou de novo eu tive que doá-lo. John, o novo marido dela, não gosta de gatos – eu descobri que o que as pessoas sentem pelos gatos, e o modo como os gatos reagem a elas, costuma ser um excelente recurso para avaliarmos o caráter do indivíduo.

Levantei os olhos para encarar os olhos verdes dela e vi que ela entendia mais de maluquices de família do que eu achava. Isso me fez sentir mais conectada a ela, e automaticamente meu nível de estresse relaxou um pouco.

– Há muitos gatos aqui?

– Há, sim. Os gatos sempre estiveram intimamente ligados aos vampiros.

Tudo bem, na verdade eu já sabia disso. Na aula de história geral o senhor Shaddox (mais conhecido como Tia Enrustida, mas não conte a ele) ensinou que no passado os gatos eram mortos porque se pensava que eles tinham como transformar as pessoas em vampiros. *É, certo, que ridículo. Mais evidência da estupidez dos seres humanos...* o pensamento me veio à mente de estalo, chocando-me pela facilidade com que eu já passara a pensar em pessoas "normais" como "humanos", e portanto diferentes de mim.

– Acha que eu poderia ter um gato?

– Se um deles lhe escolher, você pertencerá a ele ou ela.

– Se me escolher?

Neferet sorriu e acariciou Skylar, que fechou os olhos e ronronou alto.

– Os gatos nos escolhem, nós não somos seus donos – como se para demonstrar que ela estava dizendo a verdade, Skylar pulou de seus braços e, com a cauda empinada, desapareceu corredor abaixo.

Neferet riu.

– Ele é terrível, mas eu o adoro. Acho que o adoraria mesmo que ele não fosse parte do presente que Nyx me deu.

– Presente? Skylar é um presente da Deusa?

– Sim, de certa forma. Toda Grande Sacerdotisa recebe da Deusa uma afinidade – o que você provavelmente chamaria de poderes especiais. Faz parte da forma como identificamos nossa Grande Sacerdotisa. As afinidades podem ser dons cognitivos raros, como ler mentes ou ter visões e conseguir prever o futuro. Ou a afinidade pode ser por algo no plano físico, como uma conexão especial com um dos quatro elementos, ou com animais. Eu recebi dois dons da Deusa. Minha maior afinidade é com os gatos; tenho uma ligação com eles que é incomum até mesmo para uma vampira. Nyx também me deu raros poderes de cura – ela sorriu. – Razão pela qual eu sei que você está sarando – meu dom me disse.

– Uau, que incrível – foi tudo que eu consegui dizer. Minha cabeça já estava dando voltas com os eventos do dia anterior.

– Vamos lá. Deixe-me levá-la ao seu quarto. Tenho certeza que você está com fome e cansada. O jantar será servido em – Neferet inclinou a cabeça para o lado como se alguém estivesse estranhamente sussurrando-lhe as horas – uma hora – ela me deu um sorriso cúmplice. – Vampiros sempre sabem que horas são.

– Isso também é legal.

– Isso, minha querida novata, é só a ponta do *iceberg* "legal".

Torci para que sua analogia não tivesse nada a ver com desastres da proporção do Titanic. À medida que fomos caminhando pelo corredor eu pensei no tempo e tudo mais, e me lembrei da pergunta que havia começado a fazer quando Skylar interrompeu minha linha de raciocínio, tão fácil de se perder.

– Então espere aí. Você disse que as aulas começam às oito? À noite? – Tudo bem que normalmente não sou tão lenta, mas às vezes parecia que ela estava falando uma língua estranha. Eu estava tendo dificuldade de internalizar a ideia.

– Quando você parar para pensar sobre isso, vai entender que estudar à noite é simplesmente lógico. É claro que você precisa saber que não existe esse negócio de vampiros, sejam adultos ou novatos, explodirem ao se expor ao sol nem outras bobagens fictícias do tipo, mas o sol é desconfortável para nós. Não foi difícil suportar a luz do sol hoje?

Eu assenti.

– Meus *Maui Jim* nem ajudaram muito – depois acrescentei rapidamente, sentindo-me uma retardada novamente. – *Maui Jim* são óculos de sol.

– Sim, Zoey – Neferet disse pacientemente – conheço óculos de sol. Muito bem, na verdade.

– Ah, meu Deus, desculpe por... – deixei a frase morrer, pensando se havia problema em falar “Deus”. Será que Neferet, a Grande Sacerdotisa que usava sua Marca da Deusa tão orgulhosamente, se ofenderia? Que inferno, será que ofenderia Nyx? Ah, meu Deus. E dizer “inferno”?Era meu termo preferido para resmungar. (Certo, era na verdade a única palavra pesada que eu usava regularmente.) Será que eu ainda poderia dizer isso? O Povo de Fé pregava que os vampiros cultuavam uma falsa deusa e que eram criaturas muito egoístas e soturnas que não ligavam para nada, a não ser dinheiro e luxúria e beber sangue, e que sem dúvida iriam todos direto para o inferno, então será que isso não significava que eu deveria observar como e onde usava esses termos...

– Zoey.

Levantei os olhos e vi que Neferet me observava com uma expressão preocupada e percebei que ela devia estar tentando conquistar minha atenção enquanto eu ficava tagarelando dentro de minha cabeça.

– Desculpe – eu repeti.

Neferet parou. Ela pôs as mãos em meus ombros e se virou para mim, fazendo-me encará-la.

– Zoey, pare de se desculpar. E lembre-se, todos já passaram pelo que você está passando agora. Isso já foi novidade para todos nós. Sabemos como é o medo da Transformação e o choque de ver sua vida se transformando em algo estranho.

– E não saber controlar nada disso – acrescentei baixinho.

– Isso, também. Não vai ser sempre tão ruim assim. Quando você for uma vampira madura, sua vida vai lhe parecer *sua* outra vez. Você tomará suas decisões; fará as coisas ao seu modo; seguirá o rumo para o qual seu coração, sua alma e seus talentos te levarem.

– *Se* eu me tornar uma vampira madura.

– Você vai se tornar, Zoey.

– Como pode ter tanta certeza?

Os olhos de Neferet encontraram a Marca escurecida em minha testa.

– Nyx escolheu você. Para quê, não sabemos. Mas sua Marca foi claramente posta em você. Ela não teria te tocado se você fosse falhar.

Eu me lembrei das palavras da Deusa, *Zoey Redbird, Filha da Noite, eu a nomeio meus olhos e ouvidos no mundo de hoje, um mundo onde bem e mal lutam para se equilibrar,* e desviei rapidamente os olhos do olhar incisivo de Neferet, desejando desesperadamente saber por que minhas vísceras ainda me diziam para não falar nada sobre meu encontro com a Deusa.

– É que... é que é coisa demais para acontecer em um só dia.

– Com certeza é, especialmente de estômago vazio.

Começamos a caminhar de novo quando o som de um telefone celular tocando me fez dar um pulo. Neferet suspirou e sorriu para mim como quem pede desculpas e pegou um pequeno telefone celular do bolso.

– Neferet – ela disse. Ela escutou um pouquinho e eu vi que franziu a testa e apertou os olhos. – Não, você fez bem em me ligar. Vou voltar para dar uma olhada nela – e desligou o telefone. – Desculpe, Zoey. Uma das novatas quebrou a perna hoje cedo. Parece que ela está tendo dificuldade para descansar e devo voltar para ver se está tudo bem com ela. Por que você não segue pelo corredor e vira à esquerda até alcançar a porta principal? Não tem como errar; a porta é grande e feita de madeira muito velha. Logo do lado de fora tem um banco de pedra. Pode esperar por mim lá. Não demoro.

– Tudo bem, sem problema – mas antes que eu terminasse de falar, Neferet já havia desaparecido pelo corredor sinuoso. Eu dei um suspiro. Não gostava da ideia de ficar sozinha em um lugar cheio de vampiros adultos e garotos vampiros. E agora que Neferet se fora, as pequenas luzes cintilantes não pareciam lá muito receptivas. Pareciam estranhas, projetando sombras fantasmagóricas contra o velho muro de pedra.

Determinada a não me desesperar, comecei a caminhar lentamente pelo corredor na direção que estávamos tomando. Não demorou e eu quase desejei esbarrar em alguém (mesmo que fosse um vampiro). Estava tudo parado demais. E assustador. Por duas vezes o corredor descambava para a direita, mas como Neferet me dissera, mantive a esquerda. Na verdade, também mantive meus olhos virados para a esquerda porque os outros corredores mal tinham qualquer iluminação.

Infelizmente, *não* desviei o olhar ao passar pela próxima virada à direita. Certo, então a razão fazia algum sentido. Ouvi algo. Para ser mais específica, ouvi uma risada. Era uma risada suave de garota que, por alguma razão, arrepiou-me os cabelos da nuca. Também me fez parar de caminhar. Dei uma olhada para o fundo do corredor e tive a impressão de ver algum movimento nas sombras.

– *Zoey*... – meu nome vinha murmurado das sombras.

Pisquei os olhos, surpresa. Será que eu estava mesmo ouvindo meu nome ou estava imaginando coisas? A voz era quase familiar. Seria Nyx novamente? Seria a Deusa chamando meu nome? Quase com tanto medo quanto intrigada, prendi a respiração e dei mais uns passos em direção ao corredor lateral.

Ao dobrar a suave curva vi algo adiante que me fez parar e automaticamente me aproximar da parede. Em um pequeno canto não muito longe de mim havia duas pessoas. De início eu não consegui fazer minha mente processar o que eu estava vendo; até que, de repente, eu entendi.

Eu devia ter caído fora naquele momento. Devia ter recuado em silêncio e tentar não pensar no que eu vira. Mas não fiz nada disso. Era como se meus pés tivessem ficado subitamente tão pesados que eu não conseguia levantá-los. Só conseguia ficar olhando.

Um homem – e depois dei um pulinho de choque adicional ao constatar que não era um homem e sim um adolescente – era no máximo um ano mais velho que eu. Estava encostado à pedra do canto. Estava com a cabeça jogada para trás e ofegante. Seu rosto estava nas sombras, mas apesar de ele estar apenas parcialmente visível, dava para ver que era bonito. Então outra risadinha fanhosa me fez olhar para baixo.

Ela estava ajoelhada em frente a ele. Tudo que vi dela foi seu cabelo louro. Era tanto cabelo que parecia que ela o usava como uma espécie de véu antigo. Então ela levantou as mãos, pressionando as coxas do cara.

Vá embora! minha mente gritou comigo. *Dê o fora daqui*! Eu comecei a dar um passo para trás, então sua voz me fez congelar.

– Pare!

Arregalei os olhos, pois por um instante achei que ele estava falando comigo.

– Você não quer que eu pare.

Fiquei quase tonta de alívio quando ele falou. Ele estava falando com ela, não comigo. Eles nem sabiam que eu estava lá.

– Quero, sim – parecia que ele estava falando com os dentes trincados. – Levante-se.

– Você gosta disso; sabe que gosta. Assim como sabe que me quer.

A voz dela era toda rascante e tentava soar sexy, mas eu notei que havia um quê de choramingo nela. Ela soava quase desesperada. Observei seus dedos mexerem-se e arregalei os olhos de perplexidade quando ela cravou-lhe a unha do indicador na coxa. Inacreditavelmente, a unha ultrapassou a calça jeans como se fosse uma faca e uma fina linha de sangue apareceu, assustadora em seu líquido rubro.

Eu não queria que fosse assim, e me dava nojo, mas ao ver o sangue minha boca salivou.

– Não! – ele respondeu logo, colocando as mãos nos ombros dela e tentando afastá-la de si.

– Ah, pare de fingir – ela riu outra vez, emitindo um som sarcástico e mesquinho. – Você sabe que sempre estaremos juntos – ela esticou a língua e lambeu o traço de sangue.

Eu estremeci; estava completamente mesmerizada, mesmo contra minha vontade.

– Chega! – ele ainda estava empurrando seu ombro. – Não quero te magoar, mas você está realmente começando a me aborrecer. Por que você não entende? Não vamos mais fazer isso. Eu não te quero.

– Você me quer! Você sempre vai me querer! – disse ela abrindo-lhe o zíper.

Eu não devia estar ali. Não devia estar vendo aquilo. Tirei os olhos da coxa dele, que sangrava, e dei um passo para trás.

O cara levantou os olhos. Ele me viu.

E então algo realmente bizarro aconteceu. Pude sentir seu toque através de nossos olhos. Não conseguia tirar os olhos dele. A garota em frente a ele aparentemente sumira, e tudo que havia no corredor era ele e eu e o doce aroma de seu sangue.

– Você não me quer? Não é o que parece agora – ela disse com uma voz maliciosamente ronronante.

Senti minha cabeça começar a balançar para frente e para trás. Ao mesmo tempo ele gritou – Não! – e tentou empurrá-la do caminho para poder se aproximar de mim.

Eu desviei brutamente meus olhos dos dele e tropecei para trás.

– Não! – ele disse outra vez. Desta vez eu soube que ele estava falando comigo e não com ela. Ela deve ter percebido também, pois soltou um berro que soou desconfortavelmente como o ranger de dentes de um animal selvagem. Meu corpo descongelou. No mesmo instante eu me virei e saí correndo pelo corredor abaixo.

Achei que eles fossem vir atrás de mim, então continuei correndo até encontrar a enorme e velha porta que Neferet descrevera. Então fiquei lá, de pé, encostada à madeira dura e fria da porta, tentando controlar minha respiração para escutar o som de pés correndo.

O que eu faria se eles me perseguissem agora? Minha cabeça estava latejando dolorosamente outra vez e eu me senti fraca e totalmente apavorada. E completamente, totalmente enojada.

Sim, eu sabia o que era sexo oral. Duvido que hoje em dia exista uma adolescente viva nos Estados Unidos que não saiba que a maioria dos adultos imagina que trocamos o costume das meninas de sua época de dar chicletes a eles por dar este *algo mais*. Tudo bem, isso é só uma besteira que sempre me deixou furiosa. Claro que tem garotas que acham "legal" fazer isso, mas, na minha opinião, elas estão enganadas. Aquelas de nós cujos cérebros funcionam sabem que não é legal ser usada assim.

Tudo bem, então eu *sabia* o que era aquilo, mas certamente jamais presenciara o ato. Então ficara realmente histérica com o que acabara de ver. Mas fiquei mais histérica pelo jeito que reagi ao ver o sangue do cara do que por flagrar o ato em si.

Eu também tive vontade de lamber o sangue. E isso simplesmente não é normal.

Depois teve toda aquela história da estranha troca de olhares entre nós dois. O que foi aquilo?

– Zoey, você está bem?

– Inferno! – arfei e dei um pulo. Neferet estava atrás de mim, olhando-me totalmente confusa.

– Está se sentindo mal?

– Eu... eu... – minha mente se debatia. Sem chance de eu contar a ela o que acabara de ver. – Minha cabeça está doendo muito – finalmente consegui dizer. E era verdade. Estava com uma dor de cabeça de matar.

Ela franziu a testa de pura preocupação.

– Deixe-me ajudá-la – Neferet pôs a mão de leve sobre uma série de pontos em minha testa. Ela fechou os olhos e deu para ouvi-la murmurar algo em uma língua que eu não entendia. Então sua mão começou a esquentar e foi como se o calor se tornasse líquido e minha pele o absorvesse. Fechei os olhos e suspirei de alívio e a dor de cabeça começou a diminuir.

– Melhor?

– Sim – mal murmurei.

Ela me pegou pela mão e eu abri os olhos.

– Isso deve acabar com a dor. Não sei por que voltou de repente com tanta força.

– Nem eu, mas agora passou – eu me apressei em dizer.

Ela me observou em silêncio um pouquinho mais enquanto eu prendia a respiração. Então ela perguntou:

– Algo lhe aborreceu?

Eu engoli em seco.

– Estou com um pouquinho de receio de conhecer minha colega de quarto – tecnicamente, não era mentira. Não foi isso que me aborreceu, mas a ideia me amedrontava.

O sorriso de Neferet foi gentil.

– Tudo ficará bem, Zoey. Agora deixe-me apresentá-la à sua nova vida.

Neferet abriu a grossa porta de madeira e saímos em um grande pátio que ficava em frente à escola. Ela deu um passo para o lado para que eu observasse com expressão de boba. Adolescentes usavam uniformes que por alguma razão pareciam legais e únicos, sendo semelhantes mesmo assim, e caminhavam pelo pátio e pela calçada em pequenos grupos. Ouvi o som enganosamente normal de suas vozes enquanto riam e conversavam. Fiquei olhando para eles e para a escola, sem saber com quem me deslumbrar mais. Escolhi a escola. Era a opção menos intimidante (e eu que sentira medo de *vê-la*). O lugar parecia saído de um sonho horripilante. Estávamos no meio da noite e já era para estar bem escuro, mas havia uma luminosa lua brilhando sobre os enormes e antigos carvalhos que faziam sombra em toda parte. Lâmpadas de gás ajustadas em luminárias pendentes de cobre manchado seguiam pela calçada paralela ao grande edifício com tijolos de pedra preta e vermelha. Tinha três andares e um teto estranhamente alto que apontava para cima, mas ficava plano no topo. Vi que as pesadas cortinas estavam abertas e suaves luzes amarelas projetavam sombras que dançavam para cima e para baixo nos aposentos, dando um visual vivo e receptivo à estrutura como um todo. Uma torre redonda unia-se à frente do edifício principal, favorecendo a ilusão de que o lugar parecia mais um castelo que uma escola. Juro que um fosso teria mais a ver com a construção do que uma calçada cercada por moitas de azaleias e grama bem-aparada.

Do outro lado do edifício principal havia outro, que parecia mais velho e mais assemelhado a uma igreja. Atrás dele e dos antigos carvalhos, vi a sombra de um muro enorme de pedra que cercava a escola inteira. Em frente ao edifício havia uma estátua de mármore de uma mulher com um robe longo e solto.

– Nyx! – eu disse sem pensar.

Neferet levantou uma das sobrancelhas, surpresa.

– Sim, Zoey. Esta é uma estátua da Deusa e o edifício atrás é seu templo – ela fez menção para que eu caminhasse com ela pela calçada e fez um gesto expansivo para o impressionante campus que se abriu à nossa frente. – O que hoje é conhecido como a Morada da Noite foi construído em estilo neo-franco-normando, com pedras importadas da Europa. Originalmente, em meados dos anos 1920, era um monastério augustino do Povo de Fé. Acabou se tornando a *Cascia Hall*, uma escola preparatória particular para adolescentes humanos abastados. Quando decidimos que precisávamos abrir uma escola nossa nesta parte do país, compramos a *Cascia Hall*, cinco anos atrás.

Eu me lembrava apenas vagamente dos dias em que aquilo fora uma conceituada escola particular – na verdade a única lembrança que eu tinha da escola vinha das notícias quando um bando de garotos que estudava lá foi preso com drogas, e lembrava também como os adultos ficaram chocados. Blá-blá-blá. Ninguém mais se chocou ao saber que a maioria daqueles jovens ricos usava drogas.

– Fico surpresa de ver que eles venderam a propriedade a vocês – eu disse, distraída.

A risada que ela deu foi grave e um pouquinho perigosa.

– Eles não queriam, mas eu fiz uma proposta irrecusável ao arrogante diretor da escola.

Eu quis perguntar o que ela estava querendo dizer, mas a risada dela me deu uma sensação sinistra. Além do que, eu estava ocupada. Não conseguia parar de olhar. Certo, a primeira coisa que reparei foi que todos que tinham tatuagens de vampiro mais densas, eram incrivelmente bonitos. Tipo, isso era maluquice pura. Sim, eu sabia que os vampiros eram atraentes. Todos sabiam disso. Os atores e atrizes mais bem-sucedidos do mundo eram vampiros. Também eram dançarinos e músicos, escritores e cantores. Os vampiros dominavam as artes, uma das razões pelas quais tinham tanto dinheiro – e também um motivo para que o Povo de Fé os considerassem egoístas e imorais. Mas, na verdade, isso era pura inveja por eles serem tão bonitos. O Povo de Fé assistia seus filmes, suas peças, concertos, comprava seus livros e sua arte, mas ao mesmo tempo falava mal deles e os menosprezavam, e Deus era testemunha que jamais se misturavam a eles. *Hello* – alguém falou em hipocrisia?

De qualquer forma, estar cercada por tanta gente linda de morrer deu vontade de me arrastar para debaixo de um banco, apesar de muitos deles cumprimentarem Neferet e depois sorrirem e dizerem oi para mim, também. Enquanto correspondia com hesitação aos cumprimentos, eu olhava furtivamente para os garotos e garotas que passavam por nós. Todos acenavam respeitosamente para Neferet. Vários deles curvavam-se formalmente para ela e cruzavam os pulsos sobre o coração, o que fazia Neferet sorrir e se curvar levemente em resposta. Tudo bem que os jovens não eram tão belos quanto os adultos. Claro que tinham boa aparência – na verdade, eram interessantes com suas luas crescentes desenhadas e seus uniformes que mais pareciam modelos de passarela do que roupas de escola – mas não tinham a luz cintilante e desumanamente atraente que irradiava do interior dos vampiros adultos. Percebi que, como eu suspeitara, seus uniformes tinham muito preto básico (era de se esperar que um grupo de pessoas tão por dentro das artes soubesse reconhecer um clichê quando alguém sai por aí vestindo maçantes roupas preto-gótico. Só estou dizendo...). Mas acho que, sendo honesta, terei de admitir que lhes caía bem – o preto misturado ao sutil padrão axadrezado em púrpura profundo, azul-escuro e verde-esmeralda. Cada uniforme tinha um desenho adornado em ouro ou prata no bolso superior da jaqueta ou da blusa. Percebi que alguns dos desenhos eram os mesmos, mas não deu para ver exatamente o que eram. Além disso, havia uma quantidade enorme de jovens de cabelos compridos. Sério, as garotas tinham cabelos compridos, os caras tinham cabelos compridos, os professores tinham cabelos compridos, até os gatos que andavam pela calçada de vez em quando eram bolas de pelos compridos. Esquisito. Ainda bem que semana passada desisti da ideia de cortar o cabelo curto naquele estilo "bundinha-de-pato" que Kayla resolvera cortar o dela.

Também reparei que os adultos e os jovens tinham mais uma coisa em comum – seus olhos se voltavam, cheios de curiosidade, para minha Marca. Que ótimo. Então eu estava começando minha nova vida como uma anomalia, o que era um saco.

8

A parte da Morada da Noite em que ficavam os dormitórios era do outro lado do campus, de modo que a caminhada foi das grandes e Neferet parecia estar caminhando devagar de propósito, o que me deu tempo de sobra para fazer perguntas e admirar a vista. Não que eu me importasse. Caminhar pela série de edifícios acastelados, com Neferet apontando os detalhes e dizendo o que cada coisa significava, fez com que me sentisse melhor em relação ao lugar. Além do fato que caminhar, me fez sentir normal. Na verdade, por mais estranho que pareça, eu me senti eu mesma outra vez. Não estava tossindo. Meu corpo não estava mais doendo. Até minha cabeça parara de doer. Eu estava total e absolutamente deixando de pensar na cena perturbadora que eu havia presenciado acidentalmente. Eu estava esquecendo – de propósito. A última coisa de que eu precisava agora era lidar com algo além de minha vida nova e daquela Marca esquisita na minha testa.

Negando profundamente, eu disse para mim mesma que, se eu não estivesse caminhando por um campus de escola em altas horas da madrugada, ao lado de uma vampira, quase poderia fingir que continuava a mesma pessoa de ontem. Quase.

Bem, *o.k.* Talvez a palavra não fosse exatamente *quase*, mas minha cabeça estava realmente melhor, e eu estava praticamente pronta para conhecer minha colega de quarto quando Neferet finalmente abriu a porta do dormitório das garotas.

No interior havia uma surpresa. Não sei bem o que eu esperava – talvez esperasse que tudo fosse escuro e sinistro. Mas era legal, decorado em tom azul suave e amarelo antigo, com sofás confortáveis e montes de gordas almofadas espalhadas por todo o recinto como se fossem M&M's pálidos, tão grandes que dava para sentar nelas. A suave luz de gás que vinha de vários candelabros antigos de cristal fazia o lugar parecer um castelo de princesa. Nas paredes cor de creme havia grandes pinturas a óleo, todas de mulheres antigas que pareciam exóticas e poderosas. Flores recém-cortadas, a maioria rosas, repousavam em vasos de cristal sobre mesinhas de canto repletas de livros e bolsas e objetos bem típicos de adolescentes. Vi várias tevês de tela plana e reconheci o som do *Real World* da MTV vindo de uma delas. Captei tudo isso rapidamente enquanto tentava sorrir e parecer simpática para as garotas que se calaram no instante que entrei no local e agora estavam olhando para mim. Bem, apague isto. Elas não estavam olhando exatamente para mim. Estavam olhando para a Marca em minha testa.

– Senhoritas, esta é Zoey Redbird. Cumprimentem-na e deem-lhe as boas-vindas à Morada da Noite.

Por um segundo eu achei que ninguém fosse dizer nada e quis morrer pela humilhação típica de uma novata. Então uma menina se levantou do meio de um grupo que estava reunido ao redor de uma das tevês. A maldita da lourinha era quase perfeita. Na verdade, me lembrava uma versão jovem de Sarah Jessica Parker (de quem, aliás, não gosto – ela é tão... tão... irritante e falsamente animada).

– Oi, Zoey. Bem-vinda à sua nova casa – o sorriso da sósia de SJP era caloroso e sincero e estava óbvio que ela se esforçava para olhar nos olhos ao invés de ficar olhando feito boba para minha Marca escurecida na pele. Instantaneamente me senti mal por fazer uma comparação tão negativa sobre ela. – Sou Aphrodite – ela disse.

Aphrodite? Está certo, talvez eu *nem* tenha sido tão maldosa assim em minha comparação. Como alguém normal pode escolher um nome como Aphrodite? Pelo amor de deus. Complexo de grandeza, é isso. Emplastrei um sorriso no rosto mesmo assim e disse, radiante:

– Oi, Aphrodite!

– Neferet, gostaria que eu mostrasse a Zoey seu quarto?

Neferet hesitou, o que pareceu realmente estranho. Ao invés de responder logo, ela parou e olhou bem nos olhos de Aphrodite. Então, tão rapidamente quanto começara a olhar para ela em confrontador silêncio, o rosto de Neferet se abriu em um amplo sorriso.

– Obrigada, Aphrodite, seria muito simpático de sua parte. Sou mentora de Zoey, mas tenho certeza que ela se sentiria muito mais bem recebida se alguém de sua própria idade lhe mostrasse o caminho para seu quarto.

Seria de raiva aquele brilho que percebi nos olhos de Aphrodite? Não, eu só podia estar imaginando aquilo – ou ao menos teria acreditado imaginar se aquela intuição tão forte não me dissesse o contrário. E não precisava de minha nova intuição para me ligar no fato de que algo estava errado, pois Aphrodite rira – e eu reconheci aquela risada.

Sentindo algo como um soco no estômago, percebi que esta garota – Aphrodite – era a mesma que eu tinha acabado de ver com o cara no corredor!

A risada de Aphrodite, seguida por seu insolente "*claro que terei o maior prazer em mostrar o lugar a ela! Você sabe que sempre fico feliz em ajudá-la, Neferet*" soou tão falso e frio quanto os peitões enormes de Pamela Anderson, mas Neferet limitou-se a assentir em resposta e então se virou para mim.

– Vou deixá-la agora, Zoey – Neferet disse, apertando-me o ombro. – Aphrodite te levará ao seu quarto, e sua nova colega de quarto poderá ajudá-la a se preparar para o jantar. Vejo você no refeitório – ela sorriu para mim com seu jeito caloroso e maternal e eu tive o ímpeto ridiculamente infantil de abraçá-la e implorar-lhe para não me deixar sozinha com Aphrodite. – Você ficará bem – disse ela, como se estivesse lendo minha mente. – Você vai ver, Zoey. Tudo vai dar certo – ela murmurou, parecendo tanto com minha avó que eu tive de piscar forte os olhos para não chorar. Então ela se despediu de Aphrodite e das demais garotas com um breve aceno e saiu do dormitório.

A porta se fechou com um som abafado e morto. Ah, que inferno... tudo que eu queria era ir para casa!

– Vamos, Zoey. Os quartos são por aqui – disse Aphrodite. Ela fez menção para que eu subisse a ampla escadaria que fazia uma curva à nossa direita. Ao subir as escadas, tentei ignorar os cochichos que instantaneamente se ouvia atrás de nós.

Nenhuma de nós duas falou nada, e eu me senti tão desconfortável que me deu vontade de gritar. Será que ela tinha me visto aquela hora no corredor? Bem, com certeza eu não tocaria no assunto. Nunca. Para mim, não havia acontecido nada.

Limpei a garganta e disse:

– O dormitório parece legal. É bem bonitinho.

Ela me olhou de soslaio.

– É mais que legal ou bonitinho aqui; é maravilhoso.

– Ah. Bem, que bom saber.

Ela riu. O som foi totalmente desagradável – quase de escárnio – e me fez sentir um arrepio na nuca como da primeira vez que ouvi aquela risada.

– Aqui é maravilhoso principalmente por minha causa.

Olhei para ela, achando que ela devia estar de brincadeira, e me deparei com seus frios olhos azuis.

– Sim, você ouviu bem. Este lugar é demais por que eu sou demais.

Ah, meu Deus. Que coisa mais bizarra de se dizer. Não fazia a menor ideia de como responder àquela informação tão arrogante. Tipo, como se eu estivesse precisando passar pelo estresse de brigar com uma idiota como a senhorita "Se Acha", já tendo que lidar com a mudança de vida, de espécie e de escola? E ainda não sabia se ela sabia que era eu quem a observara no corredor.

Tudo bem. Só queria descobrir um jeito de me adaptar. Queria poder chamar aquela nova escola de lar. Então decidi seguir pelo caminho mais seguro e ficar de boca calada.

Nenhuma de nós disse mais nada. A escada levava para um corredor cheio de portas. Eu prendi a respiração quando Aphrodite parou em frente a uma porta pintada em belo tom púrpura claro, mas ao invés de bater na porta, ela se virou para me encarar. Seu rosto perfeito subitamente pareceu frio e cheio de ódio e com certeza nada belo.

– Muito bem, o negócio é o seguinte, Zoey. Você tem essa Marca esquisita na testa e está todo mundo falando de você e imaginando o que isso significa – ela revirou os olhos e segurou suas pérolas dramaticamente, mudando de voz para parecer bem idiota e alterada. – Ooooh! A novata tem uma Marca colorida! O que será que isso quer dizer? Será que ela é especial? Será que ela tem poderes fabulosos? Ah, meu Deus; ah, meu Deus! – ela soltou a mão que estava na altura do pescoço e me olhou com olhos apertados. Sua voz ficou tão vazia e maldosa quanto seu olhar. – A parada é a seguinte: sou eu quem dá as cartas aqui. As coisas são do meu jeito. Se quiser se dar bem aqui, é melhor não se esquecer disso. Do contrário, sua vida vai virar um inferno.

Certo, ela estava querendo me tirar do sério.

– Escute – eu disse – acabei de chegar aqui. Não estou procurando confusão e não posso fazer nada se as pessoas estão falando da minha Marca.

Ela apertou os olhos. Ah, merda. Será que eu teria mesmo que brigar com esta garota? Jamais brigara na vida! Meu estômago deu voltas e me preparei para abaixar a cabeça, sair correndo ou qualquer coisa assim para não apanhar.

Então, com a mesma rapidez com que se transformara na ameaçadora cheia de ódio, seu rosto se relaxou com um sorriso e ela voltou a ser a dócil lourinha outra vez. (Não que eu estivesse me deixando enganar.)

– Ótimo. Então estamos entendidas.

Ahn? O que eu entendi foi que ela se esqueceu de tomar seus remédios, só isso.

Aphrodite não me deu tempo de dizer nada. Com um último e estranhamente caloroso sorriso, ela bateu na porta.

– Entre! – respondeu uma voz insolente de sotaque de Oklahoma.

Aphrodite abriu a porta.

– Oi, pessoal! Ai meu Deus, entre – com um largo sorriso, minha nova colega de quarto, que também era loura, levantou-se correndo como um pequeno tornado campesino. Mas no instante em que viu Aphrodite, seu sorriso se desfez e ela parou de correr em nossa direção.

– Vim lhe trazer sua nova colega de quarto – tecnicamente, não havia nada de errado com as palavras de Aphrodite, mas seu tom era cheio de ódio e ela estava usando um sotaque de Oklahoma terrivelmente falso. – Stevie Rae Johnson, esta é Zoey Redbird. Zoey Redbird, esta é Stevie Rae Johnson. Pronto, não estamos agora todas bem aconchegadas e felizes, como três pintinhos no ninho?

Olhei para Stevie Rae. Ela parecia uma coelhinha aterrorizada.

– Obrigada por me trazer aqui, Aphrodite – falei rapidamente, chegando perto dela, que automaticamente recuou, o que a fez sair pela porta. – A gente se vê – fechei a porta na cara dela enquanto seu olhar de surpresa estava apenas começando a mudar para raiva. Então me virei para Stevie Rae, que ainda estava pálida.

– Qual é o problema dela? – perguntei.

– Ela é... ela é...

Apesar de não conhecê-la em absoluto, dava para ver que Stevie Rae estava com dificuldade em saber o que ela devia e o que não devia dizer. Então resolvi ajudá-la. Afinal, seríamos colegas de quarto. – Ela é uma insuportável! – comentei.

Os olhos de Stevie se arregalaram e ela deu um sorriso falso.

– Ela não é muito legal, com certeza.

– Ela precisa de ajuda psiquiátrica, isso sim – acrescentei, fazendo-a rir ainda mais.

– Acho que vamos nos dar muito bem, Zoey Redbird – ela disse, ainda sorrindo. – Bem-vinda ao seu novo lar! – ela deu um passo para o lado e fez um gesto largo ao redor do quartinho, como se me apresentasse um palácio.

Olhei ao redor e pisquei os olhos. Várias vezes. A primeira coisa que vi foi o pôster em tamanho real de Kenny Chesney pendurado sobre uma das duas camas e o chapéu de caubói (ou de vaqueira?) que estava sobre uma das mesas de cabeceira – na mesa que também tinha um antiquado abajur a gás com base em formato de bota de caubói. Essa não. Stevie Rae era uma *Okie*[5] daquelas!

Então me surpreendi com o grande abraço que ela me deu, lembrando-me um bichinho de estimação bonitinho com seu cabelo curto encaracolado e seu rosto sorridente e redondo. – Zoey, fico tão feliz que você esteja se sentindo melhor. Estava muito preocupada quando ouvi falar que você se machucara. Fico feliz que você finalmente esteja aqui.

– Obrigada – eu disse, ainda olhando ao redor para ver aquele que agora era meu quarto, também, sentindo-me totalmente estupefata e estranhamente à beira das lágrimas outra vez.

– Meio assustador, não é? – Stevie Rae me observava com olhos grandes e sérios, repletos de lágrimas de compaixão. Eu fiz que sim, sem confiar em minha voz.

– Eu sei. Passei minha primeira noite inteira chorando.

Engoli minhas lágrimas de volta e perguntei:

– Faz quanto tempo que você está aqui?

– Três meses. E, cara, fiquei feliz quando me disseram que eu ia ganhar uma colega de quarto!

– Você sabia que eu estava vindo?

Ela assentiu vigorosamente.

– Ah, sim! Neferet disse-me antes de ontem que o *Rastreador* havia te sentido e ia Marcá-la. Achei que você ia chegar ontem, mas fiquei sabendo que você se acidentou e foi levada à clínica. O que houve?

5 Termo pejorativo para naturais de Oklahoma. (N.T.)

Eu dei de ombros e disse:

– Eu estava à procura de minha avó e caí, machucando a cabeça – não estava entendendo a estranha sensação que me mandava calar a boca, mas ainda não sabia bem o quanto podia contar a Stevie Rae e fiquei aliviada quando ela assentiu e não me fez mais pergunta nenhuma sobre o acidente, nem mencionou minha esquisita Marca na testa.

– Seus pais deram ataque quando você foi Marcada?

– Só deram. E os seus?

– Na verdade, minha mãe não ligou. Ela disse que qualquer coisa que me afastasse de Henrietta era boa.

– Henrietta, Oklahoma? – perguntei, feliz de poder falar de um assunto que não tinha a ver comigo.

– Infelizmente, sim.

Stevie Rae se deixou cair pesadamente na cama em frente ao pôster de Kenny Chesney e fez um gesto para que eu me sentasse na cama do outro lado. Sentei-me, e então senti certa surpresa ao me dar conta que estava sentada em minha linda manta rosa-choque *Ralph Lauren* que tinha em casa. Olhei confusa para a mesinha de canto feita de carvalho. Lá estavam meu feio e irritante despertador, meus óculos de *nerd* para quando me cansasse de usar lentes e minha foto com vovó do verão passado. Vi meus livros das séries *Bubbles* e *Gossip Girls* (além de outros favoritos, como *Drácula,* de Bram Stoker – o que era bastante irônico), alguns *CDs*, meu *laptop* e – ah meu Deus – meus bonequinhos *Monstros S.A.* Incrivelmente constrangedor. Minha mochila estava no chão, perto de minha cama.

– Sua avó trouxe as coisas para cá. Ela é muito legal – Stevie Rae comentou.

– Ela é mais que legal. Além de ter muita coragem para enfrentar minha mãe e seu marido idiota e trazer essas coisas para mim. Posso imaginar a cena melodramática que minha mãe fez – suspirei e balancei a cabeça.

– É, acho que tenho sorte. Ao menos minha mãe não criou problema por causa disso – Stevie Rae apontou para a lua crescente na testa. – Apesar de meu pai ter perdido a linha completamente, dizendo que eu era sua "bebezinha" e tudo mais – ela deu de ombros e sorriu. – Meus três irmãos acharam espetacular e me pediram para lhes arrumar umas vampirinhas – ela revirou os olhos. – Garotos idiotas.

– Garotos idiotas – eu repeti e sorri para ela. Se ela achava os garotos estúpidos, então nos daríamos muito bem.

– A maioria deles agora está bem quanto a isso. As aulas são meio estranhas, mas eu gosto; principalmente das aulas de *Tae Kwon do*. Eu gosto de dar umas porradas – sorriu maquiavelicamente, como se fosse uma duendezinha loura. – Eu gosto dos uniformes, o que no começo foi um choque total. Imagina se alguém espera *gostar* de um uniforme de escola? Mas nós podemos acrescentar coisas ao uniforme e torná-los únicos para que não fiquem parecendo típicos uniformes de escola, certinhos e sem-graça. E aqui tem uns caras que são muito gostosos, apesar de garotos serem idiotas – seus olhos cintilaram. – Mais que tudo, fico tão feliz de estar longe de Henrietta, que não me importo com mais nada, apesar de Tulsa ser meio assustadora de tão grande.

– Tulsa não é assustadora – disse automaticamente. Ao contrário de muitos jovens de nosso subúrbio em Broken Arrow, eu sabia me virar em Tulsa graças ao que minha avó gostava de chamar de "viagens campestres" que fazíamos juntas. – Você só tem de saber aonde ir. No centro da cidade, na rua Brady, tem uma ótima galeria de pérolas onde você pode montar sua própria joia, e na porta ao lado fica *Lola's at the Bowery* – ela tem as melhores sobremesas da cidade. A rua Cherry também é legal. Não estamos longe de lá agora. Na verdade, estamos bem perto do espetacular Museu *Philbrook* e da Praça *Utica*. Lá tem umas lojas excelentes e...

Eu de repente me dei conta do que estava dizendo. Jovens vampiros se davam com jovens normais? Procurei lembrar. Não. Jamais vira jovens com luas crescentes desenhadas na testa andando pelo museu, ou pela *Utica* ou pela *Banana Republic* ou *Starbucks*. Jamais os vira no cinema. Inferno! Sequer vira um jovem vampiro antes de hoje. Então por que eles nos mantinham trancados aqui por quatro anos? Sentindo-me um pouco sem fôlego e claustrofóbica, perguntei:

– Nós podemos sair daqui?

– Sim, mas há um monte de regras a seguir.

– Regras? Que regras?

– Bem, você não pode usar nenhuma peça do uniforme escolar... – ela parou subitamente. – Caraca! Isso me fez lembrar. Precisamos correr. O jantar será daqui a minutos e você precisa se trocar – ela deu um pulo e começou a procurar pelas roupas no armário do meu lado do quarto, virando-se para conversar comigo o tempo todo – Neferet mandou entregar umas roupas aqui ontem à noite. Não se preocupe com os números das roupas. Eles sempre dão um jeito de saber nosso número antes de nos ver. É meio doido de ver como os vampiros adultos sabem mais do que deviam saber. De qualquer forma, não tenha medo. Falei sério quando disse que os uniformes não são tão feios quanto você poderia pensar. Você pode mesmo acrescentar outras peças, como eu faço.

Olhei para ela. Tipo, olhei mesmo para ela. Ela estava usando uma autêntica calça jeans *Roper* do tipo que aqueles garotos do interior usavam, apertadas demais e sem bolsos traseiros. Como alguém podia achar bonito usar calças apertadas e sem bolsos traseiros, eu honestamente jamais entenderia. Stevie Rae era toda magrinha e a calça jeans até ressaltava sua bunda. Eu já soube, antes mesmo de olhar para o pé da garota, o que ela estava usando: botas de caubói. Baixei os olhos e suspirei. É. Botas de couro marrom, saltos planos e bicos finos. Enfiada dentro da calça jeans estilo *country* ela usava uma blusa de algodão preto e manga comprida que parecia cara como aquelas peças que se encontram na *Saks* ou na *Neiman Marcus*, contrastando com as camisetas transparentes mais baratas que lojas careiras como *Abercrombie* querem nos fazer acreditar que não são vulgares. Quando ela olhou para mim, vi que ela tinha dois furos em cada orelha, nos quais usava pequenas argolas de prata. Ela se virou e levantou uma blusa preta parecida com a que ela estava usando em uma das mãos e um pulôver na outra, e concluí que, apesar de aquele visual country não fazer meu estilo, ela ficava bem bonitinha com sua mistura de caipira e chique.

– Prontinho! Jogue isto aqui sobre sua calça jeans e estaremos prontas.

A luz vacilante do abajur de bota de caubói iluminou uma linha do ornamento prateado na blusa que ela estava me mostrando bem na altura abaixo do peito, eu peguei as duas blusas, levantando o suéter para ver melhor a frente. O ornamento prateado tinha formato de uma espiral que cintilava por todos os lados em um delicado círculo projetado para ficar sobre o coração.

– É nosso símbolo – Stevie Rae disse.

– Nosso símbolo?

– Sim, toda turma tem seu próprio símbolo – aqui eles nos chamam de terceiros-formandos, quartos-formandos, quintos-formandos e sextos-formandos. – Somos do terceiro ano, então nosso símbolo é o labirinto de prata da Deusa Nyx.

– O que este símbolo representa? – eu perguntei mais para mim mesma do que para ela enquanto passava o dedo nos círculos prateados.

– Representa nosso novo começo enquanto iniciamos a caminhada pela Senda da Noite e o aprendizado dos caminhos da Deusa e das possibilidades de nossa nova vida.

Levantei os olhos em sua direção, surpresa por ela subitamente soar tão séria. Ela sorriu, meio tímida, e deu de ombros.

– Essa é uma das primeiras coisas que se aprende em Sociologia Vampírica 101. Essa é a aula de Neferet, que é com certeza bem melhor que as aulas chatas que eu estava tendo na escola secundária de Henrietta, lar das galinhas de briga. Eca. Galinhas de briga! Que tipo de mascote é esse? – ela balançou a cabeça e revirou os olhos enquanto eu ria. – Enfim, ouvi falar que Neferet é sua mentora, o que é muita sorte sua. Ela dificilmente aceita novatos e, além de ser a Grande Sacerdotisa, é de longe a professora mais legal daqui.

O que ela não disse é que eu não tinha apenas sorte, mas era "especial" com minha esquisita Marca na testa. O que me fez lembrar...

– Stevie Rae, por que você não me perguntou sobre minha Marca? Tipo, fico contente de você não me bombardear com perguntas como todo mundo quando olha para minha Marca. Aphrodite tocou no assunto assim que ficamos a sós. Mas você quase não olhou para ela. Por quê?

Então ela finalmente olhou para minha testa antes de dar de ombros e me olhar nos olhos outra vez.

– Você divide o quarto comigo. Achei que você me diria o que está rolando quando estivesse pronta para dizer. Uma coisa que aprendi ao crescer em uma cidadezinha como Henrietta é que, para se manter os amigos, é melhor não se meter na vida deles. Bem, vamos dividir o quarto por quatro anos... – ela parou, e na pausa entre as palavras se instalou a grande e feia verdade não dita, a de que dividiríamos o quarto por quatro anos se nenhuma de nós morresse durante a Transformação. Stevie Rae engoliu em seco e terminou de dizer apressadamente. – Acho que o que estou querendo dizer é que quero que sejamos amigas.

Sorri para ela. Ela parecia tão jovem e esperançosa, tão legal e normal e longe do que eu imaginava que seria uma jovem vampira. Senti um pouquinho de esperança. Quem sabe eu ainda fosse descobrir um jeito de me encaixar por lá.

– Também quero ser sua amiga!

– É isso aí! – juro que ela pareceu se enroscar como um filhotinho outra vez. – Mas vamos lá! Ande logo; não podemos nos atrasar.

Ela me empurrou até a porta que ficava entre os dois armários, correu para o espelho de maquiagem em sua mesa do computador e começou a escovar os cabelos curtos. Ao entrar, vi que era um pequeno banheiro e logo tirei minha camiseta *BA Tigers* e vesti a blusa de algodão, e sobre ela um lindo suéter tricotado em seda de tom profundamente púrpura com finas listras pretas. Estava pronta para voltar ao quarto, pegar a maquiagem e demais produtos que trouxe em minha mochila e tentar dar um jeito em meu rosto e nos meus cabelos quando olhei para a imagem no espelho sobre a pia. Meu rosto ainda estava branco, mas perdera a palidez assustadora e doentia de antes. Meus cabelos continuavam insanos, todos loucos e despenteados, e mal dava para ver a fina linha de pontos escuros na parte de cima de minha têmpora esquerda. Foi a Marca azul-safira que prendeu minha atenção. Enquanto eu olhava para ela, hipnotizada por sua beleza exótica, a luz do banheiro atingiu o labirinto de prata ornado sobre meu coração. Concluí que os dois símbolos, por alguma razão, combinavam, apesar de seus tamanhos e cores diferentes...

Mas eu combinava com eles? E combinava com este estranho mundo novo?

Apertei os olhos com força e torci desesperadamente para que o que quer que fôssemos comer no jantar (ah, por favor, tomara que não houvesse degustação de sangue) não entrasse em conflito com meu estômago já ferrado e nervoso.

– Ah, não... – murmurei comigo mesma – seria muita sorte agora eu ter uma crise de diarreia.

9

Tudo bem, o refeitório era legal – opa, quer dizer, o "salão de jantar", como proclamava a placa de prata logo na entrada. Não tinha nada a ver com o monstruoso e gelado refeitório da minha antiga escola, que tinha acústica tão ruim que mesmo sentada ao lado de Kayla eu não conseguia ouvir metade do que ela tagarelava. Já este salão era quentinho e agradável. As paredes eram feitas da mesma mistura esquisita de tijolos expostos e pedras pretas da parte externa do edifício, e o recinto estava repleto de mesas de piquenique de madeira com assentos e encostos acolchoados. Cada mesa acomodava cerca de seis jovens e, no centro do salão, uma grande mesa irradiava, na qual ninguém estava sentado, quase transbordando de frutas, queijos e carnes, e uma jarra de cristal cheia com algo suspeito, vermelho como vinho tinto. (Ahn? Vinho na escola? O quê?) O teto era baixo e a parede de trás tinha janelas e uma porta de vidro no centro. As pesadas cortinas de veludo vermelho-bordô estavam abertas, e ao olhar para fora vi um belo e pequeno pátio com bancos de pedra, trilhas serpenteantes e flores e arbustos ornamentais. No meio do pátio havia uma fonte de mármore jorrando água do alto de algo que se parecia muito com um abacaxi. Era muito bonito, principalmente com a iluminação do luar e de um ou outro lampião a gás.

A maioria das mesas já estava cheia de jovens comendo e conversando, que olharam com evidente curiosidade quando Stevie Rae e eu entramos. Respirei fundo e mantive a cabeça erguida. Melhor deixar que vissem bem a Marca pela qual estavam todos tão obcecados. Stevie Rae levou-me para a lateral do salão em que ficavam aqueles troços cujo nome esqueci, típicos de bufê com comida.

– Para que a mesa no meio do salão? – perguntei enquanto caminhávamos.

– É a oferenda simbólica à Deusa Nyx. Sempre há um lugar à mesa para ela. Parece meio esquisito no começo, mas logo você se acostuma.

Na verdade, nem parecia tão esquisito para mim; de certa forma, fazia sentido. A Deusa estava tão viva naquele lugar. Eu também estava começando a reparar que por toda a escola havia pequenas figuras e imagens que a representavam. Sua Grande Sacerdotisa era minha mentora e eu tinha de reconhecer que já me sentia ligada a Nyx. Com esforço, contive-me e não toquei na Marca em minha testa. Ao invés disso, peguei uma bandeja e entrei na fila, atrás de Stevie Rae.

– Não se preocupe – ela sussurrou para mim. – A comida é muito boa. Não vão lhe fazer beber sangue, nem comer carne crua, nem nada assim.

Aliviada, relaxei o maxilar. A maioria dos garotos já estava comendo, de modo que a fila era curta, e quando Stevie Rae e eu pegamos a comida minha boca começou a salivar. Espaguete! Respirei fundo: *com alho*!

– Esse papo de vampiros não suportarem alho é uma bobagem das grandes – Stevie Rae disse entre dentes enquanto nos servíamos.

– Certo, e esta história de vampiros terem de beber sangue? – eu murmurei.

– Não – ela disse, suavemente.

– Não?

– Não é papo-furado.

Ótimo. Maravilhoso. Fantástico. Exatamente o que eu queria ouvir: *não*.

Tentando não pensar em sangue e em sei lá mais o quê, peguei um copo de chá e acompanhei Stevie Rae até outra mesa, onde outros jovens conversavam animadamente enquanto comiam. Claro que a conversa parou totalmente quando eu cheguei, o que não pareceu perturbar Stevie Rae em nada. Quando me sentei no lugar em frente a ela, Stevie Rae fez as apresentações com seu sotaque de Oklahoma.

– Ei, todo mundo. Quero apresentar minha nova colega de quarto, Zoey Redbird. Zoey, esta é Erin Bates – ela apontou para a loura ridiculamente linda sentada ao meu lado. (Ora, que inferno – quantas louras lindas podia haver em uma só escola? Não há um limite?) Ainda com seu jeito prático de Oklahoma, ela continuou, abrindo aspas para enfatizar. – Erin é "a linda". Também é engraçada e esperta e tem mais sapatos do que qualquer pessoa que eu possa imaginar.

Erin tirou os olhos azuis que já estavam cravados na minha Marca há um bom tempo para dizer "oi".

– E este é Damien Maslin, o único cara em nosso grupo. Mas como ele é *gay*, acho que não conta como um cara de verdade.

Ao invés de se aborrecer com Stevie Rae, Damien pareceu sereno e tranquilo.

– Na verdade, acho que devia contar por dois por ser *gay*. Afinal, comigo vocês podem ter o ponto de vista masculino sem se preocuparem com eu querer pegar em seus peitos.

Ele tinha um rosto liso e totalmente sem espinhas, e seus cabelos e olhos castanhos lembraram-me um filhote de cervo. Não no sentido excessivamente menininha, como tantos adolescentes que resolvem se assumir e contar a todos o que todos já sabiam (bem, todos menos seus pais, que geralmente são sem-noção ou fingem que não veem). Damien não era do tipo *bichinha*; era apenas um garoto bonitinho com um sorriso simpático. Ele também estava perceptivelmente se esforçando para não ficar olhando para minha Marca, o que achei legal.

– Bem, talvez você tenha razão. Eu não havia realmente pensado por esse lado – disse Stevie Rae enquanto pegava um pedaço de pão de alho.

– Ignore-a, Zoey. O resto de nós é quase normal – Damien disse. – E estamos muito felizes por você finalmente ter chegado aqui. Stevie

Rae tem enlouquecido o pessoal aqui, especulando como você seria, quando você ia chegar...

– Se você seria uma dessas garotas malucas que cheiram mal e acham que ser vampira significa apostar quem consegue ser mais infeliz – Erin interrompeu.

– E se você seria uma delas – Damien disse, indicando com os olhos a mesa à nossa esquerda.

Acompanhei seu olhar e quase tive uma crise de nervos ao reconhecer de quem ele estava falando.

– Está falando de Aphrodite?

– É – Damien disse. – E aquele rebanho de soberbas aduladoras.

– Ahn? – eu olhei para ele sem entender.

Stevie Rae suspirou.

– Você vai se acostumar com a obsessão de Damien por vocabulário. Felizmente, essas não são palavras novas, então algumas de nós até sabemos o que ele está dizendo sem ter de implorar por tradução. Adulador é um puxa-saco servil – disse ela, com voz fanhosa, como se estivesse respondendo a dúvidas na aula de inglês.

– Que seja. Elas me dão vontade de vomitar – disse Erin, sem tirar os olhos do espaguete.

– Elas? – eu perguntei.

– As Filhas das Trevas – esclareceu Stevie Rae, e eu percebi que ela automaticamente baixou a voz.

– Considere-as um clube de mulheres – disse Damien.

– De malditas do inferno – completou Erin.

– Ei, vocês, acho que não devemos influenciar Zoey contra elas. Quem sabe ela consiga se dar bem com as garotas.

– Acorde, Rae... são malditas do inferno – disse Erin.

– Olhe a língua, Erin, querida. É com ela que você come – Damien disse recatadamente.

Incrivelmente aliviada por ninguém naquela mesa gostar de Aphrodite, eu estava pronta para pedir mais explicações quando uma garota veio correndo e se esgueirou com sua bandeja no local ao lado de Stevie Rae. Ela tinha cor de cappuccino (do tipo que se compra em cafeterias de verdade e não aquele treco asqueroso e doce demais comprados em cafeteiras automáticas) e era toda curvilínea com seus lábios em formato de biquinho e maçãs do rosto altas que lhe davam a aparência de uma princesa africana. Ela também tinha cabelos realmente lindos. Eram grossos e lhe caíam sobre os ombros em ondas de cachos negros e sedosos. Seus olhos eram tão negros que pareciam nem ter pupilas.

– Agora, tenha dó! Tenha dó mesmo. Será que *ninguém* – ela olhou diretamente para Erin – se deu ao trabalho de me acordar e dizer que estava na hora do jantar?

– Pelo que sei, sou sua colega de quarto, não sua mãe – disse Erin preguiçosamente.

– *Não* me obrigue a cortar esse seu cabelo louro de Jessica Simpson no meio da noite – disse a princesa africana.

– Na verdade, a expressão consuetudinária seria "não me obrigue a cortar esse seu cabelo louro de Jessica Simpson no meio do dia". Tecnicamente, para nós dia é noite e noite é dia. Aqui o dia é invertido.

A jovem negra olhou para ele espremendo os olhos.

– Damien, você está me torrando a paciência com essa droga de vocabulário esquisito.

– Shaunee – Stevie Rae tratou logo de interromper –, minha colega de quarto finalmente chegou aqui. Esta é Zoey Redbird. Zoey, esta é a colega de quarto de Erin, Shaunee Cole.

– Oi – eu disse, entre uma garfada e outra de espaguete, quando Shaunee parou de olhar feio para Erin e voltou os olhos para mim.

– Então, Zoey, qual é a da sua Marca colorida? Você ainda é novata, não é? – todo mundo na mesa ficou chocado com a pergunta de Shaunee. Ela olhou ao redor. – O que é? Não vão fingir que não estavam todos se perguntando a mesma coisa.

– Podíamos estar, mas somos educados o bastante para não perguntar – disse Stevie Rae com firmeza.

– Ah, por favor. Sai dessa – ela fez pouco da reprimenda de Stevie. – O assunto é importante demais para esse tipo de coisa. Todo mundo quer saber sobre sua Marca. Não dá para perder tempo quando a fofoca é boa – Shaunee voltou-se para mim. – Então, qual é a da Marca esquisita?

Melhor encarar isso agora. Tomei um rápido gole de chá para limpar a garganta. Os quatro estavam olhando para mim, esperando, impacientes, por minha resposta.

– Bem, ainda sou uma novata. Acho que não sou diferente de nenhum de vocês – então disse impulsivamente algo que já estava considerando quando todos começaram a falar. Tipo, eu sabia que teria de responder a essa questão um dia. Não sou idiota; confusa, talvez, mas não idiota. E minha intuição me dizia que eu precisava contar algo diferente da história real sobre minha experiência fora do corpo com Nyx. – Não sei direito porque minha Marca foi preenchida. Não estava assim quando o *Rastreador* me Marcou. Mas naquele dia, mais tarde, eu sofri um acidente. Caí e bati com a cabeça. Quando acordei a Marca estava assim. Andei pensando nisso, e só posso achar que seja alguma espécie de reação ao meu acidente. Eu estava inconsciente e perdi muito sangue. Quem sabe isso tenha acelerado o processo de escurecimento da Marca. Seja como for, é o meu palpite.

– Hum – Shaunee bufou. – Esperava que fosse algo mais interessante. Algo que desse fofoca das boas.

– Cuidado, gêmea – disse Erin a Shaunee, inclinando a cabeça em direção às Filhas das Trevas. – Do jeito que você está começando a falar, parece que estaria melhor naquela mesa.

Shaunee retorceu o rosto.

– Nem morta-viva eu me meteria com aquelas vacas.

– Você está deixando Zoey extremamente confusa – replicou Stevie Rae.

Damien soltou um longo e sofrido sorriso.

– Vou explicar, provando mais uma vez como sou útil para este grupo, com ou sem pênis.

– Eu gostaria muito que você tentasse não usar essa palavra que começa com P – resmungou Stevie Rae – especialmente quando estou comendo.

– Eu gosto – Erin entrou na conversa. – Se todo mundo chamasse as coisas pelo nome certo haveria muito menos confusão. Por exemplo, você sabe que quando vou ao banheiro eu declaro o óbvio: estou precisando eliminar urina pela uretra. Simples. Fácil. Claro.

– Nojento. Grosseiro. Tosco – disse Stevie Rae.

– Tô contigo, gêmea – concordou Shaunee. – Tipo, se falássemos claramente sobre coisas como urina e menstruação etc., a vida seria bem mais simples.

– *O.k.*, chega de papo de menstruação enquanto estou comendo espaguete – Damien levantou a mão como se pudesse parar a conversa fisicamente. – Posso ser *gay*, mas isso é tudo que posso aguentar – ele se inclinou em minha direção e começou sua explicação. – Primeiro, Shaunee e Erin se chamam de "gêmea" porque, apesar de estar claro que elas não são parentes – Erin é superbranca e vem de Tulsa, e Shaunee é descendente de jamaicanos, vem de Connecticut e tem uma linda pele cor de chocolate...

– Obrigada por gostar de minha negritude – disse Shaunee.

– Não há de que – respondeu Damien, e continuou tranquilamente com sua explicação. – Apesar de não terem relação de sangue, são de uma semelhança muito doida.

– É como se tivessem sido separadas no nascimento ou coisa assim – explicou Stevie Rae.

No mesmo momento, Erin e Shaunee sorriram uma para a outra e deram de ombros. Foi então que eu reparei que elas usavam a mesma roupa: jaquetas jeans escuras com lindas asas douradas nos bolsos do peito, camisetas pretas e calças pretas de cintura baixa. Usavam até os mesmos brincos: enormes argolas de ouro.

– Calçamos o mesmo número – disse Erin, esticando o pé para que víssemos que ela estava usando botas com salto *stiletto* pretas de bico fino.

– E o que é uma pequena diferença de melanina quando se tem verdadeira paixão por sapatos? – Shaunee levantou o pé e exibiu outro lindo par de botas – sendo que estas eram de couro preto liso com fivelas grossas de prata nos tornozelos.

– Concluindo! – Damien interrompeu, revirando os olhos. – As Filhas das Trevas são, numa versão resumida, em sua maioria umas riquinhas que se dizem donas do espírito da escola e coisa e tal.

– Não, a versão resumida é que elas são malditas do inferno – disse Shaunee.

– Foi exatamente o que eu disse, gêmea – Erin riu.

– Vocês duas não estão ajudando – disse Damien. – Agora, onde estava?

– Espírito da escola e coisa e tal – eu dei corda.

– Isso mesmo. É, dizem que elas formam esta grande organização pró-escola e pró-*vamp*. Além do que, também dizem que sua líder está sendo preparada para ser Grande Sacerdotisa, de modo que todos comentam que ela é o coração, a mente e o espírito da escola; bem como a futura líder da sociedade vampírica etc. etc., blá-blá-blá. Imagine algo como o Mérito Escolar Nacional assumindo a Sociedade de Honra, misturando-se a líderes de torcidas e bichas macacas de auditório.

– Ei, não é desrespeito à sua condição de *gay* chamá-las de bichas macacas de auditório? – perguntou Stevie Rae.

– Estou usando o termo como um apelido carinhoso – explicou Damien.

– E jogadores de futebol; não se esqueça que também há os Filhos das Trevas – disse Erin.

– Ahã, gêmea. É um verdadeiro crime e uma vergonha que aqueles caras lindos de morrer se deixem sugar...

– E ela quis dizer literalmente – disse Erin, com um sorriso maldoso.

– Pelas malditas do inferno – Shaunee concluiu.

– *Hello*! Até parece que eu ia esquecer dos garotos. Só que ficam me interrompendo.

As três garotas deram sorrisos apologéticos. Stevie Rae fez um gesto de quem estava fechando o zíper dos lábios e jogando a chave fora. Erin e Shaunee fizeram movimentos labiais dizendo "imbecil" para ela, mas ficaram quietas para Damien poder terminar.

Reparei na brincadeira com o termo "sugar", o que me fez pensar que a cena que vi não devia ser tão incomum.

– Mas o que as Filhas das Trevas são mesmo é um grupo de idiotas metidas que gostam de exercer poder sobre todo mundo. Elas querem que todos as sigam e concordem com suas ideias malucas sobre o significado de se tornar vampiro. Sobretudo, elas odeiam os humanos e não querem ter a menor ligação com quem pensa diferente delas.

– A não ser que você lhes cause dificuldades – Stevie Rae acrescentou. Dava para notar por sua expressão que ela sabia disso por experiência pessoal e me lembrei de como ela ficou pálida e apavorada quando Aphrodite me levara ao nosso quarto. Depois eu tinha de me lembrar de perguntar-lhe o que acontecera.

– Mas não deixe que elas lhe metam medo – alertou Damien. – Apenas fique de olho quando estiver perto delas e...

– Olá, Zoey. Que bom revê-la tão rápido.

Desta vez não foi difícil para mim reconhecer sua voz. Era como mel; escorregadio e excessivamente doce. Todo mundo na mesa pulou, inclusive eu. Ela usava um suéter como o meu, só que sobre seu coração havia as silhuetas prateadas de três mulheres feito deusas, uma delas segurando o que parecia ser uma tesoura. Ela estava com uma saia preta de pregas *muito* curta, calças colantes pretas com brilhos prateados e botas negras até os joelhos. Tinha duas garotas atrás dela, vestidas quase do mesmo jeito. Uma era negra e tinha cabelos muito longos (só podia ser um aplique dos bons) e a outra também era loura (olhando suas sobrancelhas de perto, concluí que ela era loura natural tanto quanto eu).

– Oi, Aphrodite – eu disse, quando todos pareceram chocados demais para falar.

– Espero não estar interrompendo nada – disse ela, sem sinceridade.

– Não está. Estamos apenas falando sobre o lixo que precisa ser recolhido hoje à noite – comentou Erin, com um grande e falso sorriso.

– Bem, você tinha mesmo que entender disso – replicou Aphrodite com desprezo, virando as costas para Erin de propósito, que estava de punhos cerrados e parecendo pronta para voar sobre a mesa para agarrá-la. – Zoey, eu devia ter lhe dito uma coisa ontem, mas acho que simplesmente esqueci. Quero lhe convidar para fazer parte das Filhas das Trevas em nosso ritual particular da Lua Cheia, amanhã à noite. Sei que não é comum alguém que está aqui há pouco tempo ser convidada para tomar parte em um ritual, mas sua Marca mostrou claramente que você é, bem, diferente das novatas comuns – ela desdenhosamente apontou seu nariz perfeito para Stevie Rae. – Já falei com Neferet, e ela também acha que seria bom para você se juntar a nós. Mais tarde lhe darei os detalhes, quando você não estiver tão ocupada com... hum... com o lixo – ela deu seu sorriso tenso e sarcástico para o resto da mesa, jogou seus longos cabelos para trás e partiu juntamente com seu séquito.

– Malditas do inferno – Shaunee e Erin disseram juntas.

10

– Sempre acho que a jactância ainda vai acabar derrubando Aphrodite – disse Damien.

– Jactância – Stevie Rae explicou – quer dizer extrema arrogância.

– Na verdade, essa eu sei – disse, ainda olhando para Aphrodite e sua corja se afastando. – Acabamos de ler *Medeia* na aula de inglês. Foi a jactância que derrubou Jasão.

– Eu adoraria arrancar a jactância da cabeça dessa vaca – disse Erin.

– E eu terei prazer em segurá-la para que possa fazer isso, gêmea – completou Shaunee.

– Não! Nós já conversamos antes sobre isso. O castigo para quem briga é pesado. Bem pesado. Não vale a pena.

Observei Erin e Shaunee ficarem pálidas ao mesmo tempo e quis perguntar o que poderia ser tão pesado, mas Stevie Rae continuou falando, desta vez comigo.

– Só tome cuidado, Zoey. As Filhas das Trevas, especialmente Aphrodite, podem parecer legais de vez em quando, e isso só as torna mais perigosas.

– Ah, nada disso. Não vou ao tal ritual de lua cheia.

– Acho que você tem que ir – Damien disse baixinho.

– Neferet deu permissão – disse Stevie Rae, com Erin e Shaunee balançando a cabeça em anuência. – Isso quer dizer que ela espera que você vá. Você não pode dizer não à sua mentora.

– Especialmente sua mentora sendo Neferet, a Grande Sacerdotisa de Nyx – disse Damien.

– Não posso simplesmente dizer que não estou pronta para... para... seja lá o que queiram que eu faça, e perguntar a Neferet se posso... sei lá, como vocês diriam? Ser dispensada desse tal ritual desta vez?

– Poder, você pode, mas Neferet contaria às Filhas das Trevas e elas passariam a achar que você tem medo delas.

Pensei na grande merda que já havia acontecido entre Aphrodite e eu em tão pouco tempo.

– Ah, Stevie Rae, eu devo mesmo estar com medo delas.

– Nunca deixe que elas saibam – Stevie Rae baixou os olhos para o prato, tentando esconder seu constrangimento. – Isso é pior do que enfrentá-las.

– Meu bem – disse Damien, dando um tapinha na mão de Stevie Rae – pare de se martirizar por isso.

Stevie Rae deu um sorriso doce de agradecimento a Damien. Então ela me disse:

– Apenas vá. Seja forte e vá. Elas não vão fazer nada de tão terrível durante o ritual. É aqui no campus, elas não ousariam.

– Sim, todas fazem suas besteiras longe daqui, onde é mais difícil de serem alcançadas pelos vampiros – explicou Shaunee. – Por aqui elas fingem ser tão enjoativamente doces que ninguém sabe como elas são de verdade.

– Ninguém, exceto nós – disse Erin, abrangendo com um gesto de mão que se referia não só a nosso pequeno grupo, mas a todos no refeitório.

– Não sei, pessoal, talvez Zoey venha a se dar bem com algumas delas – disse Stevie Rae, sem o menor sarcasmo ou inveja.

Eu neguei com a cabeça.

– Nada disso, eu não vou me dar bem com elas. Não gosto do jeito delas; jeito de gente que tenta controlar as pessoas e fazer todo mundo parecer ruim só para se sentirem melhor consigo mesmas. E não quero ir ao tal Ritual de Lua Cheia! – disse com firmeza, pensando em meu padrasto e seus amigos e em como era irônico que eles parecessem ter tanta coisa em comum com um grupo de adolescentes que se diziam filhas de uma deusa.

– Eu iria contigo se pudesse, qualquer uma de nós iria, mas quem não é uma das Filhas das Trevas só pode ir se convidado – disse Stevie Rae com tristeza.

– Tudo bem. Eu... eu me arranjo – de repente eu havia perdido a fome. Só estava muito, muito cansada e queria demais mudar de assunto. – Então me explique sobre os diferentes símbolos que vocês usam aqui. Você me falou do seu, a espiral de Nyx. Damien também tem uma espiral, então isso deve significar que ele é... – Parei para lembrar como Stevie Rae chamara os calouros – terceiros-formandos. Mas Erin e Shaunee têm asas, e Aphrodite outra coisa.

– Ela está falando das três Moiras – Damien disse. – As três Moiras são filhas de Nyx. Todos os sextos-formandos usam o emblema das Moiras, com Átropos segurando a tesoura para simbolizar o fim dos estudos.

– E, para alguns de nós, o fim da vida – acrescentou Erin de um jeito sinistro.

Isso fez todos se calarem. Quando não suportei mais aquele silêncio desconfortável, limpei a garganta e disse:

– E as asas de Erin e Shaunee?

– São as asas de Eros, que é filho da semente de Nyx...

– O deus do *amor* – disse Shaunee, pronunciando a letra "o" da palavra com lábios bem redondos.

Damien franziu a testa olhando para ela e continuou a falar.

– As asas douradas de Eros são o símbolo dos quartos-formandos.

– Porque somos a turma do *amor* – Erin cantarolou, levantando os braços sobre a cabeça e requebrando os quadris.

– Na verdade, isso é porque devemos lembrar sempre da capacidade de Nyx de amar, e as asas, nosso contínuo movimento adiante.

– Qual é o símbolo dos quintos-formandos? – perguntei.

– A carruagem dourada de Nyx deixando um rastro de estrelas – disse Damien.

– Acho que é o mais lindo entre os quatro símbolos – disse Stevie Rae. – Aquelas estrelas brilham que é uma loucura.

– A carruagem mostra que continuamos na jornada de Nyx. As estrelas representam a magia dos dois anos que já se passaram.

– Damien, você é um aluninho muito bom – completou Erin.

– Eu te disse que devíamos ter pedido ajuda a ele para estudar para a prova de mitologia humana – disse Shaunee.

– Achei que fosse *eu* quem tivesse dito *a você* que precisávamos da ajuda dele e...

– Não importa – Damien gritou mais alto do que as garotas – isso é basicamente tudo que existe sobre os quatro símbolos das turmas. É tudo muito simples – então olhou diretamente para as gêmeas, agora caladas. – Isto é, se vocês prestassem atenção na aula ao invés de ficarem escrevendo bilhetes e olhando para os caras que acham bonitinhos.

– Você é realmente muito certinho, Damien – disse Shaunee.

– Principalmente para um garoto *gay* – acrescentou Erin.

– Erin, seus cabelos estão meio elétricos hoje. Não é por maldade nem nada, mas você devia pensar em trocar de xampu. Com essas coisas, cuidado nunca é demais. Daqui a pouco você vai começar a ter pontas duplas.

Os olhos azuis de Erin se arregalaram e ela automaticamente passou a mão nos cabelos.

– Ah, não, não, não. Não acredito que você acabou de dizer isso, Damien. Você sabe como ela é maluca pelo cabelo – Shaunee começou a inchar como um peixe cor de chocolate.

Damien, enquanto isso, apenas sorriu e voltou a comer seu espaguete – a imagem perfeita da inocência.

– Hum, pessoal – disse Stevie Rae rapidamente, levantando-se e puxando-me pelo cotovelo –, Zoey parece acabada. Vocês se lembram como foi quando chegamos aqui. Vamos voltar para os quartos. Tenho de estudar para a prova de sociologia vampírica, então só devo ver vocês amanhã.

– Certo, até mais – disse Damien. – Zoey, foi um prazer conhecê-la, de verdade.

– Sim, bem-vinda ao Inferno Superior – Erin e Shaunee disseram juntas antes de Stevie Rae me puxar para o quarto.

– Obrigada. Estou cansada mesmo – disse a Stevie Rae quando começamos a voltar pelo corredor que tive a felicidade de reconhecer como o mesmo que levava à entrada principal do edifício central da escola. Paramos quando um gato cinza-prateado insinuante passou na nossa frente, correndo atrás de um gato malhado menor e com cara de aborrecido.

– Belzebu! Deixe Cammy em paz! Damien vai lhe arrancar o couro!

Stevie Rae tentou pegar o gato cinza sem conseguir, mas ele parou de perseguir o outro gato e foi descendo o corredor do mesmo jeito que viera. Stevie Rae ficou olhando feio para ele.

– Shaunee e Erin precisam ensinar modos a este gato; ele sempre está aprontando alguma – ela olhou para mim enquanto saíamos do edifício e caminhávamos pela suave escuridão do pré-amanhecer. – Esta coisinha linda é Cameron, o gato de Damien. Belzebu pertence a Erin e Shaunee; ele as escolheu ao mesmo tempo. É isso aí. Parece estranho mesmo, mas depois de um tempinho você vai ser como todos nós e começar a achar que elas realmente só podem ser gêmeas.

– Mas elas parecem legais.

– Ah, elas são ótimas. Brigam muito, mas são totalmente leais e jamais deixarão ninguém falar de você – ela sorriu. – Tudo bem, elas devem falar de você, mas é diferente, e não será pelas suas costas.

– E eu gostei mesmo de Damien.

– Damien é um doce e muito esperto. Mas às vezes me sinto mal por ele.

– Como assim?

– Bem, ele tinha um colega de quarto quando cheguei aqui, uns seis meses atrás, mas assim que o cara descobriu que Damien era *gay* – tipo, *hello*, o garoto não tenta esconder que é – ele reclamou com Neferet e disse que não ia dividir quarto com uma bicha.

Eu fiz uma careta. Não suporto homofóbicos.

– E Neferet aceitou isso?

– Não, ela deixou claro para o garoto – ah, ele mudou seu nome para Thor depois que chegou aqui – ela balançou a cabeça e revirou os olhos – isso não diz tudo? Enfim, Neferet mostrou que Thor estava totalmente por fora e deu a Damien a opção de continuar com Thor ou se mudar para outro quarto. Damien optou por se mudar. Tipo, você não se mudaria também?

Fiz que sim.

– Claro. Jamais dividiria o quarto com Thor, o Homofóbico.

– É o que todos nós pensamos também. Desde então Damien está em um quarto sozinho.

– Não tem mais *gays* por aqui?

Stevie Rae deu de ombros.

– Tem umas garotas que são lésbicas e totalmente assumidas, mas apesar de duas delas serem legais e andarem com todo mundo, a maioria delas se isola umas com as outras. Elas estão muito voltadas para o aspecto religioso da devoção à Deusa e passam a maior parte do tempo no templo de Nyx. E é claro que tem aquelas festeiras retardadas que acham legal ficar se pegando umas com as outras, mas só se tiver uns garotos bonitinhos olhando.

Eu balancei a cabeça.

– Sabe, nunca entendi por que tem garotas que ficam pegando outras garotas para arrumar namorado. Para mim parece contraproducente.

– Até parece que eu quero um namorado que só me acha gostosa se eu estiver beijando outra garota. Eca.

– E garotos *gays*?

Stevie suspirou.

– Tem alguns além de Damien, mas são muito esquisitos ou afeminados. Lamento por ele. Acho que ele fica bem sozinho. Seus pais não escrevem para ele, nem nada.

– Eles piraram com essa história de vampiros?

– Não, eles nem ligaram muito. Inclusive, não diga nada a Damien, pois ele fica magoado, mas acho que eles ficaram aliviados quando ele foi Marcado. Eles não sabiam o que fazer com um filho *gay*.

– Por que eles teriam que fazer alguma coisa? Ele ainda é filho deles. Só que ele gosta de caras.

– Bem, eles moram em Dallas, e o pai dele é figurão do Povo de Fé. Acho que ele é algum tipo de ministro ou coisa assim...

Eu levantei a mão.

– Pare. Não precisa dizer nem mais uma palavra. Já entendi tudo – e entendi mesmo. Estava muito acostumada às ideias tacanhas do tipo "nosso caminho é o único caminho" do Povo de Fé. Só de pensar neles eu ficava exausta e deprimida.

Stevie Rae abriu a porta do dormitório. A área da sala de estar estava vazia a não ser por umas poucas garotas que estavam assistindo a reprises de *That '70s Show*. Stevie Rae e eu acenamos distraidamente para elas.

– Ei, você quer pegar um refrigerante ou algo assim para levar lá para cima?

Afirmei com a cabeça e a acompanhei pela sala de estar até chegar a um recinto menor ao lado, no qual havia quatro geladeiras, uma pia grande, dois micro-ondas, vários armários e uma linda mesa de madeira branca bem no meio – como uma cozinha normal, só que esta era estranhamente cheia de geladeiras. Tudo era limpo e bem-arrumado. Stevie Rae abriu uma das geladeiras. Olhei por sobre o ombro dela e vi que estava cheia de todo tipo de bebida – tudo, de refrigerantes a montes de sucos e águas com gás de gosto nojento.

– O que você quer?

– Qualquer refrigerante está bom – eu disse.

– Isto aqui é para todos nós – ela disse ao me passar duas *Diet Cokes* e pegou duas *Frescas*[6] para si mesma. – Tem frutas e legumes e coisas do tipo nestas duas geladeiras e carnes magras para sanduíches na outra. Elas estão sempre abastecidas, mas os *vamps* são bem obsessivos com nossa alimentação saudável, portanto você não vai encontrar sacos de batatas fritas, nem *Twinkles*, nem nada do tipo.

– Nada de chocolate?

– Sim, tem uns chocolates bem caros nos armários. Os *vamps* dizem que chocolate, com moderação, nos faz bem.

O.k., quem é o infeliz que vai querer comer chocolate com moderação? Guardei o pensamento para mim mesma enquanto voltamos pela sala de estar e nos dirigimos ao nosso quarto no andar acima.

– Então os, ahn, *vamps* – eu meio que tropecei na palavra – são muito ligados em comida saudável?

– Bem são, mas acho que basicamente só os novatos comem coisas saudáveis. Tipo, a gente não vê *vamps* gordos por aí, mas também eles não ficam comendo aipo e cenoura e beliscando saladas. A maioria deles come em seu próprio refeitório, e dizem que comem bem – ela olhou para mim e baixou a voz. – Ouvi falar que eles comem muita carne vermelha. Muita carne vermelha mal-passada.

– Eeeca – eu disse, estupefata com a imagem bizarra que subitamente me veio de Neferet se atracando com um bife sangrento.

Stevie Rae estremeceu e prosseguiu:

– Às vezes o mentor de alguém se senta com um novato à mesa de jantar, costuma tomar uma ou duas taças de vinho, mas não come com a gente.

Stevie Rae abriu a porta, e com um suspiro eu me sentei na cama e tirei os sapatos. Deus, eu estava cansada. Massageando os pés, pensei por quê os vampiros adultos não comiam com a gente, até que

6 Água gaseificada e saborizada citricamente, ainda não comercializada no Brasil. (N.T.)

resolvi que não queria mais pensar tanto no assunto. Tipo, isso me despertava perguntas demais na cabeça, como o que eles comeriam realmente? E o que eu teria que comer quando e se me tornasse uma vampira adulta? Eca.

E parte de meu cérebro sussurrava que isso também me remetia à reação que tive ontem ao sangue de Heath. Será que foi só ontem? E também minha reação mais recente ao sangue daquele cara no corredor. Não. Eu com certeza não queria pensar em nada daquilo – não mesmo. Então rapidamente voltei a me concentrar no assunto da dieta saudável.

– Certo, eles não se preocupam tanto com comidas saudáveis, então por que a obsessão de que a gente tenha esse tipo de dieta? – perguntei a Stevie Rae.

Ela olhou nos meus olhos, parecendo preocupada e bem amedrontada.

– Eles querem que nossa dieta seja saudável pela mesma razão que fazem a gente se exercitar todo dia: para que nossos corpos fiquem o mais forte possível, porque enfraquecer, engordar ou adoecer, são os primeiros sinais de que o corpo está rejeitando a Transformação.

– E então a pessoa morre – eu disse logo.

– É, e então a pessoa morre – ela concordou.

11

Não estava achando que ia dormir. Percebi que ia ficar lá deitada com saudades de casa e pensando na reviravolta bizarra que acontecera em minha vida. Imagens perturbadoras dos olhos daquele cara no corredor não paravam de invadir minha mente, mas eu estava tão cansada que não conseguia me concentrar. Até o ódio psicótico de Aphrodite também parecia sonolentamente distante. Na verdade, minha última preocupação pouco antes de apagar foi minha testa. Será que estava doendo de novo por causa da Marca e do corte na têmpora, ou será que eu estava ganhando uma espinha gigante? E será que meu cabelo ficaria legal no meu primeiro dia de aula na escola de vampiros amanhã? Mas quando me aninhei em meu edredom e inalei o cheiro das plumas e de casa, senti uma segurança e uma quentura inesperadas... e então apaguei.

Também não tive pesadelos. Sonhei com gatos. Vá entender. Garotos gostosos? Não. Novos poderes vampíricos super legais? Claro que não. Só gatos. Tinha uma em particular – uma gatinha de pelo malhado alaranjado, de patinhas minúsculas e uma pança com uma bolsa meio marsupial. Ela ficava gritando comigo com voz de velha e perguntando por que eu havia demorado tanto a chegar. Então sua vozinha de gata mudou para um zunido irritante de buzina e eu...

– Zoey, vamos! Desligue esse alarme maldito!

– O quê... ahn? – Ah, que inferno. Odeio manhãs. Minha mão procurava pelo pino para desligar meu irritante despertador. Eu já disse que fico total e completamente cega sem minhas lentes de contato? Peguei meus óculos de *nerd* e fui ver as horas. Seis e meia da tarde e eu estava acabando de acordar. Bizarro...

– Você quer tomar banho primeiro ou prefere que eu vá? – Stevie Rae perguntou, sonolenta.

– Eu vou, se não se importa.

– Tudo bem... – ela bocejou.

– *O.k.*

– Mas temos que ir logo porque, não sei você, mas eu tenho que tomar o café-da-manhã, senão vou morrer de fome antes do almoço.

– Cereal? – Fiquei subitamente animada. Sou completamente louca por cereais e tenho, como prova disso, uma camisa *EU ♥ CEREAL* guardada em algum lugar. Adoro principalmente *Count Chocula*[7] – outra ironia vampírica.

– É, sempre tem um monte daquelas caixinhas de cereais e biscoitos e frutas e ovos cozidos, essas coisas.

– Vou correr – de repente eu estava morta de fome. – Ei, Stevie Rae, tenho que vestir algo específico?

– Não – ela bocejou outra vez. – Pode pegar um suéter ou jaqueta que tenha nosso símbolo de terceiras-formandas e tudo bem.

Eu corri, apesar de estar muito nervosa por talvez não estar com um visual legal. Desejei poder levar horas fazendo e refazendo meus cabelos e minha maquiagem. Usei o espelho de Stevie Rae enquanto ela estava no chuveiro, e concluí que ser discreta provavelmente seria melhor que exagerar. Era esquisito como minha Marca parecia mudar todo o foco de meu rosto. Sempre tive olhos grandes – grandes, redondos e escuros, com fartos cílios. Tantos que Kayla costumava reclamar sobre como era injusto eu ter cílios que davam para três

---

7 Um cereal cuja embalagem mostra uma espécie de Conde Drácula faminto por chocolate ao invés de sangue. (N.T.)

garotas enquanto ela só tinha poucos cílios louros. (Falando nela... eu sentia falta de Kayla, principalmente nesta manhã em que eu estava me aprontando para começar na escola nova sem ela. Talvez eu desse uma ligada para ela mais tarde. Ou passasse um *e-mail*. Ou... eu me lembrei do comentário que Heath fizera sobre a festa e concluí que talvez fosse melhor não.) Enfim, a Marca de alguma forma deixava meus olhos maiores e mais escuros. Eu os delineei com uma sombra preta esfumaçada com pequenas partículas prateadas. Não deixei pesado como aquelas garotas que acham que ficam legais com os olhos emplastrados de delineador preto. Ah, tá. Parecem mais uns guaxinins assustadores. Esfumacei o contorno, apliquei pó, esfreguei um pouco de *blush* no rosto e passei brilho nos lábios (para esconder que andei mordendo os lábios de nervoso).

Então olhei para mim mesma.

Felizmente meus cabelos estavam se comportando bem. Eu ainda parecia... hummm... diferente, mas a mesma. O efeito da Marca em meu rosto não desaparecera. Ele ressaltava tudo que havia de étnico em meus traços: a escuridão de meus olhos, minhas grandes maçãs do rosto *Cherokee*, meu nariz orgulhoso e reto e até a cor de oliva de minha pele, como a de minha avó. A Marca da Deusa cor de safira parecia ter invertido tudo e enfatizado essas feições; ela libertara a *Cherokee* dentro de mim, permitindo que ela brilhasse.

– Seu cabelo está ótimo – Stevie Rae disse ao entrar no quarto enxugando os cabelos curtos. – Bem que eu gostaria que meus cabelos ficassem legais quando compridos. Mas não ficam. Ficam todos frisados, parecendo um rabo de cavalo.

– Gosto do seu cabelo curto – disse, abrindo caminho para ela e calçando minhas sapatilhas pretas cintilantes, tipo bailarina.

– É, bem, mas me faz parecer uma anormal aqui. Todo mundo tem cabelo comprido.

– Reparei, mas não entendi direito.

– É uma das coisas que acontecem quando a gente passa pela Transformação. Cabelo de vampiro cresce absurdamente rápido, e as unhas também.

Tentei não estremecer ao me lembrar das unhas de Aphrodite cortando a calça jeans e a pele daquele cara.

Felizmente, Stevie Rae não sabia de meus pensamentos e continuou falando.

– Você vai ver. Depois de um tempinho você não vai mais precisar olhar para os símbolos para saber em que ano os outros estão. Enfim, você vai aprender essas coisas na aula de sociologia vampírica. Ah! Isso me lembrou uma coisa – ela folheou uns papéis em sua mesa até achar o que procurava e me passou. – Aqui está sua programação. Fazemos juntas a terceira e a quinta aula. E confira a lista de alternativas que você tem para a segunda aula. Pode escolher qualquer uma.

Meu nome estava no topo da programação, impresso em negrito, ZOEY REDBIRD, INICIANDO O TERCEIRO ANO DE FORMAÇÃO, bem como a data, que era cinco (!?) dias antes de o *Rastreador* me Marcar.

1ª Aula – Sociologia Vampírica 101, sala 215, profa. Neferet
2ª Aula – Teatro 101, Centro de Artes Cênicas, profa. Nolan
ou
Desenho 101, sala 312, prof. Doner
ou
Introdução à Música, sala 314, prof. Vento
3ª Aula – Literatura 101, sala 214, profa. Penthesilea
4ª Aula – Esgrima, ginásio, prof. Doutor Lankford

PAUSA PARA O ALMOÇO

5ª Aula – Espanhol 101, sala 216, profa. Garmy
6ª Aula – Introdução à Equitação. Ginásio esportivo. Profa. Lenobia

– Nada de geometria? – eu perguntei sem pensar, totalmente embasbacada com a programação, mas tentando manter uma atitude positiva.

– Não, felizmente. Mas no próximo semestre vamos ter de estudar economia. Mas não pode ser tão ruim assim.

– Esgrima? Introdução à Equitação?

– Eu disse que eles gostam de nos manter em forma. Esgrima é legal, apesar de ser difícil. Não sou muito boa em esgrima, mas a gente acaba fazendo par com muitos caras dos anos mais adiantados que dão uma de instrutores. E vou te contar... tem uns garotos que são gostosos demais! Este semestre não faço aula de equitação; eles me colocaram no *tae kwon do*. E te digo mais... eu adoro!

– É mesmo? – disse, duvidando. – Imagino como deve ser essa aula de equitação!

– É. Qual aula alternativa você vai escolher?

Baixei os olhos para a lista.

– Qual você vai escolher?

– Introdução à Música. O professor Vento é legal e eu, ahn... – Stevie Rae sorriu e corou – quero ser estrela da música *country*. Tipo, Kenney Chesney, Faith Hill e Shania Twain são *vamps*, e só estou citando três. Caramba, Garth Brooks cresceu ali mesmo em Oklahoma e você sabe que ele é o maior *vamp* de todos. Então não vejo por que eu não possa ser também.

– Faz total sentido para mim – eu disse. Por que não?

– Você quer fazer a aula de música comigo?

– Seria divertido se eu fosse capaz de cantar ou tocar algum instrumento. Mas não sou.

– Ah, bem, talvez você não fosse capaz antes.

– Na verdade eu estava pensando em fazer aula de teatro. Eu fazia aula de teatro na outra escola e achava legal. Sabe alguma coisa sobre a professora Nolan?

– Sim, ela é do Texas e tem um sotaque daqueles, mas ela estudou teatro em Nova York e todo mundo gosta dela.

Eu quase ri alto quando Stevie mencionou o sotaque de Nolan. A garota falava de um jeito tão fanhoso que parecia garota-propaganda de acampamentos de *trailers*, mas de forma alguma eu a magoaria dizendo isso.

– Bem, então vai ser teatro.

– O.k., pegue sua programação e vamos. Ei – ela disse enquanto saíamos do quarto apressadas e descíamos a escada –, quem sabe você não vai ser a próxima Nicole Kidman!

Bem, até que ser a próxima Nicole Kidman não seria nada mau (não que estivesse em meus planos me casar e me divorciar de um baixinho pirado). Agora que Stevie Rae falara, na verdade eu não havia pensado muito sobre minha futura carreira desde que o *Rastreador* transformara minha vida em um caos completo, mas agora que eu estava realmente pensando no assunto, ainda achava que queria mesmo ser veterinária.

Um gato preto e branco obeso e de pelos compridos passou correndo a toda velocidade na nossa frente, correndo atrás de outro gato que parecia seu clone. Com tantos gatos por ali, com certeza iam precisar de uma veterinária vampira. (Veterinária vampira... Eu podia chamar minha clínica de *Vamp Vets*, e os anúncios seriam assim: "Tiramos seu sangue de graça!")

A cozinha e a sala de estar estavam cheias de garotas comendo e conversando e correndo para lá e para cá. Eu tentei retornar alguns dos "ois" que estava recebendo enquanto Stevie Rae me apresentava ao que parecia um fluxo impossivelmente confuso de garotas, e manter minha concentração na busca por uma caixa de *Count Chocula*. Bem quando estava começando a me preocupar, encontrei uma escondida detrás de várias caixas enormes de *Frosted Flakes* (nada mal como segunda opção, mas, bem, estes não são de chocolate e não vêm com deliciosos pedaços de *marshmellow*). Stevie Rae pegou uma pequena tigela de *Lucky Charms* e nos empoleiramos à mesa da cozinha, comendo rápido.

– Ei, Zoey!

Aquela voz. Já soube quem era antes mesmo de ver Stevie Rae baixar a cabeça para olhar para o prato de cereais.

– Oi, Aphrodite – disse, tentando parecer neutra.

– Caso eu não a veja mais tarde, gostaria de ter certeza que você sabe aonde ir esta noite. O Ritual de Lua Cheia das Filhas das Trevas começará às quatro da manhã, logo depois do ritual da escola. Você vai perder o jantar, mas não se preocupe com isso. Nós lhe daremos comida. Ah, é no muro do centro de recreações perto do muro leste. Encontro você em frente ao Templo de Nyx antes do ritual da escola, assim podemos ir juntas, e daí te mostro o caminho para o centro.

– Na verdade eu já prometi a Stevie Rae que a encontraria para irmos juntas ao ritual da escola – detesto gente que força a barra, pensei.

– É, foi mal – tive o prazer de ver Stevie Rae levantar a cabeça e dizer.

– Ei, você sabe onde fica o centro de recreações, não sabe? – perguntei a Stevie Rae, usando meu tom mais atrevidamente inocente.

– Sei, sim.

– Então você pode me mostrar como chegar lá, não é? Assim Aphrodite não tem de se preocupar, achando que eu possa me perder.

– Estou à disposição – Stevie Rae cantarolou, carregando no velho sotaque.

– Problema resolvido – disse a Aphrodite com um grande sorriso.

– Tudo bem. Ótimo. Encontro você às quatro da madrugada. Não se atrase – ela saiu se contorcendo.

– Se ela caminhar rebolando esta bunda um pouquinho mais, vai acabar quebrando alguma coisa – eu disse.

Stevie Rae engasgou e quase espirrou leite pelo nariz. Tossindo, ela disse:

– Não faça isso quando eu estiver comendo! – então ela engoliu e sorriu para mim. – Você não deixou ela ficar te dando ordens.

– Nem você – mastiguei a última colherada de cereal fazendo barulho. – Pronta?

– Pronta. *O.k.*, isso vai ser fácil. Sua primeira aula é logo depois da minha. Todas as salas do terceiro ano ficam no mesmo corredor. Vamos, eu lhe mostro o caminho e você vai ficar bem.

Passamos uma água em nossos pratos e os enfiamos em uma das cinco máquinas de lavar, depois corremos para sair na escuridão de uma linda noite de outono. Cara, era esquisito ir à escola à noite, apesar de meu corpo me dizer que estava tudo normal. Acompanhamos o fluxo de alunos pelas grossas portas de madeira.

– O corredor do terceiro ano é bem aqui – disse Stevie Rae, guiando-me por uma esquina e depois por um curto lance de escadas.

– Isto é um banheiro? – perguntei, ao passarmos apressadamente pelas fontes de água entre duas portas.

– É – ela disse. – Minha sala é esta aqui, e a sua é na porta seguinte. Vejo você depois da aula!

– Certo, valeu – eu disse.

Ao menos o banheiro ficava perto. Se eu tivesse uma crise de diarreia nervosa não teria de correr muito.

12

– Zoey! Aqui!

Quase chorei de alívio ao ouvir a voz de Damien e ver sua mão acenando para uma carteira vazia ao lado da dele.

– Oi – sentei-me e sorri para ele, agradecida.

– Está pronta para seu primeiro dia?

Não, eu não estava, mas fiz que sim com a cabeça. Quis falar mais, mas a sirene soou cinco vezes e quando seu eco arrefeceu, Neferet entrou na sala. Estava usando uma longa saia preta com uma abertura lateral que mostrava lindas botas de salto *stiletto* e um suéter de seda púrpura escuro. Sobre o seio esquerdo, ornado em prata, havia a imagem da Deusa com seus braços levantados e as mãos abarcando uma lua crescente. Seus cabelos estavam puxados para trás em uma trança grossa. A série de delicadas tatuagens onduladas que lhe emolduravam o rosto lhe davam um ar de antiga sacerdotisa guerreira. Ela sorriu para nós e pude perceber que a sala inteira se deixava afetar tanto quanto eu por sua poderosa presença.

– Boa noite! Estava ansiosa para começar as aulas nesta unidade. Adoro estudar em profundidade a rica sociologia das amazonas – então ela fez um gesto em minha direção. – Hoje é uma excelente oportunidade para Zoey Redbird juntar-se a nós. Sou mentora de Zoey, portanto espero que meus alunos a recebam bem. Damien, você poderia pegar um livro para Zoey, por favor? O armário dela fica perto do seu. Enquanto você explica para ela como funciona nosso sistema de armários, gostaria que os demais escrevessem sobre as ideias preconcebidas que têm sobre as antigas guerreiras vampiras conhecidas como amazonas.

O típico ruflar de papéis e murmúrios de alunos começou enquanto Damien me levava para os fundos da sala de aula onde havia uma parede de armários. Ele abriu o armário que tinha o número "12" em prata na porta. O armário tinha prateleiras amplas e organizadas cheias de livros e demais materiais escolares.

– Na Morada da Noite não há trancas como nas escolas normais. Pronto, a primeira aula é na sala de preparação e todos têm armários individuais. A sala estará sempre aberta para que a gente possa entrar para pegar livros ou qualquer outra coisa que precisarmos, do mesmo jeito que a gente poderia pegar um livro no corredor. Aqui está o livro de sociologia.

Ele me entregou um grosso livro de couro com a silhueta de uma deusa estampada na capa com o título *Sociologia Vampírica 101*. Peguei um caderno e duas canetas. Ao fechar a porta do armário, hesitei.

– Não tem tranca nenhuma?

– Não – Damien baixou a voz –, eles não precisam de trancas aqui. Se alguém roubar alguma coisa, os *vamps* vão saber. Não quero nem pensar no que pode acontecer com alguém que seja idiota o bastante para fazer isso.

Sentamo-nos de novo e comecei a escrever sobre a única coisa que sabia sobre as amazonas – que eram mulheres guerreiras que não precisavam muito dos homens – mas minha mente não estava concentrada no meu trabalho. Na verdade, eu estava pensando por que Damien, Stevie Rae e mesmo Erin e Shaunee tinham tanto pavor de arrumar encrenca. Tipo, sou uma boa garota – certo, não sou perfeita, mas mesmo assim. Só fora suspensa uma vez, e não foi por minha culpa. Verdade. Um garoto escroto quis me forçar a uma cena igual à que presenciei no corredor daqui. O que eu devia fazer? Chorar? Rir?

Fazer biquinho? *Hummm... não...* Então dei uma porrada nele (apesar de que prefiro dizer que bati nele) e eu fui suspensa por isso.

De qualquer forma, a suspensão não foi assim tão ruim. Fiz todo meu dever de casa e comecei a ler o novo livro das *Gossip Girls*. Estava na cara que a suspensão na Morada da Noite envolvia mais do que ir à sala do professor para quarenta e cinco minutos "sem fazer nada" depois da aula. Eu tinha de me lembrar de perguntar a Stevie Rae...

– Primeiro, que partes da tradição das amazonas nós ainda praticamos na Morada da Noite? – Neferet perguntou, atraindo minha atenção de volta à aula.

Damien levantou a mão.

– A reverência com o punho sobre o coração vem das amazonas, assim como nosso aperto de mão – segurando os antebraços.

– Correto, Damien.

Ah... Isso explicava aquele jeito engraçado de se cumprimentar.

– Então, quais conceitos preconcebidos vocês têm sobre as guerreiras amazonas? – ela perguntou à turma.

Uma loura sentada do outro lado da sala disse:

– As amazonas eram extremamente matriarcais, como todas as sociedades de vampiros.

Nossa, ela parecia inteligente.

– É verdade, Elizabeth, mas quando as pessoas falam das amazonas, a lenda tende a acrescentar algo à história. O que quero dizer com isso?

– Bem, as pessoas, especialmente os humanos, acham que as amazonas odiavam os homens – Damien disse.

– Exatamente. O que sabemos é que uma sociedade matriarcal, como a nossa, não implica necessariamente oposição aos homens. Até Nyx tem um consorte, o deus Erebus, a quem ela é fiel. As amazonas eram únicas, contudo, por serem uma sociedade de vampiras. Elas optaram por se serem suas próprias guerreiras e protetoras. Como a maioria de vocês já sabe, nossa sociedade hoje ainda é matriarcal, mas nós respeitamos e gostamos dos Filhos da Noite e os consideramos nossos protetores e consortes. Agora abram o livro no capítulo três e vamos dar uma olhada na maior guerreira amazona, Penthesilea. Mas atenção, procurem separar a lenda da história.

E então Neferet deu uma das palestras mais legais que já ouvi. Nem senti uma hora passar; a sirene foi uma total surpresa. Enfiei meu livro de sociologia no meu cubículo (certo, eu sei que Damien e Neferet os chamam de armários, mas por favor – eles me lembram demais as estantes quadradas que tínhamos no jardim de infância) quando Neferet chamou meu nome. Peguei um caderno e uma caneta e corri até sua mesa.

– Como vai? – ela me perguntou, sorrindo calorosamente.

– Estou legal. Estou bem – disse rapidamente.

Ela arqueou uma das sobrancelhas.

– Bem, acho que estou nervosa e confusa.

– Claro que está. É muita coisa para encarar, e mudar de escola é sempre difícil; principalmente mudar de escola e de vida – ela olhou por sobre meu ombro. – Damien, você pode acompanhar Zoey até a aula de teatro?

– Claro – Damien disse.

– Zoey, vejo-a mais tarde no Ritual. Ah, por acaso Aphrodite lhe fez um convite oficial para fazer parte das Filhas das Trevas em sua cerimônia particular logo mais?

– Sim.

– Eu queria conferir com você e me certificar que você está confortável em comparecer. É claro que eu compreenderia sua reserva, mas encorajo-a a ir; quero que você aproveite todas as oportunidades aqui, e as Filhas das Trevas são uma organização muito seleta. É uma lisonja que já estejam interessadas em tê-la com elas.

– Eu vou numa boa – forcei minha voz e meu sorriso para parecer indiferente. Claro que ela esperava que eu fosse, e a última coisa que eu queria era que Neferet se decepcionasse comigo. Além do que, nem morta eu tomaria qualquer atitude que levasse Aphrodite a pensar que eu tinha medo dela.

– Muito bem – Neferet disse com entusiasmo. Ela apertou meu braço e eu automaticamente sorri para ela. – Se precisar de mim, meu escritório fica na mesma ala da enfermaria – ela olhou para minha testa. – Pelo que vejo os pontos se dissolveram completamente. Isso é excelente. Sua cabeça ainda dói?

Levei minha mão até a têmpora. Hoje só senti a picada de um ponto ou outro onde havia dez. Estranho, muito estranho. E mais estranho ainda, naquela manhã eu não havia pensado no corte nenhuma vez.

Também me dei conta de que não pensara em minha mãe, nem em Heath, e nem mesmo na vó Redbird...

– Não – disse eu, subitamente percebendo que Neferet e Damien estavam esperando minha resposta. – Não, minha cabeça não está mais doendo, nem um pouco.

– Ótimo! Bem, é melhor vocês dois irem antes que se atrasem. Tenho certeza que você vai adorar a aula de teatro. Acho que a professora Nolan acabou de começar a trabalhar com monólogos.

Eu estava na metade do corredor, tentando acompanhar o passo de Damien, quando me dei conta.

– Como ela sabia que eu ia fazer aula de teatro? Eu decidi hoje de manhã.

– Vampiros adultos às vezes sabem demais – Damien murmurou. – Deixe para lá. Vampiros adultos sabem demais o tempo todo, principalmente quando a vampira é uma Grande Sacerdotisa.

Considerando-se o que eu não tinha dito a Neferet, não quis pensar muito no assunto.

– Ei, vocês – Stevie Rae veio correndo. – Como foi a aula de sociologia vampírica? Começaram pelas amazonas?

– Foi legal – fiquei feliz em parar de falar daqueles vampiros tão misteriosos. – Não sabia que elas realmente cortavam o seio direito para não atrapalhar.

– Se elas fossem retas como eu, não precisariam disso – Stevie Rae disse, olhando para os próprios peitos.

– Ou como eu – Damien suspirou dramaticamente.

Eu ainda estava dando risada quando me apontaram a sala da aula de teatro.

A professora Nolan não emanava poder como Neferet. Mas emanava energia. Tinha corpo atlético, talvez em formato de pera. Seus cabelos castanhos eram longos e lisos. E Stevie Rae tinha razão – ela tinha um forte sotaque texano.

– Zoey! Bem-vinda. Sente-se onde quiser.

Eu disse oi e sentei ao lado da menina chamada Elizabeth que reconheci da aula de sociologia vampírica. Ela pareceu bem simpática e eu já sabia que ela era inteligente. (Sentar ao lado de uma garota inteligente nunca faria mal.)

– Estamos para começar a escolher os monólogos que cada um de vocês apresentará à turma na próxima semana. Mas primeiro, achei que vocês gostariam de uma demonstração de como se faz um monólogo, então pedi a um talentoso aluno do ano mais avançado para dar um pulo aqui e recitar o famoso monólogo de Otelo, de autoria do antigo escritor vampiro *Shakespeare* – a professora Nolan parou e olhou pela janela da porta. – Aqui está ele.

A porta se abriu e *ai meu santo Deus*, acho que meu coração parou de bater totalmente. Tenho certeza que fiquei de queixo caído como uma idiota. Ele era o cara mais lindo que eu já tinha visto. Era alto e tinha cabelos castanhos com aquele ondulado perfeito tipo *Super-Homem*. Seus olhos eram de um impressionante azul-safira e...

Ah. Inferno! Inferno! Inferno! Era o cara do corredor.

– Entre, Erik. Como sempre, seu senso de *timing* está perfeito. Estamos prontos para seu monólogo – ela deu as costas para a turma. – A maioria de vocês já conhece o quinto-formando Erik Night e sabem que ele venceu o concurso de monólogos da Morada da Noite do ano passado, cuja final foi em Londres. Ele também já está gerando buchicho em Hollywood e na *Broadway* por causa de sua performance como

Tony em nossa produção de *West Side Story* no ano passado. A turma é toda sua – disse a professora Nolan, com um sorriso radiante.

Como se meu corpo estivesse subitamente funcionando no automático, aplaudi com o resto da turma. Sorridente e seguro, Erik pisou no pequeno palco bem na frente e no meio da ampla e arejada sala de aula.

– Oi, pessoal. Tudo bem?

Ele falou diretamente comigo. Tipo, *diretamente* para mim. Senti meu rosto esquentando.

– Monólogos aparentemente intimidam, mas o segredo é ter o texto decorado e imaginar que está contracenando com um elenco de vários atores. Finja que não está aqui em cima sozinho, assim...

E ele começou. Não sei muito sobre a peça, só que é uma das tragédias de *Shakespeare*, mas a performance de Erik foi impressionante. Ele era alto, devia ter no mínimo um metro e oitenta, mas quando começou a falar pareceu ficar maior, mais velho e mais poderoso. Sua voz ganhou profundidade e um sotaque que eu não soube identificar. Seus incríveis olhos ficaram mais escuros e apertados como fendas, e quando ele disse o nome de Desdêmona, foi como uma prece. Era evidente que ele a amava, antes mesmo de dizer as últimas falas:

Ela me amou pelos perigos que passei
E eu a amei por ter se revelado compassiva.

Ao dizer as últimas duas frases ele fixou os olhos nos meus e, exatamente como no dia anterior, parecia que não tinha mais ninguém no recinto – ninguém mais no mundo. Senti um tremor profundo, bem como das outras vezes que senti cheiro de sangue depois de ser Marcada, só que não havia sangue na sala. Era só Erik. E então ele sorriu, tocou os lábios com os dedos como se estivesse me mandando um beijo e se curvou. A turma toda aplaudiu loucamente, inclusive eu. Não pude evitar.

– Bem, é assim que se faz – a professora Nolan disse. – Então, temos cópias dos monólogos nas prateleiras vermelhas no fundo da sala. Peguem vários livros e comecem a procurar. Vocês vão precisar achar uma cena que signifique algo para vocês – que toque alguma parte de sua alma. Vou ficar circulando e posso responder a qualquer pergunta sobre os monólogos. Quando tiverem escolhido seus textos, faremos tudo passo a passo para que cada um prepare sua apresentação – com um sorriso entusiasmado e um aceno de cabeça, ela indicou que começássemos a procurar entre os zilhões de livros de monólogos.

Ainda me sentia corada e sem fôlego, mas me levantei com o resto da turma, apesar de não resistir a olhar para Erik por sobre o ombro. Ele estava (infelizmente) saindo da sala, mas antes ele se virou e me pegou olhando embasbacada para ele. Corei (de novo). Ele me olhou nos olhos e sorriu diretamente para mim (outra vez). Então foi embora.

– Como é gostoso... – alguém murmurou em meu ouvido. Virei-me e fiquei chocada ao ver que Elizabeth, a senhorita Aluna Perfeita, também estava olhando para Erik toda embevecida.

– Ele tem namorada? – eu fiz a idiotice de perguntar sem pensar.

– Só em meus sonhos – Elizabeth disse. – Na verdade, dizem que ele e Aphrodite andaram ficando, mas já estou aqui há alguns meses e parece que desde então nunca mais ficaram. Tome aqui – ela me passou uns dois monólogos. – Sou Elizabeth, sem sobrenome.

Fiz cara de interrogação.

Ela suspirou.

– Meu sobrenome era Titsworth[8]. Já imaginou? Quando cheguei aqui, umas semanas atrás, minha mentora disse que eu podia trocar meu sobrenome para qualquer um que quisesse, e eu já queria me livrar do Titsworth, mas então essa história de arrumar sobrenome novo me estressou demais. Então resolvi manter meu primeiro nome e esquecer do sobrenome – Elizabeth Sem Sobrenome deu de ombros.

8 Algo como "tetas que valem a pena". (N.T.)

– Bem, oi – eu disse. – Tinha um pessoal esquisito mesmo por ali.

– Ei – ela disse enquanto voltamos para nossas mesas. – Erik estava olhando para você.

– Ele estava olhando para todo mundo – eu disse, apesar de sentir minha cara de idiota esquentando e corando outra vez.

– Tá, mas ele estava realmente olhando para você – ela sorriu e acrescentou. – Ah, acho legal sua Marca colorida.

– Valeu – devia ficar bem esquisita na minha cara vermelha como beterraba.

– Alguma pergunta sobre o monólogo a escolher, Zoey? – a professora Nolan perguntou, fazendo-me pular.

– Não, professora Nolan. Já fiz monólogos quando estudava na outra escola.

– Muito bem. Se precisar de esclarecimentos sobre a ambientação ou o personagem, é só pedir – ela deu um tapinha no meu braço e continuou andando pela sala. Abri o primeiro livro e comecei a folhear as páginas, tentando (sem conseguir) esquecer Erik e me concentrar nos monólogos.

Ele tinha olhado para mim. Mas por quê? Ele devia saber que era eu naquele corredor. Então que tipo de interesse ele estava demonstrando por mim? E será que eu queria que um cara que foi flagrado numa cena no mínimo vexatória com a odiosa Aphrodite gostasse de mim? Provavelmente não. Tipo, com certeza eu não continuaria do ponto em que ela havia parado. Ou quem sabe ele estivesse apenas curioso por causa da minha Marca bizarramente colorida na testa, como todo mundo.

Mas não foi isso que pareceu... tive a impressão que ele estava olhando *para mim*. E eu gostei disso.

Baixei os olhos para o livro que estivera ignorando. A página estava aberta no subcapítulo "Monólogos Dramáticos para Mulheres". O primeiro monólogo na página era da peça *Sempre Ridícula* de José Echegaray.

Bem, que inferno. Devia ser um sinal.

13

Eu acabei achando sozinha a sala da aula de literatura. Tudo bem que era do lado da sala de Neferet, mas ainda assim eu me senti mais confiante por não ter de fazer o papel de novata indefesa que tinha de ser levada aos lugares.

– Zoey! Nós guardamos uma carteira para você – Stevie Rae gritou no momento que entrei na sala. Ela estava sentada ao lado de Damien e quase pulando de tão animada. Parecia um filhotinho feliz outra vez, o que me fez sorrir. Fiquei muito contente em vê-la. – Então, então, então! Conte-me tudo! Como foi a aula de teatro? Gostou? Gostou da professora Nolan? A tatuagem dela não é legal? Lembra-me um tipo de máscara.

Damien agarrou o braço de Stevie Rae:

– Respire e deixe a garota responder.

– Desculpe – ela disse, encabulada.

– Acho que as tatuagens de Nolan são legais – eu disse.

– Acha?

– Bem, eu estava distraída.

– O quê? – disse ela, e então espremeu os olhos – alguém deixou você sem graça por causa da sua Marca? As pessoas são muito grossas.

– Não, não foi isso. Na verdade, Elizabeth Sem Sobrenome disse até que achou legal. Eu estava distraída porque, bem... – senti meu rosto corar de novo. Eu havia resolvido perguntar a eles sobre Erik, mas agora que começara a falar pensei de novo se devia dizer alguma coisa. Será que eu devia contar o episódio do corredor?

Damien se interessou pelo assunto.

– Tô sentindo que aí vem fofoca das boas. Vamos lá, Zoey. Você estava distraída *porqueeeeeeeee*...

– Tudo bem, tudo bem. Vou resumir em duas palavras: Erik Night.

Stevie Rae ficou boquiaberta e Damien fingiu desmaiar de leve, mas teve que se endireitar rapidamente, pois naquele mesmo momento a sirene tocou e a professora Penthesilea entrou na sala.

– Depois! – Stevie Rae sussurrou.

– Com certeza! – Damien mexeu os lábios sem som.

Eu sorri de modo inocente. Ao menos eu tinha certeza que adoraria deixá-los loucos só de mencionar o nome de Erik o tempo todo.

A aula de literatura foi uma experiência e tanto. Primeiro, porque a sala de aula em si era totalmente diferente de qualquer outra que eu já tinha visto. Havia pôsteres e pinturas bizarramente interessantes, além de parecer ser um trabalho artístico original preenchendo cada centímetro das paredes. E havia sinos e cristais pendurados no teto – muitos. A professora Penthesilea (cujo nome eu agora estava reconhecendo da aula de sociologia vampírica como o nome mais respeitado dentre as amazonas, e a quem todos chamavam de professora P.) parecia ter saído de um filme (bem, de um daqueles filmes do *Sci-Fi Channel*). Ela tinha cabelos louros avermelhados muito longos, grandes olhos de avelã e um corpo curvilíneo que devia deixar todos os caras babando (não que seja muito difícil fazer adolescentes babarem). Suas tatuagens eram nós finos do tipo celta que desciam pelo rosto e ao redor das maçãs da face, o que as fazia parecer altas e dramáticas. Ela estava usando uma calça preta que parecia bem cara e um cardigã de seda cor de musgo que tinha a mesma imagem da Deusa sobre o seio que Neferet também usava. E agora que eu pensei nisso (e não em Erik), me dei conta que a professora Nolan também tinha uma imagem da Deusa no bolso superior da blusa. Hummm...

– Nasci em abril de 1902 – disse a professora Penthesilea, atraindo imediatamente nossa atenção. Tipo, dá um tempo, ela mal aparentava trinta anos – de modo que tinha dez anos de idade em abril de 1912, e lembro muito bem da tragédia. Do que estou falando? Algum de vocês faz ideia?

O.k., eu sabia exatamente do que ela estava falando, mas não porque eu fosse uma *nerd* incurável aplicada em história. Era porque, quando eu era mais nova, achava que estava apaixonada por Leonardo DiCaprio e minha mãe me deu de aniversário de doze anos uma coleção de *DVD's* com todos os filmes que ele fez. Assisti tantas vezes um daqueles filmes que ainda tenho quase tudo memorizado (e não posso dizer quantas vezes me acabei de chorar quando ele se soltou lentamente daquela tábua como se fosse um adorável picolé derretendo).

Olhei ao redor. Ninguém parecia fazer a menor ideia, então suspirei e levantei a mão.

A professora P. sorriu e me perguntou:

– Sim, senhorita Redbird?

– O *Titanic* afundou em abril de 1912. Ele foi atingido por um *iceberg* na noite de domingo, dia quatorze, e afundou poucas horas depois, já na madrugada do dia 15.

Ouvi Damien assoviar para dentro atrás de mim e o gritinho *uuh* de Stevie Rae. Nossa, será que eu andei agindo de forma tão estúpida que eles ficaram chocados de me ouvir responder corretamente a uma pergunta?

– Adoro quando um novato sabe alguma resposta – a professora Penthesilea disse – absolutamente correto, senhorita Redbird. Eu morava em Chicago na época da tragédia e jamais esquecerei dos vendedores de jornais gritando as trágicas manchetes nas esquinas. Foi um evento horrível, especialmente porque aquelas vidas se perderam por falta de prevenção. O evento também marcou o fim de uma era e o começo de outra, assim como trouxe mudanças tão necessárias nas leis marítimas. Vamos estudar tudo isso, mais os eventos deliciosamente melodramáticos daquela noite, em nossa próxima obra de literatura, o meticulosamente pesquisado *A Night to Remember*[9], de Walter Lord. Apesar de Lord não ser vampiro, e é uma pena que não seja – ela acrescentou entre dentes –, ainda acho sua abordagem sobre o que aconteceu naquela noite muito cativante e considero seu estilo de escrita e seu tom bastante interessantes e bons de ler. Muito bem, vamos começar! A última pessoa de cada fileira pode pegar os livros que estão no armário da parede dos fundos para o pessoal de sua fileira.

Ora, legal! Isso era com certeza mais interessante do que ficar lendo *Great Expectations*[10]. Acomodei-me com *A Night to Remember* e meu caderno aberto para fazer, bem, anotações. A professora P. começou a ler o capítulo um em voz alta para nós; e ela lia bem. Três horas de aula estavam quase no fim e eu havia gostado de todas elas. Será possível que aquela escola de vampiros era realmente mais do que um lugar chato ao qual eu ia todo dia por obrigação, à parte o fato de todos os meus amigos estarem lá? Não que todas as aulas da minha antiga escola fossem chatas, mas nós não estudávamos as amazonas e nem o *Titanic* (ainda mais com uma professora que estava viva quando o navio afundou!).

Dei uma olhada nos demais garotos e garotas enquanto a professora P. lia. Éramos mais ou menos quinze, o que parecia a média das outras turmas também. Todos estavam com os livros abertos e prestando atenção.

Então algo vermelho e frondoso chamou a atenção dos meus olhos no outro lado, perto do fundo da sala. Eu falara cedo demais... nem todos estavam prestando atenção. Aquele garoto estava com a cabeça deitada sobre os braços, dormindo profundamente, o que pude perceber porque seu rosto gorducho, branco e sardento demais estava voltado para minha direção. Estava de boca aberta, e acho que andara babando um pouquinho. Pensei no que a professora P. faria com o garoto. Ela não parecia o tipo de professora que seria boazinha com uma lesma

9 Livro de Walter Lord, ainda sem título em português "Uma Noite para se Lembrar", em tradução livre. (N.do T.)

10 Livro de Charles Dickens, possível título em português: "Grandes Esperanças". (N.da P.)

dormindo no fundo da sala de aula, mas ela apenas continuou lendo, entremeando a leitura com interessantes fatos em primeira mão sobre o começo do século vinte, que gostei muito de saber (adorei saber sobre as moças rebeldes da época – eu com certeza teria sido uma se tivesse vivido nos anos 1920). Só quando a sirene estava para tocar e a professora P. já havia deixado o próximo capítulo como dever de casa e dito que podíamos conversar baixinho, que ela fingiu só então ter percebido o garoto dormindo. Ele começou a se mexer e finalmente levantou a cabeça, mostrando o círculo vermelho que se formara no lado da testa sobre o qual apoiara a cabeça ao dormir, sinal esse que parecia bizarramente deslocado perto de sua Marca.

– Elliott, preciso falar com você – a professora P. disse detrás de sua mesa.

O garoto levantou-se com toda a calma e foi até a mesa dela arrastando os pés com seus sapatos desamarrados.

– Sim?

– Elliott, é evidente que você está se saindo mal em literatura. Mas o mais importante é que você está se saindo mal na vida. Os vampiros homens são fortes, honrados e únicos. Eles foram nossos guerreiros e protetores por incontáveis gerações. Como você espera se Transformar em um ser que é mais guerreiro do que os homens se você não tem disciplina nem para ficar acordado durante a aula?

Ele sacudiu os ombros de aparência frágil.

A expressão no rosto dela ficou mais dura.

– Eu vou lhe dar a oportunidade de reverter a nota zero em participação durante a aula que você recebeu hoje; escreva uma pequena redação sobre qualquer evento importante nos Estados Unidos do começo do século vinte. Para amanhã.

Sem dizer nada, ele começou a dar meia-volta.

– Elliott – a professora P. baixou o tom de voz que, carregada de irritação, a fez soar mais apavorante do que ela parecera enquanto lia e dava aula. Pude sentir o poder que dela irradiava e imaginei por que ela precisaria de um macho, seja lá de que espécie fosse, para protegê-la. O garoto parou e virou para encará-la. – Eu não lhe dispensei. Qual sua decisão quanto a fazer o trabalho para compensar a nota zero de hoje?

O garoto ficou parado sem dizer nada.

– Esta pergunta requer uma resposta, Elliott. Agora! – o ar ao seu redor pareceu trincar com a ordem, causando-me calafrios nos braços.

Aparentemente inabalável, ele deu de ombros outra vez.

– Provavelmente não vou fazer.

– Isso diz muito sobre seu caráter, Elliott, e não diz nada de bom. Você está envergonhando não apenas a si próprio, mas a seu mentor também.

Ele deu de ombros novamente e coçou o nariz distraidamente.

– O *Dragon* já sabe como eu sou.

A sirene tocou e a professora P., com uma expressão de repulsa no rosto, fez um gesto para que Elliott saísse da sala. Damien, Stevie Rae e eu acabávamos de nos levantar e estávamos começando a sair pela porta quando Elliott passou por nós todo desengonçado, caminhando mais rápido do que eu esperava para alguém tão indolente. Ele esbarrou com força em Damien, que estava na nossa frente. Damien disse "opa" e tropeçou de leve.

– Saia da minha frente, sua bicha – o infeliz disse, rangendo os dentes, empurrando Damien com o ombro para passar antes que ele pela porta.

– Eu devia quebrar a cara desse babaca! – Stevie Rae disse, correndo até Damien, que estava esperando por nós.

Ele balançou a cabeça.

– Não ligue para isso. Esse tal de Elliott tem sérios problemas.

– É, como ter titica no lugar do cérebro – eu disse, olhando para a lesma pelas costas. Os cabelos dele não eram nada atraentes.

– Titica no lugar do cérebro? – Damien riu e deu os braços a mim e a Stevie Rae, levando-nos pelo corredor ao estilo *Mágico de Oz*. – É por isso que eu gosto da nossa Zoey – disse ele – ela sabe usar termos vulgares como ninguém.

– Titica não é vulgar – eu disse, defensiva.

– Acho que foi isso mesmo que ele quis dizer, meu bem – Stevie Rae deu risada.

– Ah! – eu ri também e gostei muito, muito mesmo, do jeito que ele falou “nossa” Zoey... como se eu fizesse parte daquilo... como se eu estivesse em casa.

14

A aula de esgrima foi muito legal, para minha surpresa. Foi numa sala enorme do ginásio que mais parecia um estúdio de dança, com direito a espelhos do piso ao teto. Pendurados de um lado do teto havia estranhos manequins de tamanho real que me lembravam alvos tridimensionais. Todo mundo chamava o professor Lankford de *Dragon Lankford*, ou simplesmente *Dragon*. Não demorei a entender por quê. Ele tinha uma tatuagem de dois dragões cujos corpos eram como de serpentes que desciam pela linha do maxilar. Os dragões, cujas cabeças ficavam acima das sobrancelhas, estavam de bocas abertas, cuspindo fogo para a lua crescente. Era uma tatuagem impressionante, difícil não ficar olhando para ela. Ademais, *Dragon* era o primeiro vampiro homem adulto que eu via de perto. Primeiro ele me deixou confusa. Acho que se me perguntassem o que eu esperava de um vampiro homem, eu teria dito o oposto do que ele era. Sinceramente, eu tinha na mente o estereótipo de vampiro dos filmes – alto, perigoso, belo. Sabe, tipo Vin Diesel. Enfim, *Dragon* é baixinho, tem cabelos longos e alourados presos num rabo de cavalo baixo e (a não ser pela violenta tatuagem de dragão) tem um rosto bonitinho e um sorriso simpático.

Só comecei a me dar conta de seu poder quando ele começou a conduzir a turma com seus exercícios de aquecimento. A partir do momento em que segurou a espada (que depois aprendi que se chamava florete) na saudação tradicional, ele pareceu se transformar em outra pessoa; alguém que se movia com inacreditável rapidez e graça. Ele simulava ataques, arremessava e, sem o menor esforço, fazia o resto da turma, até aqueles que eram muito bons, como Damien, parecer marionetes desajeitadas. Quando terminou com os aquecimentos, *Dragon* formou pares e os fez trabalhar com o que ele chamava de "padrões". Fiquei aliviada quando ele escolheu Damien para fazer par comigo.

– Zoey, é bom tê-la fazendo parte da Morada da Noite – disse *Dragon*, apertando minha mão à tradicional moda vampírica amazona. – Damien pode lhe explicar as diferentes partes do uniforme de esgrima e eu vou lhe dar um livreto para estudar nos próximos dias. Devo presumir que você nunca tenha tido aulas deste esporte?

– Não, não tive – eu disse, e acrescentei nervosamente – mas gostaria de aprender. Tipo, a ideia de usar uma espada é muito legal.

Dragon sorriu:

– Florete – ele corrigiu – você aprenderá a usar um florete. É o mais leve dos três tipos de armas que temos aqui, e excelente opção para mulheres. Sabia que a esgrima é um dos poucos esportes nos quais homens e mulheres podem competir em total igualdade de condições?

– Não – eu disse, instantaneamente intrigada. Devia ser muito legal arrasar um cara no esporte.

– Isso é porque o esgrimista inteligente e concentrado sabe compensar qualquer deficiência que ele ou ela possa ter, podendo até transformar tais falhas, de força ou de alcance, por exemplo, em vantagens. Em outras palavras, você pode não ser tão forte ou veloz quanto seu oponente, mas pode ser mais esperto ou ter maior capacidade de concentração, o que vai contar pontos a seu favor. Certo, Damien?

Damien sorriu.

– Certo.

– Damien é um dos esgrimistas mais concentrados que tive o privilégio de treinar em décadas, o que faz dele um oponente perigoso.

Dei uma olhada de rabo-de-olho para Damien, que corou de orgulho e prazer.

– Na próxima semana, Damien deve lhe ensinar as manobras básicas. Lembre-se sempre que a esgrima requer um domínio de suas habilidades, domínio esse que é de natureza sequencial e hierárquica. Se uma dessas habilidades não for adquirida, será muito difícil dominar as habilidades subsequentes, de modo que o esgrimista se encontrará em séria e permanente desvantagem.

– Tudo bem, não vou me esquecer – eu disse. *Dragon* sorriu calorosamente outra vez e prosseguiu trabalhando com os demais pares de praticantes.

– O que ele quer dizer é: não se desencoraje nem fique entediada se eu lhe forçar a fazer o mesmo exercício repetidamente.

– Então o que você está querendo dizer é que vai me irritar, mas por um bom motivo?

– Isso. E parte desse motivo vai ajudar a levantar essa sua bundinha linda – ele disse todo petulante e me deu um tapinha com a lateral de seu florete.

Dei um tapa nele e revirei os olhos, mas depois de arremessar, voltar ao ponto de partida e arremessar outra vez – repetidamente – entendi que ele tinha razão. Minha bunda ia doer "pra" caramba amanhã.

Tomamos uma rápida chuveirada depois da aula (felizmente, havia boxes individuais com cortinas no banheiro das meninas, de modo que não precisamos tomar banho de um jeito tragicamente bárbaro em uma grande área aberta como se fôssemos prisioneiras ou sei lá) e depois corri com o resto do pessoal para o refeitório – mais conhecido como salão de jantar. E corri mesmo. Estava faminta.

O almoço era um enorme bufê *self-service* que tinha de tudo, de salada de atum (eeeca) àqueles mini-milhos esquisitos que confundem e nem têm gosto de milho. (O que é aquilo exatamente? Milho-bebê? Milho-anão? Milho mutante?) Empilhei meu prato de comida e peguei um bom pedaço daquilo que tinha aparência e cheiro de pão fresco e fui pegar rapidinho o lugar ao lado de Stevie Rae, com Damien vindo logo atrás. Erin e Shaunee já estavam discutindo algo sobre qual ensaio para a aula de literatura era melhor, o de uma ou o da outra, apesar de ambas terem tirado 96.

– Então, Zoey, diz aí. E o Erik Night? – Stevie Rae perguntou no instante em que eu enfiei uma garfada de salada na boca. As palavras de Stevie Rae fizeram as gêmeas se calarem imediatamente e todos à mesa passaram a prestar atenção exclusiva em mim.

Pensei no que ia dizer sobre Erik e concluí que não estava pronta para contar nada a ninguém sobre a infeliz cena do corredor. Então disse apenas "ele ficou olhando para mim". Quando eles me encararam, franzindo o cenho, me dei conta de que o que realmente havia dito com a boca cheia de salada foi "*ele ffficcoou lhannndo pra mmmm*". Engoli e tentei de novo:

– Ele ficou olhando para mim. Na aula de teatro. Foi só, sei lá, confuso.

– Como assim "olhando para mim"? – Damien perguntou.

– Bem, aconteceu no momento em que ele entrou na sala, mas foi especialmente perceptível quando ele estava dando um exemplo de monólogo. Ele fez um trecho de Otelo e quando chegou na parte do amor e tal, olhou direto para mim. Eu podia achar que foi coincidência ou coisa assim, mas ele olhou quando começou o monólogo e depois olhou de novo quando estava saindo da sala – eu suspirei e me revirei um pouco, desconfortável com aqueles olhares penetrantes demais. – Deixa para lá, devia ser só parte da cena.

– Erik Night é a coisa mais gostosa dessa escola – disse Shaunee.

– Ele é mais gostoso que Kenny Chesney – acrescentou rapidamente Stevie Rae.

– *O.k.*, por favor, dá um tempo com sua obsessão por música *country*! – Shaunee fez cara feia para Stevie Rae e voltou a atenção novamente para mim. – *Não* deixe passar essa oportunidade.

– É – Erin concordou. – Não deixe.

– Deixar passar? O que esperam que eu faça? Ele nem me disse nada.

– Ah, Zoey, meu bem, você sorriu para o garoto? – Damien perguntou.

Eu pestanejei. Se eu sorri para ele? Ah, droga. Aposto que não. Aposto que fiquei lá sentada, olhando para ele como uma retardada, devo até ter babado. *O.k.*, bem, não devo ter babado, mas mesmo assim...

– Sei lá – eu disse, ao invés de dizer a triste verdade, mas Damien não caiu na minha conversa.

Ele bufou.

– Da próxima vez, sorria para ele.

– E talvez fosse bom dizer oi – sugeriu Stevie Rae.

– Achei que Erik fosse apenas um rostinho bonito – comentou Shaunee.

– E corpo – Erin acrescentou.

– Até que ele deu o fora em Aphrodite – continuou Shaunee. – Quando ele fez isso, percebi que o garoto devia ter alguma coisa na cabeça.

– Porque em outras partes nós sabemos que ele é bem servido! – disse Erin, movendo as sobrancelhas.

– Uhú! – Shaunee disse, lambendo os lábios como se estivesse contemplando a ideia de comer um grande pedaço de chocolate.

– Vocês duas são grosseiras – disse Damien.

– Só estamos dizendo que ele tem a bunda mais bonita da cidade, senhorita Fresca – explicou Shaunee.

– Como se você não tivesse reparado – disse Erin.

– Se você começar a conversar com Erik vai deixar Aphrodite louca da vida – alertou Stevie Rae.

Todos se viraram para olhar para Stevie Rae como se ela tivesse aberto o Mar Vermelho ou coisa assim.

– É verdade – Damien disse.

– Verdade mesmo – Shaunee disse enquanto Erin assentia.

– Então vocês estão me dizendo que ele andava saindo com Aphrodite– eu disse.

– É – confirmou Erin.

– O rumor é grotesco, mas verdadeiro – disse Shaunee. – O que torna ainda melhor o fato de ele gostar de você.

– Pessoal, ele devia estar olhando para minha Marca esquisita – eu disse sem pensar.

– Talvez não. Você é muito bonitinha, Zoey – Stevie Rae disse com um sorriso dócil.

– Ou quem sabe sua Marca o fez olhar para você, e então ele achou você bonitinha e continuou olhando – sugeriu Damien.

– Seja como for, Aphrodite vai ficar louca da vida por ele ficar te olhando – alertou Shaunee novamente.

– O que é ótimo – disse Erin.

– Esqueça Aphrodite e sua Marca e tudo mais. Da próxima vez que ele sorrir para você, diga oi. Só isso – disse Stevie Rae, descartando os comentários dos demais.

– Fácil – ironizou Shaunee.

– Moleza – Erin disse.

– Tudo bem – murmurei e voltei a comer minha salada, desejando desesperadamente que toda aquela história de Erik Night fosse tão moleza quanto eles achavam que seria.

Uma coisa no almoço da Morada da Noite era igual ao almoço na minha escola antiga ou em qualquer outra escola na qual eu já comera – acabava rápido demais. Em seguida, a aula de espanhol foi bem dinâmica. A professora Garmy parecia um pequeno redemoinho hispânico. Gostei dela imediatamente (de um modo estranho, suas tatuagens pareciam plumas, portanto, ela me lembrou um passarinho espanhol), mas ela deu a aula toda em espanhol. Inteirinha. Talvez eu deva mencionar que desde a quinta série não estudava espanhol, e reconheço espontaneamente que não prestava muita atenção na época. De modo que eu estava bem perdida, mas anotei o dever de casa e prometi a mim mesma que estudaria o vocabulário. Detesto ficar boiando.

A aula de Introdução à Equitação ocorreu no ginásio esportivo. Era uma construção de tijolos baixa e comprida, perto do muro sul, acoplada a uma enorme arena para cavalgadas, fechada. O local tinha aquele cheiro de serragem e de cavalos que se misturava ao couro para formar algo que era agradável, apesar de se saber que parte daquele aroma "agradável" era de cocô – cocô de cavalo.

Fiquei parada, nervosa, junto a um pequeno grupo de garotos e garotas, dentro do curral em que um aluno veterano alto e de expressão severa nos disse para esperar. Éramos cerca de dez, e todos do terceiro ano. Ah (que ótimo), aquele ruivo irritante do Elliott estava encostado à parede, desengonçado, chutando a serragem do chão. Levantou poeira suficiente para fazer espirrar a garota que estava perto dele. Ela olhou para ele com raiva e se afastou um pouco. Deus, será que ele irritava todo mundo? E por que ele não podia usar algum produto (ou quem sabe um pente) naquele cabelo emaranhado?

O som dos cascos batendo desviou minha atenção de Elliott e eu olhei a tempo de ver uma magnífica égua negra adentrando o curral a pleno galope. Ela parou poucos passos à nossa frente. Enquanto todos olhávamos boquiabertos, com cara de bobos, a amazona desceu da égua graciosamente. Ela tinha cabelos grossos que batiam na cintura e eram tão louros que chegavam quase a ser brancos, e seus olhos tinham um tom estranho de azul-acinzentado. Tinha um corpo pequenino, e seu jeito de ficar em pé me lembrava aquelas meninas que fazem aulas de dança obsessivamente e, quando não estão no balé, ficam paradas numa posição que parece que não estão confortáveis. Sua tatuagem era uma intrincada série de nós ao redor do rosto – tive certeza de ver cavalos se precipitando dentro do desenho de safira.

– Boa noite, eu sou Lenobia, e isto – ela apontou para a égua e deu um olhar desdenhoso para nosso grupo antes de completar a frase – é um cavalo – sua voz reverberava contra a parede. A égua negra soprou pelo nariz como se pontuando as palavras dela. – E vocês são meu novo grupo de formandos do terceiro ano. Cada um de vocês foi escolhido para minha aula porque nós acreditamos que talvez tenham aptidão para montar. A verdade é que menos da metade de vocês irá chegar ao fim do semestre e um número ainda menor acabará se tornando um equitador razoável. Alguma pergunta? – Ela não fez uma pausa que permitisse perguntas. – Ótimo. Então sigam-me e podem começar – ela deu meia-volta e marchou de volta ao estábulo. Nós a seguimos.

Tive vontade de perguntar quem são os "nós" que acham que eu possa ter aptidão para montar, mas fiquei com medo de dizer qualquer coisa e simplesmente fui atrás como os demais. Ela parou em frente a uma fileira de estábulos vazios. Do lado de fora deles havia forcados e carrinhos de mão. Lenobia virou para olhar para nós.

– Os cavalos não são cachorros grandes. Também não são a romântica imagem de sonho de uma garotinha que espera a perfeita besta amiga que sempre a entenderá.

Duas garotas que estavam ao meu lado se incomodaram, assumindo a carapuça, e Lenobia as fulminou com os olhos cinzentos.

– Cavalos são trabalho. Cavalos são dedicação, inteligência e tempo. Vamos começar com a parte do trabalho. Na sala de equipamentos no fim do corredor vocês encontrarão botas especiais. Selecionem rapidamente um par enquanto pegamos as luvas. Então, cada um escolha uma baia e mãos à obra.

– Professora Lenobia? – chamou uma gordinha de rosto bonito, levantando a mão nervosamente.

– Pode me chamar de Lenobia. O nome que escolhi em homenagem à antiga rainha vampira dispensa qualquer título.

Eu não fazia ideia de quem era Lenobia, e procurei me lembrar de procurar saber depois.

– Vamos lá. Quer perguntar algo, Amanda?

– É, hum, sim.

Lenobia arqueou uma sobrancelha olhando para a garota.

Amanda engoliu seco.

– Mãos à obra fazendo exatamente o quê, profes... quer dizer, Lenobia, senhora?

– Limpar as baias, é claro. O estrume vai nos carrinhos de mão. Quando seu carrinho estiver cheio, pode jogar na área de adubo perto do muro dos estábulos. Tem serragem fresca no almoxarifado ao lado da sala de equipamentos. Vocês têm cinquenta minutos. Volto daqui a quarenta e cinco minutos para inspecionar suas baias.

Todos olhamos para ela, confusos.

– Podem começar. Já.

Começamos.

O.k., falando sério, sei que vai parecer esquisito, mas não me importei de limpar minha baia. Tipo, cocô de cavalo não é tão nojento. Principalmente porque era óbvio que aquelas baias eram limpas praticamente a todo instante. Peguei as botas especiais (que eram grandes galochas de borracha – totalmente horrorosas, mas cobriam minha calça jeans até os joelhos) e um par de luvas e comecei a trabalhar. Havia música tocando em excelentes caixas de som – tive certeza que era o último *CD* de Enya (minha mãe costumava ouvir Enya antes de se casar com John, mas depois que ele disse que aquilo era música de bruxa ela resolveu parar de ouvir, razão pela qual sempre gostarei de Enya). Então ouvi as assombrosas letras em galês e peguei estrume com o forcado. O tempo mal parecia ter passado e eu já estava esvaziando o carrinho e enchendo-o com serragem limpa. Eu estava ajeitando a serragem ao redor da baia quando senti aquela sensação espinhosa de estar sendo observada.

– Bom trabalho, Zoey.

Eu dei um pulo e me virei, deparando-me com Lenobia parada do lado de fora de minha baia. Em uma das mãos ela segurava uma escova de couro grande e macia. Na outra ela segurava as rédeas de uma égua ruã.

– Você já fez isto antes – Lenobia disse.

– Minha avó tinha um cavalo castrado muito dócil que eu chamava de *Pernalonga* – eu disse antes de me dar conta de como pareci idiota.

Com as bochechas quentes, apressei-me em dizer – Bem, eu tinha dez anos de idade e sua cor lembrava-me o *Pernalonga*, então comecei a chamá-lo assim e pegou.

Os lábios de Lenobia se alteraram em um quase-sorriso.

– Era a baia do *Pernalonga* que você limpava?

– Era. Eu gostava de cavalgá-lo e minha avó disse que só se pode cavalgar o cavalo quando se limpa a sujeira dele – eu dei de ombros –, então eu limpava.

– Sua avó é sábia.

Balancei a cabeça, concordando.

– E você se importava de limpar a sujeira do *Pernalonga*?

– Não, na verdade, não.

– Ótimo. Esta aqui é Persephone – Lenobia balançou a cabeça para a égua ao seu lado. – Você acabou de limpar sua baia.

A égua entrou na baia e caminhou direto até mim, enfiando seu focinho no meu rosto e soprando de leve, o que me deu cócegas e me fez rir. Eu esfreguei e beijei automaticamente seu focinho cálido e aveludado.

– Oi, Persephone, menina linda.

Lenobia balançou a cabeça em aprovação enquanto eu e a égua nos conhecíamos.

– Faltam apenas uns cinco minutos para a sirene soar encerrando as aulas do dia, então você não precisa ficar, mas se quiser, acho que você ganhou o privilégio de escovar Persephone.

Surpresa, tirei os olhos do pescoço do animal, no qual estava dando tapinhas carinhosos.

– Sem problema, eu fico – ouvi-me dizer.

– Excelente. Pode colocar a escova na sala de equipamentos quando terminar. Vejo você amanhã, Zoey – Lenobia me passou a escova, deu um tapinha na égua e nos deixou a sós na baia.

Persephone enfiou a cabeça na prateleira de metal com feno fresco e começou a mastigar enquanto eu comecei a escovar. Eu havia me esquecido de como é relaxante escovar um cavalo. *Pernalonga* morrera dois anos atrás de um súbito e muito assustador ataque cardíaco e vovó ficou chateada demais para arrumar outro cavalo. Ela dizia que "o coelho" (era assim que ela o chamava) não podia ser substituído. Então faz dois anos que não lido com um cavalo, mas a coisa voltou para mim instantaneamente, por inteiro. Os cheiros, o calor, o som tranquilizante de um cavalo comendo e o ruído delicado da escova deslizando pela pele escorregadia da égua.

No limite de minha atenção, ouvi vagamente a voz de Lenobia, aguda e furiosa, esculachando um aluno que eu achei que fosse aquele ruivo irritante. Espiei por sobre o ombro de Persephone para dar uma olhadinha na fileira de baias. Como previsto, o ruivo estava parado daquele jeito desengonçado em frente à sua baia. Lenobia estava parada ao lado dele, com as mãos na cintura. Apesar de vê-la de lado, dava para notar que ela estava louca da vida. Será que a missão daquele moleque era perturbar todos os professores da escola? E seu mentor era *Dragon*? Tudo bem, o cara parecia ser legal até o momento em que pegava uma espada – ahn, quer dizer, florete – quando deixava de ser o cara legal para se transformar em um cara do tipo "vampiro-guerreiro mortalmente perigoso".

– Essa lesma ruiva só pode estar querendo morrer – eu disse a Persephone quando voltei a cuidar dela. A égua virou uma das orelhas para mim e soprou pelo nariz. – É, eu sabia que você ia concordar. Quer saber minha teoria sobre como minha geração podia eliminar, sozinha, os vermes e os fracassados dos Estados Unidos? – ela pareceu receptiva, então comecei meu discurso sobre "não procriar com fracassados..."

– Zoey! Aí está você!

– Ai meu Deus! Stevie Rae! Você quase me mata de susto! – reclamei, enquanto dava tapinhas tranquilizadores em Persephone, que se assustou quando eu gritei.

– Que diabo está fazendo?

Balancei a escova na direção do cavalo.

– O que você acha que estou fazendo, Stevie Rae, lixando as unhas?

– Pare de embromar. O Ritual da Lua Cheia vai começar dentro de uns dois minutos.

– Ah, que inferno! – dei mais um tapinha carinhoso em Persephone e corri da baia até a sala de equipamentos.

– Você se esqueceu completamente, não é? – Stevie Rae disse, segurando minha mão para me ajudar a manter o equilíbrio enquanto eu tirava as galochas e calçava novamente minhas lindas sapatilhas de bailarina.

– Não – menti.

Então me dei conta que também havia esquecido completamente do ritual das Filhas das Trevas logo em seguida.

– Ah, que inferno!

15

Mais ou menos na metade do caminho para o Templo de Nyx eu me dei conta que Stevie Rae estava estranhamente inquieta. Olhei de rabo-de-olho para ela. Ela também não estava pálida? Tive uma sensação sinistra, como quem caminha sobre a própria cova.

– Stevie Rae, tem algo errado?

– É, bem, é triste e meio assustador.

– O que é? O Ritual da Lua Cheia? – meu estômago começou a doer.

– Não, você vai gostar do ritual – pelo menos deste. – Eu entendi o que ela quis dizer, eu ia gostar deste em comparação com o ritual das Filhas das Trevas do qual tomaria parte em seguida. As palavras seguintes de Stevie Rae fizeram toda aquela história das Filhas das Trevas parecer um problema ínfimo, secundário. – Uma garota morreu faz uma hora.

– O quê? Como?

– Do jeito que todos morrem. Ela não fez a Transformação e seu corpo simplesmente... – Stevie Rae parou, trêmula – foi quase no fim da aula de *tae kwon do*. Ela andava tossindo, como se estivesse sem fôlego, no começo dos exercícios de aquecimento. Eu não achei nada demais. Ou até achei mas deixei para lá.

Stevie Rae me deu um sorrisinho triste e pareceu envergonhada de si mesma.

– Existe alguma maneira de salvar a pessoa? Depois que ela começa a... – não completei, fiz apenas um gesto vago e desconfortável.

– Não. Não há como você se salvar se seu corpo começa a rejeitar a Transformação.

– Então não se sinta culpada por não querer pensar na garota que estava tossindo. Você não poderia fazer nada mesmo.

– Eu sei. É só que... o negócio foi feio. E Elizabeth era tão legal.

Senti um golpe forte no estômago.

– Elizabeth Sem Sobrenome? Foi ela quem morreu?

Stevie Rae fez que sim, piscando com dificuldade e nitidamente tentando controlar o choro.

– Que horror – eu disse com uma voz tão fraca que foi quase um sussurro. Lembrei-me de como ela foi gentil em relação à minha Marca e como ela reparou em Erik olhando para mim. – Mas eu acabei de vê-la na aula de teatro. Ela estava bem.

– É assim que acontece. Num minuto parece que a garota está perfeitamente bem. No outro... – Stevie Rae estremeceu outra vez.

– E tudo continua normalmente? Apesar de ter morrido uma pessoa da escola? – lembrei-me que no ano passado, quando um grupo de alunos do segundo grau sofreu um acidente de carro e dois morreram, orientadores pedagógicos extras foram chamados à escola na segunda-feira e todos os eventos esportivos da semana foram cancelados.

– Tudo continua normalmente. Espera-se que estejamos acostumados à ideia de que isso pode acontecer a qualquer um. Você vai ver. Todo mundo vai agir como se nada tivesse acontecido, especialmente os veteranos. Apenas os terceiros-formandos e os amigos próximos de Elizabeth, como sua colega de quarto, vão manifestar alguma reação. Espera-se que os terceiros-formandos – nós – ajam corretamente e superem a situação. A colega de quarto de Elizabeth e seus melhores amigos provavelmente vão ficar mais na deles por uns dias, mas depois espera-se que eles voltem ao normal – ela baixou a voz. – Sinceramente, acho que nenhum dos vampiros nos considera reais até que realmente nos Transformemos.

Pensei nisso. Neferet não parecia me tratar como se eu fosse temporária – chegara até a dizer que era um excelente sinal minha Marca já estar completa, não que eu tivesse a mesma confiança que ela demonstrava no meu futuro. Mas eu, com certeza, não diria nada que desse a entender que Neferet estava me dando tratamento especial. Eu não queria ser "a esquisita". Só queria ser amiga de Stevie Rae e encaixar-me em meu novo grupo.

– É horrível mesmo – foi só o que eu disse.

– É, mas pelo menos quando tem de acontecer, acontece rápido.

Parte de mim queria saber os detalhes, e outra parte estava com medo até de perguntar.

Felizmente, Shaunee interrompeu antes que eu conseguisse me forçar a perguntar o que na verdade estava apavorada demais para querer saber.

– Qual é a da demora? – Shaunee gritou dos degraus da frente do templo. – Erin e Damien já estão lá dentro guardando nossos lugares na roda, mas vocês sabem que depois que começar o ritual não deixam mais ninguém entrar. Andem logo!

Nós apertamos o passo e com Shaunee na frente, corremos para dentro do templo. Fui envolvida por um doce e nebuloso incenso ao entrar pela portaria sombria do Templo de Nyx. Automaticamente, hesitei. Stevie Rae e Shaunee se voltaram para mim.

– Tudo bem. Não tem nada que temer nem ficar nervosa – Stevie Rae olhou nos meus olhos e acrescentou –, ao menos não aqui dentro.

– O Ritual da Lua Cheia é ótimo. Você vai gostar. Ah, quando a *vamp* traçar o pentagrama na sua testa e disser "abençoada seja" você só precisa dizer "abençoada seja" para ela – Shaunee explicou. – Depois nos siga até seu lugar no círculo – sorriu, transmitindo-me confiança e me apressou para entrar logo no recinto pouco iluminado.

– Espere! – disse, agarrando a manga de sua blusa. – Não quero parecer idiota, mas o pentagrama não é sinal do demônio ou coisa do tipo?

– Era o que eu pensava também até chegar aqui. Mas todo aquele papo de demônio é algo que o Povo de Fé quer que a gente acredite para... Diabo – ela disse, sacudindo os ombros –, nem sei direito por que eles fazem tanta questão que as pessoas, quer dizer, os humanos, acreditem que o pentagrama é sinal do demônio. A verdade é que ao longo de zilhares de anos o pentagrama representou sabedoria, proteção, perfeição. Coisas boas assim. É só uma estrela de cinco pontas. Quatro pontas representam os elementos. A quinta, que está apontada para cima, representa o espírito. Só isso. Não tem bicho-papão nenhum.

– Controle – eu murmurei, feliz de termos uma razão para parar de falar sobre Elizabeth e sobre morte.

– Ahn?

– O Povo de Fé quer controlar tudo, e faz parte desse controle que todo mundo tenha sempre que acreditar nas mesmas coisas. É por isso que eles querem que as pessoas achem que o pentagrama é ruim – balancei a cabeça, revoltada. – Deixe para lá. Vamos. Estou mais pronta do que pensava. Vamos entrar.

Fomos adentrando o *foyer* e ouvimos água corrente. Passamos por uma bela fonte, e então havia uma pequena curva para a esquerda. Havia uma vampira que eu não reconheci do lado de dentro de uma entrada vultosa e arqueada, feita de pedras. Ela estava totalmente de preto – uma longa saia e uma blusa sedosa de mangas boca de sino. O único ornamento que ela usava era uma imagem da Deusa bordada em prateado sobre o peito. Seus cabelos eram longos e tinham cor de trigo. As espirais cor de safira irradiavam da tatuagem de lua crescente que lhe emoldurava o rosto impecável.

– Esta é Anastasia. Ela dá aula de Feitiços e Rituais. Também é esposa de *Dragon* – Stevie Rae sussurrou rapidamente antes de dar um passo em direção à vampira e respeitosamente colocar o punho sobre o coração.

Anastasia sorriu e mergulhou o dedo em uma tigela de pedra que tinha na mão. Então traçou uma estrela de cinco pontas na testa de Stevie Rae.

– Abençoada seja, Stevie Rae – disse ela.

– Abençoada seja – Stevie Rae respondeu. Ela me deu um olhar encorajador e desapareceu adentrando o enfumaçado recinto mais adiante.

Eu respirei fundo e tomei a decisão consciente de tirar da cabeça todos os pensamentos sobre Elizabeth, morte e sei lá mais o quê – ao menos durante este ritual. Avancei cheia de decisão até o espaço em frente a Anastasia. Imitando Stevie Rae, pus meu punho fechado sobre o coração.

A vampira mergulhou o dedo naquilo que agora eu percebia tratar-se de óleo. – *Merry meet*[11], Zoey Redbird, bem-vinda à Morada da Noite e à sua nova vida – ela disse, traçando o pentagrama em minha testa, sobre a Marca. – Abençoada seja.

– Abençoada seja – eu murmurei, surpreendida pela onda elétrica que me passou pelo corpo quando a estrela úmida tomou forma em minha testa.

– Vá se juntar às suas amigas – disse ela gentilmente. – Não precisa ficar nervosa, creio que a Deusa já esteja tomando conta de você.

– O... obrigada – eu disse, e corri para dentro do recinto. Havia velas por toda parte. Grandes velas brancas suspensas no teto em lustres de ferro. Havia mais velas nos grandes candelabros alinhados ao longo das paredes. No templo, os candeeiros não queimavam óleo suavemente em claraboias como no resto da escola. Aqui os candeeiros eram *de verdade*. Eu sabia que este lugar já fora uma igreja do Povo de Fé dedicada a Santo Agostinho, mas não parecia com nenhuma outra igreja que eu já vira antes. Além de ser iluminada apenas por velas, não havia assentos. (Aliás, eu sempre detestei aqueles bancos – não poderiam ser mais desconfortáveis.) Na verdade, a única peça de mobília na sala principal era uma mesa antiga de madeira situada no centro, um pouco parecida com a mesa do salão de jantar – só que esta não estava cheia de comida e vinho e etc. Esta tinha uma estátua da Deusa

11 Saudação neo-pagã. (N.T.)

com os braços levantados e bem parecida com o desenho que os *vamps* usavam. Havia um enorme candelabro na mesa, com suas gordas velas brancas ardendo brilhantes, e também vários bastões de incenso.

Então meus olhos foram capturados pelo fogo aberto que vinha de um recesso no chão de pedra. Ele adejava selvagemente e seu fogo amarelo chegava quase a bater na cintura. Era lindo, num sentido de perigo controlado, e parecia me atrair. Felizmente, o aceno de mão de Stevie Rae me chamou a atenção antes que eu seguisse meu impulso de tocar a chama, e então reparei, já imaginando como eu pude deixar de perceber de imediato, que havia um enorme círculo de pessoas, alunos e vampiros adultos, espalhados pelas sombras do recinto. Sentindo-me nervosa e perplexa ao mesmo tempo, forcei meus pés a se mexerem para eu ocupar meu lugar no círculo, ao lado de Stevie Rae.

– Até que enfim – Damien disse entre dentes.

– Desculpe o atraso – eu disse.

– Deixe-a em paz. Ela já está suficientemente nervosa – interrompeu Stevie Rae.

– *Shhh*! Está começando – Shaunee repreendeu.

Quatro formas pareceram materializar-se do interior dos cantos escuros do recinto e se transformar em mulheres que se direcionavam a quatro pontos dentro do círculo vivo, como as direções de um compasso. Mais duas pessoas entraram pela mesma porta que eu. Uma era um homem alto, quero dizer, um vampiro (todos os adultos eram *vamps*) e, ai meu Deus, ele era muito bonito. Este era um excelente exemplo do estereótipo do vampiro lindo, em carne e osso. Tinha um metro e oitenta e poucos de altura e parecia egresso das telas de cinema.

– E esta é a única razão pela qual faço a aula extra de poesia – Shaunee murmurou.

– Estou contigo nessa, gêmea – Erin sussurrou, sonhadora.

– Quem é ele? – perguntei a Stevie Rae.

– Loren Blake, premiado poeta *vamp*. Ele é o primeiro poeta do sexo masculino premiado em dois séculos. Literalmente – ela sussurrou... –, e ele tem apenas vinte e poucos anos, e na verdade, não só na aparência.

Antes que eu pudesse dizer qualquer coisa, ele começou a falar e minha boca ficou ocupada demais para fazer qualquer coisa além de despencar ao ouvir o som de sua voz.

Ela passeia sua beleza, como a noite
De firmamento sem nuvens e céus estrelados...

Enquanto falava, ele se movimentava lentamente em direção ao círculo. Como se sua voz fosse música, a mulher que havia entrado no recinto com ele começou a requebrar de leve e a dançar graciosamente ao redor da parte externa do círculo.

E o que há de melhor das trevas e da luz
Se encontra em sua aparência e em seus olhos...

A mulher que dançava ganhou a atenção de todos. Dei-me conta de supetão que era Neferet. Ela estava usando um longo vestido de seda coberto por pequenas contas de cristal, que captavam a luz das velas em cada um de seus movimentos, e a fazia brilhar como um céu noturno coalhado de estrelas. Seus movimentos pareciam trazer à vida as palavras do velho poema (ao menos minha mente ainda funcionava bem o bastante para eu reconhecer *She Walks in Beauty*[12], de Lord Byron).

Assim amolecida pela terna luz
Que o céu nega ao ruidoso dia.

12 A tradução em português seria: "Ela Passeia sua Beleza". (N.T.)

Neferet e Loren deram um jeito de encerrar a apresentação bem no meio daquele círculo, então Neferet pegou uma taça da mesa e a levantou como numa oferenda.

– Filhos de Nyx, bem-vindos à celebração de Lua Cheia da Deusa!

Os *vamps* adultos fizeram coro:

– *Merry meet.*

Neferet sorriu e pôs a taça de volta na mesa e pegou uma vela fina que já estava acesa e encaixada em um pequeno castiçal individual. Então ela caminhou ao redor do círculo para encarar uma *vamp* que eu não conhecia, que estava de pé no que devia ser a cabeceira do círculo. A *vamp* a saudou com o punho sobre o peito e então deu meia volta, ficando de costas para Neferet.

– *Psiu*! – Stevie Rae sussurrou. – Todos nós ficamos de frente para as quatro direções enquanto Neferet evoca os elementos e projeta o círculo de Nyx. Leste e ar vêm primeiro.

Então todos, inclusive eu, apesar de fazê-lo lentamente, nos viramos para o leste. Do canto do olho eu pude ver Neferet levantando os braços sobre a cabeça enquanto sua voz soava contra as paredes de pedra do templo.

– Do leste eu invoco o ar e peço que sopre neste círculo o dom da sabedoria para que nosso ritual seja repleto de aprendizado.

No instante que Neferet começou a dizer a invocação eu senti o ar mudar. Ele se moveu ao meu redor, ruflando em meu cabelo e me enchendo os ouvidos com o som do vento suspirando entre as folhas. Olhei ao redor na esperança de ver os demais tomados por um minirredemoinho, mas não vi o vento bagunçando os cabelos de ninguém mais. Estranho.

A *vamp* que estava no leste pegou uma grossa vela amarela das dobras do vestido e Neferet a acendeu. Ela a levantou no ar e depois colocou a vela chamejante aos seus pés.

– Vire à direita, para o fogo – Stevie Rae sussurrou outra vez.

Viramos, e Neferet continuou.

– Do sul eu invoco o fogo e peço que acenda neste círculo o dom da força de vontade para que nosso ritual seja coeso e poderoso.

O vento que estava soprando suavemente sobre mim foi substituído por uma sensação de calor. Não era exatamente desconfortável; era mais como o tipo de rubor que a gente sente quando entra em uma banheira quente, mas foi quente o bastante para fazer um leve suor surgir em todo meu corpo. Dei uma olhada para Stevie Rae. Ela estava com a cabeça ligeiramente levantada e os olhos fechados. Não havia sinal de suor em seu rosto. A intensidade do calor subitamente aumentou mais um pouco e eu olhei para Neferet. Ela havia acendido uma grande vela vermelha que Penthesilea estava segurando. Então, como fizera a *vamp* voltada para o leste, Penthesilea levantou a vela, ofertando-a, e então a colocou a seus pés.

Desta vez não precisei que Stevie Rae me dissesse para me virar novamente para a direita e ficar de frente para o oeste. Por alguma razão, eu soube não só que precisávamos nos virar, mas que o próximo elemento seria a água.

– Do oeste eu invoco a água e peço que lave este círculo com compaixão para que a luz da lua cheia possa ser usada para conceder o dom da cura ao nosso grupo, e também o dom do entendimento.

Neferet acendeu a vela azul da *vamp* que estava voltada para o oeste. A *vamp* levantou a vela e a colocou aos seus pés enquanto o som das ondas me enchia os ouvidos e o odor salgado do mar me enchia as narinas. Ávida, completei o círculo encarando o norte e sabendo que abarcaria a terra.

– Do norte eu invoco a terra e peço que faça crescer dentro deste círculo o dom da manifestação e que os desejos e preces desta noite deem frutos.

Subitamente pude sentir a suavidade de um prado relvado sob os pés e sentir cheiro de feno e ouvir pássaros cantar. Uma vela verde foi acesa e colocada aos pés da "terra".

Eu provavelmente deveria estar com medo daquelas sensações estranhas se abatendo sobre mim, mas elas me encheram de uma luz quase insuportável – *eu me senti bem*! Tão bem que quando Neferet ficou de frente para a chama que queimava no meio do recinto e o resto de nós se voltou para o interior do círculo, tive que apertar os lábios com força para não rir alto. O poeta lindo de morrer estava de frente para Neferet, do outro lado do fogo, e vi que ele tinha uma grande vela roxa nas mãos.

– E finalmente invoco o espírito para completar nosso círculo e peço que nos preencha de conexão para que nossas crianças possam juntas prosperar.

Inacreditavelmente, senti meu próprio espírito dar um pulo, como se houvesse asas de pássaros se agitando dentro do meu peito quando o poeta acendeu a vela na enorme chama e a pôs sobre a mesa. Então Neferet começou a dar voltas no interior do círculo, falando conosco, olhando nos nossos olhos, incluindo-nos em suas palavras.

– Este é o momento da lua mais completa. Todas as coisas crescem e minguam, até mesmo os filhos de Nyx, seus vampiros. Mas nesta noite os poderes da vida, da magia e da criação estão em seu ponto máximo – como a lua de nossa Deusa. Este é o momento de construir... de fazer.

Meu coração batia forte enquanto eu observava Neferet falar, e me dei conta em meio a um pequeno susto, que ela estava dando um sermão. Era um ritual de adoração, mas a projeção do círculo combinadas às palavras de Neferet tocaram-me de um jeito que nenhum sermão jamais sequer chegara perto. Olhei ao redor. Talvez fosse o ambiente. O salão estava turvo de fumaça de incenso e a luz de velas chamejantes dava um clima mágico. Neferet era tudo que uma Grande Sacerdotisa devia ser. Sua beleza era uma chama em si mesma e sua voz era uma magia que ganhava a atenção de todos. Ninguém estava cochilando nem jogando *sudoku* escondido.

– Este é o momento quando o véu entre a realidade mundana e os belos e estranhos domínios da Deusa torna-se muito fino e delicado.

Nesta noite é possível transcender as fronteiras entre os mundos com facilidade e conhecer a beleza e o encanto de Nyx.

Pude sentir as palavras dela lavando-me a pele e me fechando a garganta. Estremeci, e a Marca em minha testa de repente começou a esquentar e formigar. Então o poeta começou a falar com sua voz profunda e poderosa.

– Este é o momento de tecer o etéreo na matéria viva, de fiar as tranças do espaço e do tempo para que se faça a Criação. Pois a vida é um círculo, bem como um mistério. Nossa Deusa entende isto, assim como entende seu consorte Erebus.

Enquanto ele falava, fui me sentindo melhor em relação à morte de Elizabeth. Subitamente isto não me pareceu mais tão amedrontador, tão horrível. Parecia antes uma parte do mundo natural, um mundo no qual todos nós tínhamos um lugar.

– Luz... escuridão... dia... noite... morte... vida... tudo está ligado pelo espírito e pelo toque da Deusa. Se mantivermos o equilíbrio e respeitarmos a Deusa, podemos aprender a fazer um feitiço de luar e com ele dar forma a um tecido de pura substância mágica que permanecerá conosco todos os dias de nossas vidas.

– Fechem os olhos, Filhos de Nyx – Neferet disse – e mandem seu desejo mais secreto para sua Deusa. Esta noite, quando o véu entre os mundos é mais fino e delicado, quando a magia está contida no mundano, quem sabe Nyx lhes conceda seus pedidos e lhes salpique com a névoa diáfana dos sonhos realizados.

Magia! Eles estavam pedindo magia! Será que daria certo? Poderia dar certo? Será que havia realmente magia neste mundo? Lembrei-me de como meu espírito fora capaz de ver palavras e como a Deusa me chamou com sua voz visível de dentro da fenda e me beijou a testa e mudou minha vida para sempre. E como, poucos momentos atrás, eu sentira o poder de Neferet evocando os elementos. Eu não havia imaginado isso – eu não teria como imaginar isso.

Fechei os olhos e pensei na magia que parecia me cercar e então enviei meu pedido noite adentro. *Meu desejo secreto é me adaptar... e ter finalmente encontrado um lar que ninguém poderá tirar de mim.*

A despeito do calor incomum de minha Marca, minha cabeça estava leve e inimaginavelmente feliz quando Neferet pediu que abríssemos os olhos e, com uma voz ao mesmo tempo suave e poderosa – mulher e guerreira combinadas – ela prosseguiu com o ritual.

– Este é um momento da viagem invisível na lua cheia. Hora de ouvir uma música que não foi composta por humanos ou vampiros. Este é o momento de unidade com os ventos que nos acariciam – Neferet baixou a cabeça levemente para o leste – e com a faísca de luz que imita a centelha da primeira vida – dobrou a cabeça novamente, agora em direção ao sul. – É o momento de se desvairar no mar eterno e com as chuvas cálidas que nos acalmam, bem como com a terra verdejante que nos cerca e mantém – ela repetiu os mesmos movimentos de cabeça para o oeste e depois para o norte.

E todas as vezes que Neferet dava nome a um elemento eu sentia como se um jato de doce eletricidade me percorresse o corpo.

Então as quatro mulheres que personificavam os elementos foram até a mesa como se fossem uma só. Com Neferet e Loren, cada uma delas levantou uma taça.

– Saudações, Ó Deusa da Noite e da lua cheia! – disse Neferet. – Saudações, Noite, de onde vêm nossas bênçãos. Nesta noite vos agradecemos!

Ainda com as taças nas mãos, as quatro mulheres voltaram para seus lugares no círculo.

– Pelo poderoso nome de Nyx – disse Neferet.

– E de Erebus – o poeta acrescentou.

– Pedimos de dentro de seu círculo sagrado que nos dê conhecimento para falar a língua dos desertos e florestas, para voar com a liberdade do pássaro, para viver com o poder e a graça do felino, e para encontrar um êxtase e uma alegria na vida que nos leve ao ápice de nosso ser. Abençoada seja!

Eu não conseguia parar de sorrir. Jamais ouvi coisas assim numa igreja e, com toda certeza, tampouco me sentira tão cheia de energia!

Neferet bebeu da taça que tinha em mãos e depois ofereceu a Loren, que bebeu e disse "abençoada seja". Espelhando seus gestos, as quatro mulheres foram rapidamente para o meio do círculo para que todos, novatos e adultos, bebessem de uma taça. Quando chegou minha vez, fiquei feliz ao ver o rosto familiar de Penthesilea me oferecendo uma bebida e uma benção. O vinho era vermelho e eu esperava que fosse amargo como quando provei do *cabernet* que minha mãe escondia (do qual definitivamente não gostei), mas não era. Era doce e picante e me deixou de cabeça ainda mais leve.

Depois de todos beberem, as taças retornaram à mesa.

– Esta noite quero que cada um de nós passe ao menos alguns instantes sozinho à luz da lua cheia. Que sua luz refresque vocês e lhes ajude a lembrar do quão extraordinários vocês são... ou estão ficando – ela sorriu para alguns dos novatos, inclusive eu. – Regozijem no fato de serem únicos. Alegrem-se pela força que têm. Nós estamos à parte do mundo por causa de nossos dons. Nunca se esqueçam disso. Podem ter certeza que o mundo jamais se esquecerá. Agora vamos fechar o círculo e abraçar a noite.

Em ordem reversa, Neferet agradeceu a cada um e os mandou de volta à medida que cada vela ia sendo apagada, e com isto eu fui sentindo uma pontinha de tristeza, como se estivesse me despedindo de amigos. Então ela completou o ritual dizendo – Este rito está encerrado. *Merry meet* e *merry part*[13] e *merry meet* outra vez!

E o grupo fez eco: – *Merry meet* e *merry part* e *merry meet* outra vez!

E foi assim. Meu primeiro ritual da Deusa chegara ao fim.

---

13 Despedida neo-pagã. (N.T.)

O círculo se desfez rapidamente; mais rápido do que eu gostaria. Eu queria ficar lá e pensar nas coisas impressionantes que sentira, especialmente durante a invocação dos elementos, mas era impossível. Fui levada para fora do templo em uma maré de conversas. Estava contente por todo mundo estar tão ocupado conversando que ninguém reparou como eu estava quieta; acho que eu não conseguiria explicar a eles o que havia acabado de me acontecer. Eu não conseguia explicar nem a mim mesma!

– Ei, acha que vão servir comida chinesa hoje outra vez? Adorei quando eles serviram aquele *moo goo*[14] delicioso depois do último ritual de lua cheia – disse Shaunee – para não mencionar meu biscoito da sorte, que disse "você vai se fazer por si mesma", muito legal.

– Estou tão esfomeada que nem ligo, contanto que eles nos deem comida – Erin disse.

– Eu também – confirmou Stevie Rae.

– Pelo menos agora estamos em completa concordância – disse Damien, dando braços a Stevie Rae e a mim. – Vamos comer.

E, de repente, isso me fez lembrar.

– Hum, pessoal – aquela sensação latejante e gostosa do ritual já não estava mais comigo –, não posso ir. Tenho que...

– Somos uns idiotas – Stevie Rae bateu na própria testa com tanta força que fez barulho. – Esquecemos totalmente.

– Ah, droga! – reclamou Shaunee.

– As malditas do inferno – completou Erin.

– Quer que eu faça um prato para você ou algo assim? – Damien perguntou docilmente.

– Não. Aphrodite disse que iam me dar de comer.

– Deve ser carne crua – disse Shaunee.

– Sim, carne de alguma criança infeliz que ela pegou em sua teia de aranha nojenta – completou Erin.

14 Prato cantonês que consiste em frango, cogumelos e legumes temperados e refogados. (N.T.)

– Parem, vocês estão deixando a Zoey maluca – disse Stevie Rae enquanto me levava até a porta. – Vou lhe mostrar onde fica o centro de recreações e depois encontro vocês na nossa mesa.

Já do lado de fora eu disse:

– Muito bem, diga que esse negócio de carne crua é brincadeira deles.

– É... brincadeira – disse, sem parecer convincente.

– Maravilha. Eu nem gosto de bife mal passado. O que vou fazer se elas realmente quiserem que eu coma carne crua? – recusei-me a pensar que tipo de carne seria.

– Acho que tenho um antiácido jogado na bolsa. Você quer? – Stevie Rae perguntou.

– Quero – eu disse, já me sentindo enjoada.

16

– É isso – Stevie Rae parou, parecendo se desculpar, desconfortável em frente aos degraus que levavam a uma construção redonda de pedras situada em um pequeno monte que dava vista para o lado leste do muro que cercava a escola. Grandes carvalhos embalavam a construção em meio à penumbra, de modo que eu mal enxerguei as luzes tremeluzentes, de gás ou de velas, que iluminavam a entrada. Nenhuma luminosidade vinha das longas, arqueadas e escuras janelas que pareciam vitrais.

– Bem, obrigada pelo antiácido – tentei parecer corajosa. – E guarde um lugar para mim. Isso não deve durar muito. Acho que vou poder encontrar vocês para jantar daqui a pouco.

– Não se apresse. Mesmo. Talvez você encontre alguém que goste e queira dar uma saída. Não se preocupe se for o caso. Não vou ficar chateada nem dizer a Damien e às gêmeas que você está se bandeando para o lado do inimigo.

– Não vou me tornar uma delas, Stevie Rae.

– Acredito em você – disse ela, mas seus olhos pareciam suspeitamente redondos e grandes.

– Então, até mais.

– Tá. Até mais – ela se despediu e pegou o caminho de volta para o edifício principal.

Eu não queria observá-la se afastar – ela parecia um filhote abandonado e espancado. Então subi os degraus e disse a mim mesma que não seria nada demais – nada pior do que quando minha irmã-Barbie me convenceu a acompanhá-la ao acampamento da torcida organizada (não sei o quê me passou pela cabeça). Ao menos este fiasco não ia durar uma semana. Elas provavelmente iam projetar outro círculo, o que na verdade era bem legal, fazer algumas preces incomuns como Neferet fizera e depois parar para jantar. O que seria minha deixa para sorrir lindamente e cair fora. Moleza.

As tochas de ambos os lados da porta de madeira grossa eram alimentadas a gás, ao contrário das chamas puras nos candeeiros do Templo de Nyx. Levei a mão à pesada maçaneta de ferro, mas, com um som desconcertantemente parecido com um suspiro, ela se abriu antes que eu a tocasse.

– *Merry meet*, Zoey.

Ah Meu Deus. Era Erik. Ele estava todo de preto e seus cabelos escuros cacheados e seus olhos insanamente azuis me lembraram Clark Kent – bem, certo, sem os óculos idiotas e sem o cabelo lambido de *nerd* para trás... então... acho que isso quer dizer que ele me lembrou (novamente) o *Super-Homem* – bem, sem a capa e a calça justa e o grande *S*...

Então o blá-blá-blá em minha mente se calou totalmente quando ele me tocou a testa com seu dedo cheio de óleo, traçando os cinco pontos do pentagrama.

– Abençoada seja – ele disse.

– Abençoado seja – respondi, sentindo gratidão eterna pelo fato de minha voz não ter falhado, tremido ou guinchado. Ah meu Deus, ele tinha um cheiro bom, mas eu não saberia dizer cheiro de quê. Não era nenhuma daquelas colônias usadas à exaustão com as quais os caras tomam banho. Ele tinha cheiro de... tinha cheiro de... de floresta noturna após a chuva... algo meio terra, limpo e...

– Pode entrar – disse ele.

– Ah, ahn, obrigada – disse com leveza. Entrei. E parei. O interior era um grande salão. As paredes circulares eram cobertas por veludo preto, bloqueando totalmente as janelas e o luar prateado. Percebi que por debaixo das pesadas cortinas havia formas estranhas que começaram a me assustar até que me dei conta que – *hello*! – aquilo era um centro de recreações. Eles devem ter empurrado as tevês e materiais de jogos para as laterais do salão e coberto tudo para que o ambiente parecesse mais, digamos, horripilante. Então minha atenção foi capturada pelo círculo em si. Estava no meio do salão e era feito inteiramente de velas em longos recipientes vermelhos, como as velas de prece que se compra na seção de comida mexicana do mercado e que têm cheiro de rosas e de pessoas idosas. Devia haver mais de cem velas, que iluminavam os jovens que estavam em um círculo logo atrás, conversando e rindo alto com aquela luz fantasmagórica vermelha. Todos estavam de preto e percebi de cara que nenhum deles usava nenhuma insígnia do ano na roupa, mas todos tinham uma grossa corrente de prata que cintilava em seus pescoços, e da qual pendia um símbolo estranho. Pareciam duas luas crescentes posicionadas de costas contra uma lua cheia.

– Aí está você, Zoey!

A voz de Aphrodite atravessou o salão um pouco antes do seu corpo. Ela estava usando um vestido longo preto que cintilava com suas contas de ônix, lembrando-me estranhamente uma versão negra do belo vestido de Neferet. Ela usava o mesmo colar que os demais, mas o dela era maior e contornado por joias vermelhas que deviam ser granadas. Seu cabelo louro estava solto e jogado sobre ela como se fosse um véu dourado. Ela era realmente linda.

– Erik, obrigada por receber Zoey. Daqui para frente é comigo – ela soou normal e chegou até a pousar rapidamente seus dedos de unhas bem feitas no braço de Erik, o que desavisados poderiam considerar um mero gesto amigável, mas o rosto dela expressava algo bem diferente. Era um rosto duro e frio, e seus olhos pareceram queimar os dele.

Erik mal olhou para ela, e sem dúvida tirou o braço do toque dela. Então me dirigiu um breve sorriso e, sem olhar para Aphrodite novamente, se afastou.

Maravilha. Tudo que eu não precisava era virar pivô de uma separação não amigável. Mas não pude impedir meus olhos de o acompanharem ao se afastar.

Idiota que eu sou. Outra vez.

Aphrodite limpou a garganta e eu tentei (sem sucesso) não parecer que estava fazendo algo que não devia. O sorriso dela, astucioso e nefasto, deixava claro que ela havia percebido meu interesse em Erik (e o interesse dele em mim). E novamente eu voltei a pensar se ela sabia que era eu quem havia estado no corredor no dia anterior.

Bem, perguntar eu não ia mesmo.

– Você precisa se apressar, mas eu trouxe algo para você vestir – Aphrodite falava rápido enquanto gesticulava para que eu a seguisse ao banheiro feminino. Lançou-me um olhar de repulsa por sobre o ombro. – Você não pode comparecer a um ritual das Filhas das Trevas vestida desse jeito – quando chegamos ao banheiro ela me passou bruscamente um vestido que estava pendurado em um dos tabiques, e meio que me empurrou para dentro da cabine. – Pode colocar suas roupas no cabide e levá-las assim para o dormitório.

Parecia não haver espaço para argumentar com ela e, de qualquer forma, eu já me sentia suficientemente estranha ao local. Estar vestida diferente me fez sentir como se estivesse chegando fantasiada de pata a uma festa comum em que todos usavam calças jeans.

Tirei a roupa rapidamente e vesti o vestido preto pela cabeça. Soltei um suspiro de alívio ao ver que cabia. Era simples, mas caía bem. O tecido era daquele tipo pegajoso que não amarrota. As mangas eram compridas e a gola era redonda, deixando à mostra boa parte dos ombros (ainda bem que eu estava de sutiã preto). Havia pequenas contas brilhantes vermelhas ao redor da gola, nas barras das longas mangas e nas bainhas logo acima dos joelhos. Era lindo mesmo. Calcei novamente os sapatos, pensando, feliz da vida, que um bom par de sapatilhas de bailarina combina com qualquer traje, e saí da cabine.

– Bem, ao menos coube – eu disse.

Mas percebi que Aphrodite não estava olhando para o vestido. Ela estava olhando para minha Marca, o que me deixou com a pulga atrás da orelha. Certo, minha Marca é colorida – já está na hora de esquecer isso! Não disse nada, contudo. Quer dizer, a "festa" era dela e eu era uma convidada. Traduzindo: eu estava em total desvantagem, então era melhor me comportar direitinho.

– Eu evidentemente estarei conduzindo o ritual, por isso estarei ocupada demais para levá-la pela mão enquanto ele acontece.

Ela apertou os olhos e eu me preparei para outra cena de garota maluca. Mas, pelo contrário, ela deu um sorriso desprovido de qualquer simpatia que a deixou parecida com uma cadela rosnando. Não que eu a estivesse chamando de cachorra, mas a analogia parecia bastante precisa.

– Claro que você não precisa que ninguém a leve pela mão. Você vai fluir lindamente por este pequeno ritual exatamente como fluiu lindamente por tudo mais por aqui. Afinal, você é a nova favorita de Neferet.

– Aphrodite, não acho que eu seja a nova favorita de Neferet. Sou apenas nova aqui – disse, tentando soar sensata e até sorrir.

– Não interessa. Então, está pronta?

Eu desisti de tentar argumentar com ela e afirmei com a cabeça, torcendo para que este ritual fosse rápido e acabasse logo.

– Ótimo. Vamos – ela me conduziu do banheiro até o círculo. Reconheci que duas garotas até as quais caminhamos eram as "malditas do inferno" que estavam atrás dela no refeitório. Ao invés da cara enjoada de quem acabou de chupar limão azedo de antes, elas estavam sorrindo para mim com simpatia.

Não. Eu não estava me deixando enganar. Mas me forcei a sorrir também. Quando se está em território inimigo é melhor se misturar, ficar imperceptível e/ou parecer idiota.

– Oi, sou Enyo – disse a mais alta das duas. Claro que ela era loura, mas a cor de seus cachos abundantes estava mais para fogo claro do que para dourado. Apesar de que à luz de velas era difícil saber qual clichê descreveria o caso de maneira mais apropriada. E eu ainda achava que não era loura natural.

– Oi – eu disse.

– Eu sou Deino – disse a outra garota. Estava na cara que ela era mestiça e tinha uma bela combinação de linda pele cor de café com bastante leite e com maravilhosos cabelos grossos e encaracolados, que provavelmente nunca ousavam desarmar sobre ela, por mais úmido que estivesse o tempo.

As duas eram de uma perfeição anormal.

– Oi – eu disse outra vez. Sentindo-me bem claustrofóbica, ocupei o lugar que elas deixaram entre si.

– Que vocês três aproveitem o ritual – Aphrodite disse.

– Ah, vamos, sim! – Enyo e Deino disseram juntas. As três trocaram um olhar que me causou arrepios. Desviei delas minha atenção antes que meu bom senso superasse meu orgulho e eu saísse correndo de lá.

Eu agora tinha uma boa visão da área interna do círculo, e também parecia com o círculo no Templo de Nyx, exceto pelo fato de este ter uma cadeira junto à mesa na qual havia alguém sentado. Bem, meio que sentado. Na verdade, a pessoa, fosse quem fosse, estava tombada com a cabeça coberta pelo capuz de um manto.

Bem... hummm...

Enfim, a mesa estava coberta com o mesmo veludo preto das paredes e havia uma estátua da Deusa sobre ela, uma tigela com frutas e pão, várias taças e um jarro. E uma faca, a qual espiei de rabo-de-olho para ter certeza se era isso mesmo. Sim, era uma faca – com cabo de osso e uma lâmina curva e dura que parecia afiada demais para ser usada para cortar frutas ou pão com segurança. Uma garota que eu pensei reconhecer do dormitório estava acendendo várias varetas grossas de incenso que estavam em incensários entalhados na mesa, ignorando totalmente a pessoa que estava caída na cadeira. Nossa, será que ele ou ela estava dormindo?

Imediatamente o ar começou a se encher de uma fumaça que eu podia jurar ser verde e que se enroscava, fantasmagórica, pelo recinto. Esperava um cheiro doce, como os incensos do Templo de Nyx, mas quando a fumaça leve como pluma me alcançou e eu a inalei, surpreendi-me com o toque amargo. Era um cheiro um tanto familiar e eu franzi a testa, tentando identificar o que me lembrava... droga, seria isto? Era quase como folha de louro com um quê de cravo-da-Índia. (Não podia me esquecer de depois agradecer a vovó Redbird por me ensinar sobre os temperos e seus cheiros.) Inalei outra vez, intrigada, e fiquei meio tonta. Esquisito. Muito bem, o incenso era estranho. Ele parecia se transformar ao preencher o recinto, como um perfume caro que muda de acordo com a pessoa que o usa. Inalei mais uma vez. Sim, cravo e louro, mas havia algo mais no final; algo que terminava num travo amargo... alguma coisa sombria, mística, encantadora e um tanto... torpe.

Torpe? Foi quando entendi.

Ora, droga! Eles estavam enchendo o salão de fumaça de maconha misturada a especiarias. Inacreditável. Eu aguentei as maiores pressões e por anos a fio recusei até as ofertas mais educadas de experimentar um daqueles baseados de aspecto nojento que eram passados de mão em mão em festas e etc. (Sério, por favor. Isso é higiênico? E exatamente por quê eu iria querer usar uma droga que me deixa com vontade de comer besteiras engordativas?) E agora aqui estou eu, imersa em fumaça de maconha. Ai, ai. Kayla jamais acreditaria nisso.

Então, sentindo-me paranoica (provavelmente outro efeito colateral da invasão de maconha), olhei ao redor do círculo, certa que veria um professor aparecer de repente e nos levar para o... o... sei lá, algo indizivelmente horrível, como faz o campo de treinamento Maury com seus adolescentes problemáticos.

Mas, felizmente, ao contrário do círculo no Templo de Nyx, não havia *vamps* adultos, apenas garotos de seus vinte e poucos anos. Conversavam discretamente e agiam como se o incenso de maconha totalmente ilegal não fosse grande coisa. (Maconheiros.) Tentando respirar pouco, virei-me para a garota à direita. Quando não souber o que dizer (ou quando estiver em pânico), fale de amenidades.

– Então... Deino é um nome bem diferente. Significa algo em especial?

– Deino quer dizer "terrível" – ela disse, sorrindo docemente.

Do meu outro lado a loura alta entrou na conversa, animada. – E o meu significa "belicosa".

– Ahn – eu disse, fazendo o possível para parecer educada.

– E, Pemphredo, que significa "vespa", é a que está acendendo o incenso – Enyo explicou. – Nós tiramos os nomes da mitologia grega. Elas eram as três irmãs de Gorgon e Scylla. Diz o mito que elas eram medonhas de nascença, mas concluímos que isso provavelmente não passa de baboseira, propaganda machista escrita por homens humanos na intenção de desdenhar de mulheres fortes.

– É mesmo? – eu não soube mais o que dizer. Mesmo.

– É – Deino disse –, os homens humanos são um lixo.

– Deviam morrer todos – disse Enyo.

Depois desta ideia amável, subitamente a música começou, tornando impossível (felizmente) conversar.

Certo, a música era perturbadora. Tinha uma batida profunda e pulsante que era antiga e moderna também. Como se alguém tivesse mixado uma daquelas músicas bem sacanas com uma dança tribal de acasalamento. E então, para meu espanto, Aphrodite começou a dançar em direção ao centro do círculo. Sim, acho que se pode dizer que ela era sexy. Quer dizer, ela tinha um bom corpo e se movimentava como Catherine Zeta-Jones em *Chicago*. Mas por alguma razão, não funcionava para mim. E não digo isso por não ser lésbica (apesar de não ser lésbica). Não funcionava porque parecia uma imitação mal-acabada da dança de Neferet ao som de *She Walks in Beauty*. Se esta música fosse também um poema, seria algo tipo *Uma Vagabunda Remexe sua Bundinha*.

Durante a exibição de Aphrodite requebrando a pélvis, todo mundo estava, naturalmente, olhando para ela, então olhei ao redor do círculo, fingindo que não estava realmente olhando para Erik, até que... ah, merda... Vi que ele estava quase diretamente em frente a mim. E ele era o único que não estava olhando para ela. Ele estava olhando para mim. Antes que eu pudesse resolver se devia desviar o olhar, sorrir para ele ou acenar ou sei lá o quê (Damien disse para eu sorrir para o garoto, e Damien se dizia *expert* em homens), a música parou e voltei a olhar para Aphrodite. Ela estava parada bem no meio do círculo, em frente à mesa. Cheia de determinação, ela pegou um grande castiçal roxo com uma das mãos e um punhal com a outra. A vela estava acesa e ela a levou, segurando-a em frente a si como se fosse uma luz-guia até o lado do círculo onde então reparei que havia uma vela amarela misturada às vermelhas. Não precisei que a Terrível nem a Belicosa (*yesss*) me acotovelassem para eu me virar para o leste. Quando o vento ruflou em meu cabelo, vi de canto de olho que ela havia acendido a vela amarela e agora levantava o punhal, desenhando um pentagrama no ar enquanto dizia:

Ó ventos de tempestade, em nome de Nyx eu vos invoco,
esparjais vossa benção, eu vos peço,
sobre a magia que aqui será trabalhada!

Reconheço que ela era boa. Apesar de não ser poderosa como Neferet, era evidente que ela havia praticado para controlar a voz, e o som sedoso de suas palavras fluía. Viramo-nos para o sul e ela foi até o grande castiçal vermelho em meio aos outros. Pude sentir que já estava reconhecendo o poder do fogo e do círculo mágico agindo em minha pele.

Ó fogo dos raios, em nome de Nyx eu vos invoco,
portador das tempestades e força da magia,
peço vossa ajuda no feitiço que aqui trabalho!

Viramo-nos outra vez e, junto com Aphrodite, senti uma quentura e uma atração inesperada pela vela azul que estava em meio às vermelhas. Apesar de estar quase perdendo a cabeça, tive que me conter para não sair do círculo e acompanhá-la na invocação da água.

Ó torrentes de chuva, em nome de Nyx eu vos invoco,
acompanhai-me com vossa força inundante na realização
deste ritual, de todos o mais poderoso!

Que diabo havia de errado comigo? Eu estava suando e minha Marca não esquentou nem um pouquinho, como no ritual anterior; estava quente – de queimar – e juro que ouvi o rugido do mar em meus ouvidos. Entorpecida, virei-me novamente para a direita.

Ó terra úmida e profunda, em nome de Nyx eu vos invoco,
para que eu possa sentir o movimento da própria terra
no rugido de um trovão de poder
que vem quando me ajudais neste rito!

Aphrodite cortou o ar novamente e senti a palma da mão direita latejar, como se doesse segurar a faca e cortar o ar. Senti cheiro de grama cortada e ouvi o canto do curiango como se estivesse secretamente aninhado no ar ao meu lado. Aphrodite voltou para o centro do círculo. Pôs a vela roxa, ainda acesa, de volta ao meio da mesa e completou a invocação.

Ó espírito livre e selvagem, em nome de Nyx eu vos invoco a mim!
Responda-me! Fique comigo durante este poderoso ritual
e conceda-me o poder da Deusa!

E por alguma razão eu já sabia o que ela ia fazer em seguida. Dava para ouvir as palavras dentro de minha mente – dentro de meu próprio espírito. Quando ela levantou a taça e começou a caminhar ao redor do círculo, eu senti suas palavras e, apesar de ela não ter o equilíbrio e o poder de Neferet, o que ela disse se acendeu dentro de mim, como se eu estivesse queimando de dentro para fora.

– Este é o momento em que a lua de nossa Deusa está mais cheia. Há magnitude nesta noite. Os antigos sabiam os mistérios desta noite e a usavam para se fortalecerem... para romper o véu entre os mundos e se aventurar de um modo que hoje em dia apenas sonhamos. Secreta... misteriosa... mágica... autêntica beleza e poder em forma de vampira, intocada pelas leis e regras humanas. Nós não somos humanos! – e assim sua voz reverberou nas paredes, quase como Neferet fizera antes. – E tudo que seus Filhos e Filhas das Trevas pedem hoje neste rito é o que temos pedido em todas as luas cheias de um ano para cá. Libere nosso poder interno para que, como os poderosos felinos da floresta, tenhamos a flexibilidade de nossos irmãos animais e não estejamos ligados por laços humanos e nem aprisionados por nossas fraquezas e ignorâncias.

Aphrodite havia parado bem em frente a mim. Eu sabia que estava vermelha e com a respiração alterada, assim como ela, que levantou a taça e a ofereceu a mim.

– Beba, Zoey Redbird, e junte-se a nós pedindo a Nyx o que é nosso por direito de sangue e de corpo, e da Marca da grande Transformação, a Marca com a qual ela já lhe tocou.

Sim, eu sei. Eu devia ter recusado. Mas como? E, de repente, eu não queria recusar. Eu certamente não confiava em Aphrodite, mas o que ela estava dizendo não era essencialmente verdadeiro? A reação de minha mãe e meu padrasto à minha Marca voltou-me com força e clareza à memória, junto com o olhar amedrontado de Kayla e a repulsa de Drew e Dustin. E como ninguém mais me ligou, nem mandou um torpedo sequer depois que eu vim embora. Eles simplesmente me deixaram ser chutada para cá e lidar com minha vida nova sozinha.

Isso me entristecia, mas também me enfurecia.

Peguei a taça da mão de Aphrodite e dei um bom gole. Era vinho, mas não tinha o gosto do vinho do outro ritual da lua. Este também era doce, mas havia um gosto diferente de qualquer coisa que eu já tivesse provado antes. A bebida provocou uma explosão de sabor em minha boca que foi descendo pela garganta, quente e agridoce, enchendo-me de um desejo vertiginoso de beber mais e mais e mais.

– Abençoada seja – Aphrodite sibilou para mim ao puxar a taça de minha mão, derramando algumas gotas do líquido vermelho em meus dedos. Então ela me deu um sorriso tenso e triunfante.

– Abençoada seja – eu retornei imediatamente, a cabeça ainda girando com o gosto do vinho. Ela foi até Enyo, ofereceu-lhe a taça e não consegui deixar de lamber os dedos para sentir mais um pouquinho o gosto do vinho que entornara. Era mais que delicioso. E tinha um cheiro... um cheiro familiar... mas com aquela tonteira em minha cabeça eu não conseguia me concentrar o suficiente para saber onde tinha sentido aquele cheiro incrível antes.

Aphrodite levou pouco tempo percorrendo o círculo e dando a cada um dos presentes um gole da taça. Observei-a atentamente, desejando poder beber mais quando ela pusesse a taça na mesa. Ela levantou a taça outra vez.

– Grande e mágica Deusa da Noite e da lua cheia, que cavalga trovões e tempestades conduzindo os espíritos e os Antigos, bela e assombrosa, a quem até os mais antigos devem obediência, ajude-nos no que pedimos. Encha-nos com seu poder, sua magia e sua força!

Então ela levantou a taça e eu observei com inveja enquanto ela bebeu os últimos goles. Quando ela terminou de beber, a música recomeçou. Na hora certa, ela foi voltando a dançar ao redor do círculo, rindo e soprando as velas uma por uma e se despedindo de cada elemento. E, por alguma razão, enquanto ela se movia ao redor do círculo, minha visão foi ficando borrada, pois seu corpo ondulou e se transformou e de repente parecia que eu estava assistindo Neferet outra vez – só que agora era uma versão mais jovem e mais vulgar da Grande Sacerdotisa.

– *Merry meet* e *merry part* e *merry meet* outra vez! – ela disse, enfim. Todos respondemos enquanto eu pisquei os olhos para enxergar melhor, enquanto a estranha imagem de Aphrodite, assim como a de Neferet, desapareceu junto com a ardência em minha Marca. Mas eu ainda sentia o gosto do vinho em minha boca. Era muito estranho. Não o gosto de álcool. Sério. Simplesmente não aprecio o gosto. Mas havia qualquer coisa nesse vinho que era mais gostoso que... bem, mais que trufas de chocolate *Godiva* (sei que é difícil de acreditar). E ainda não conseguia entender por quê me parecia de alguma forma familiar.

Daí todo mundo começou a conversar e rir enquanto o círculo se desfazia. As lâmpadas de gás acenderam-se no alto, fazendo-nos piscar os olhos por causa da claridade. Olhei para o outro lado do círculo, tentando ver se Erik ainda estaria olhando para mim e um movimento na mesa me chamou a atenção. A pessoa que passou o ritual inteiro caída e imóvel estava enfim se mexendo. Ele meio que deu um solavanco e sentou-se de um jeito estranho. O capuz do manto preto caiu para trás e fiquei chocada ao ver aquele cabelo vermelho alaranjado, espesso e nada atraente e aquela cara rechonchuda branca e sardenta demais.

Era aquele irritante do Elliot! Muito, muito estranho ele estar lá. O que os Filhos e Filhas das Trevas poderiam querer com ele? Olhei ao redor do salão outra vez. Sim, como eu suspeitei, não havia ninguém feio nem com cara de idiota ao redor. Todo mundo, estou dizendo todo mundo mesmo, era atraente, exceto Elliot. Ele com certeza não se encaixava no ambiente.

Ele estava piscando e bocejando e parecia ter cheirado incenso demais. Ele levantou a mão para tirar algo do nariz (provavelmente uma das melecas que ele vivia procurando com o dedo) e então vi as ataduras brancas ao redor dos pulsos dele. Que diabo...?

Senti algo terrível subindo pela minha coluna. Enyo e Deino estavam paradas não muito longe de mim, conversando animadamente com a garota que chamavam de Pemphredo. Eu fui até elas e esperei uma brecha na conversa. Fingindo que meu estômago não estava me matando, sorri e fiz um gesto com a cabeça vagamente em direção a Elliott.

– O que aquele garoto está fazendo aqui?

Enyo deu uma olhada para Elliott e revirou os olhos.

– Ele não é nada. Só uma geladeira que usamos esta noite.

– Que infeliz – Deino disse, olhando para ele com desprezo.

– Ele é praticamente humano – Pemphredo disse, enojada. – Não é à toa que ele só serve para lanche.

Meu estômago parecia prestes a virar pelo avesso. – Espere aí, não estou entendendo. Geladeira? Lanche?

Deino, a Terrível, virou seus presunçosos olhos cor de chocolate para mim.

– É assim que chamamos os humanos: geladeiras e lanches. Sabe, café da manhã, almoço e jantar.

– Ou qualquer refeição entre elas – Enyo, a belicosa, quase ronronou.

– Eu ainda não... – comecei a dizer, mas Deino me interrompeu.

– Ah, dá um tempo! Não vá fingir que não sabia o que tinha no vinho e que não amou o gosto.

– É, admita, Zoey. Estava na cara. Você queria virar a taça inteira; você queria ainda mais que nós mesmas. Nós vimos você lambendo os dedos – disse ela, aproximando-se demais e olhando para minha Marca. – Isso a torna algum tipo de aberração, não é? Por alguma razão, você é novata e *vamp* ao mesmo tempo e queria mais que apenas uma prova do sangue daquele garoto.

– Sangue? – não reconheci minha própria voz. A palavra "aberração" ficou ecoando em círculos na minha cabeça.

– Sim, sangue – disse a Terrível.

Eu me senti quente e fria ao mesmo tempo e desviei o olhar de seus rostos astuciosos para encarar Aphrodite nos olhos. Ela estava do outro lado do salão, conversando com Erik. Olhamo-nos fixamente nos olhos e ela sorriu lenta e intencionalmente. Ela estava segurando a taça outra vez, e a levantou, saudando-me quase imperceptivelmente, dando um gole e virando-se para rir de algo que Erik acabara de dizer.

Procurando me controlar, dei uma desculpa esfarrapada para a Belicosa, a Terrível e a Vespa e caminhei calmamente em direção à saída. Assim que cruzei a porta de madeira grossa do centro de recreações, saí correndo como uma cega maluca. Não sabia para onde ia, só sabia que queria ir embora.

Eu bebi sangue – o sangue de Elliot, aquele garoto horroroso – e gostei! E o pior, aquele cheiro delicioso pareceu-me familiar porque eu senti a mesma coisa quando as mãos de Heath estavam sangrando. Não era nenhum perfume novo do qual eu havia gostado; era sangue. E eu sentira o mesmo cheiro ontem quando Aphrodite cortou a coxa de Erik e eu também quis lamber o sangue.

Eu era uma aberração.

Enfim, consegui respirar e caí, quase desmaiada, de encontro à pedra fria do muro protetor da escola, arfando e quase vomitando os pulmões.

17

Trêmula, limpei a boca com as costas da mão e me afastei, trôpega, do ponto em que havia vomitado (recusei-me sequer a considerar o que havia vomitado e sua aparência) até chegar a um carvalho gigante que crescera tão perto do muro que metade de seus galhos alcançavam o outro lado. Encostei-me na árvore, concentrando-me para não voltar a ficar enjoada.

O que eu tinha feito? O que estava acontecendo comigo?

Então, de algum ponto dentre os galhos da árvore, ouvi um miado. Certo, não era o miado típico de um gato normal. Era como uma reclamação zangada, um "miagrrrrr".

Levantei os olhos. Empoleirada sobre um galho apoiado no muro estava uma pequena gata alaranjada. Ela estava olhando para mim com olhos enormes e parecia totalmente decepcionada.

– Como você foi subir aí?

– Miiiaauuu – ela disse, então espirrou e foi caminhando devagarzinho pelo galho, obviamente tentando se aproximar de mim.

– Bem, venha cá, cuti-cuti-cuti – eu disse, tentando atraí-la.

– Miiiaauuu – ela disse novamente, avançando em passinhos curtos com suas patinhas.

– Isso, venha, neném. Mexa suas patinhas assim – eu estava realmente procurando canalizar meu ataque histérico para salvar a gata, mas a verdade era que eu não conseguia pensar no que havia acabado de acontecer. Agora não. Era cedo demais. Recente demais. De modo que a gata era uma excelente distração. Além do que, ela me parecia familiar. – Vamos, menina, venha... – fiquei conversando com ela enquanto encaixava as pontas de minhas sapatilhas no tijolo exposto do muro e me esticava o suficiente para agarrar a parte mais baixa do galho onde ela estava. Então consegui usar o galho como uma espécie de corda para subir mais alto no muro, sem deixar de falar com a gata, que ficou o tempo todo reclamando comigo.

Finalmente aproximei-me a ponto de poder tocá-la. Nós nos encaramos mutuamente por um bom tempo e comecei a imaginar se ela sabia de mim. Será que ela podia perceber que eu havia acabado de provar sangue (e de gostar)? Será que eu estava com hálito de vômito de sangue? Será que eu estava com aparência diferente? Será que me haviam crescido presas? (Tudo bem, esta última pergunta era ridícula. *Vamps* adultos não tinham presas, mas mesmo assim.)

Ela novamente soprou um miado em minha direção e se aproximou um pouco mais. Eu estiquei o braço e cocei-lhe o alto da cabeça, e ela abaixou as orelhas e fechou os olhos, ronronando.

– Você parece uma leoazinha – disse a ela. – Viu como você fica melhor quando não está reclamando? – então fiquei confusa e surpresa, dando-me conta de por quê ela me parecia tão familiar. – Você estava no meu sonho – e um pouquinho de felicidade atravessou o muro de enjoo e medo que se formara dentro de mim. – Você é a minha gata!

A gata abriu os olhos, bocejou e espirrou de novo, como se perguntasse por quê eu havia demorado tanto para me dar conta. Soltando um grunhido de esforço eu me empinei para cima para me sentar no amplo topo do muro, ao lado do galho onde a gata estava empoleirada. Com um suspiro felino, ela pulou delicadamente do galho para cima do muro e caminhou até mim com suas patinhas brancas, subindo em meu colo. Pelo jeito não me restava fazer mais nada a não ser coçar sua cabeça um pouco mais. Ela fechou os olhos e ronronou alto. Eu a acariciei e tentei conter o tormento em minha mente. O ar tinha cheiro de chuva chegando, mas a noite estava excepcionalmente quente para o fim de outubro, e eu joguei a cabeça para trás, respirando fundo e me deixando acalmar pelo luar prateado que espreitava por entre as nuvens.

Olhei para a gata.

– Bem, Neferet disse que devíamos sentar sob o luar – olhei novamente para o céu escuro. – Seria melhor se estas nuvens estúpidas fossem para longe, mas mesmo assim...

Eu havia acabado de pronunciar as palavras quando um vento me envolveu, sibilante, e subitamente afastou as frágeis nuvens.

– Ora, obrigada – disse em voz alta para o nada. – Muito conveniente este vento – a gata resmungou, lembrando-me que eu tive a petulância de parar de lhe coçar as orelhas. – Acho que vou chamá-la de Nala, porque você parece uma leoazinha – disse a ela, e, então parei de coçá-la novamente. – Sabe, neném, fico feliz de tê-la encontrado aqui hoje; eu realmente precisava que algo de bom me acontecesse depois da noite que tive. Você não acreditaria...

Um cheiro estranho me subiu às narinas. Era tão estranho que interrompi o que estava dizendo. O que era aquilo? Farejei e torci o nariz. Era um cheiro seco e velho. Como uma casa que ficou fechada por muito tempo, ou algum porão assustador. Não era um cheiro bom, mas também não era tão ruim que me desse vontade de vomitar. Era simplesmente errado. Como se ele não tivesse nada a ver com a noite ao ar livre.

Então algo me chamou a atenção no canto da vista esquerda. Olhei para baixo do longo e sinuoso muro de tijolos. Lá estava parada uma garota parcialmente virada para mim como se não soubesse que direção tomar. A luz da lua e minha capacidade de novata de enxergar bem à noite permitiram que eu a visse apesar de não haver nenhuma luz externa naquela parte do muro. Fiquei tensa. Será que uma daquelas detestáveis Filhas das Trevas havia me seguido? Não havia a menor chance de eu interagir com as palhaçadas delas esta noite.

Eu devo ter reclamado em voz alta e não só em pensamento, pois a menina levantou a cabeça para olhar para mim, sentada no alto do muro.

Eu arfei, assustada, e senti o medo tomar conta de mim.

Era Elizabeth! A Elizabeth Sem Sobrenome que supostamente estava morta. Quando ela me viu, seus olhos estavam estranhamente vermelhos, brilhantes e arregalados, e então ela soltou um guincho esquisito, girou e desapareceu com velocidade inumana noite adentro.

No mesmo instante, Nala arqueou as costas e sibilou com tamanha ferocidade que seu corpinho começou a tremer.

– Tudo bem! Tudo bem! – disse várias vezes, tentando acalmar a gata e a mim mesma. Ambas estávamos tremendo e Nala ainda estava grunhindo baixinho. – Não pode ter sido um fantasma. Não pode ser. Era só... só... uma garota esquisita. Devo tê-la assustado e...

– Zoey! Zoey! É você?

Eu levei um susto e quase caí do muro. Era demais para Nala. Ela sibilou intensamente mais uma vez e pulou com agilidade do meu colo para o chão. Completa e totalmente apavorada, agarrei o galho para me equilibrar e comecei a espreitar a noite.

– Quem... quem é? – Eu gritei mais alto que meu coração disparado. Então duas luzes de lanternas apontadas para mim me impediram de ver qualquer coisa.

– Claro que é ela! Até parece que eu não reconheceria a voz de minha melhor amiga! Nossa, não faz tanto tempo assim que ela foi embora!

– Kayla? – eu disse, tentando proteger meus olhos das luzes com as mãos, que tremiam loucamente.

– Ora, eu disse que nós íamos encontrá-la – disse uma voz masculina. – Você sempre quer desistir rápido demais.

– Heath? – Talvez eu estivesse sonhando.

– Sim! *Yuhuu*! Encontramos você, meu bem! – Heath gritou, e apesar da terrível luz da lanterna eu pude vê-lo se jogar contra o muro e começar a escalar como um macaco alto, louro e jogador de futebol.

Incrivelmente aliviada por ser ele e não um bicho-papão, eu o chamei.

– Heath! Cuidado! Se você cair vai quebrar alguma coisa – bem, a não ser que ele caísse de cabeça; neste caso, tudo bem.

– Eu não! – disse ele, enquanto subia e se sentava ao meu lado sobre o muro. – Ei, Zoey, se liga só: olhe para mim; sou o rei do mundo! – ele gritou, jogando os braços para cima e sorrindo, totalmente bobo, e soprando seu bafo de álcool sobre mim.

Não me admira que eu tenha recusado a sair com ele.

– Muito bem, não precisa ficar eternamente me zoando por causa de minha infeliz ex-paixonite por Leonardo Di Caprio – olhei feio para ele, sentindo-me mais eu mesma do que nunca nas últimas horas. – Na verdade, é tipo minha ex-paixonite por você. Só não durou tanto tempo e você não fez um monte de filmes cafonas mas legais.

– Ei, você não está brava por causa de Dustin e Drew, está? Esqueça-os! Eles são retardados! – Heath disse, olhando para mim daquele seu jeito de filhotinho que era lindo quando ele estava na oitava série. Pena que esse jeito lindo parou de funcionar fazia cerca de dois anos. – Enfim, nós viemos até aqui para pegar você.

– O quê? – balancei a cabeça e olhei para ele de rabo-de-olho. – Espere aí. Desligue essa lanterna. Ela está acabando com meus olhos.

– Se eu desligar, não enxergo nada – Heath disse.

– Então vire para o outro lado. Ahn, aponte para lá ou algo assim – eu fiz um gesto na direção contrária da escola (e de mim). Heath virou a lanterna que tinha na mão para a noite e Kayla fez o mesmo. Eu pude então abaixar a mão, que para minha felicidade não estava mais tremendo, e parei de franzir os olhos. Heath arregalou os dele ao ver minha Marca.

– Se liga só! Agora ela está colorida. Uau! É como... como... na tevê ou algo assim.

Bem, era bom ver que certas coisas nunca mudam. Heath ainda era Heath – bonitinho, mas longe de ser o mais inteligente dos garotos.

– Ei! E eu? Também estou aqui, sabia? – Kayla gritou. – Alguém me ajude a subir até aí, mas cuidado. Deixe-me baixar minha bolsa nova. Ah, melhor tirar esses sapatos. Zoey, você não vai acreditar na liquidação que perdeu ontem na *Bakers*. Liquidação de estoque de todos os sapatos de verão. Tô falando de liquidação mesmo. Setenta por cento de desconto. Comprei cinco pares de...

É. Certas coisas nunca mudam.

Heath virou-se rapidamente, ficando de barriga sobre o muro e esticando as mãos para baixo para ajudar Kayla. Rindo, ela pegou as mãos dele e deixou que ele a puxasse para cima do muro onde estávamos. E foi quando ela estava rindo e ele puxando que eu vi – aquele jeito inconfundível com o qual Kayla sorria e dava risada e corava perto de Heath. Eu sabia, com tanta clareza quanto sabia que jamais seria matemática. Kayla gostava de Heath. *O.k.*, não é que ela simplesmente gostasse. Ela realmente gostava de Heath.

De repente o comentário culpado de Heath quanto a ter aprontado das suas na festa que eu perdi, passou a fazer todo sentido.

– E como vai Jared? – eu perguntei abruptamente, interrompendo de vez os risinhos incessantes.

– Acho que está bem – ela disse, sem me olhar nos olhos.

– Você acha?

Ela mexeu os ombros e eu vi que por debaixo de sua linda jaqueta de couro ela estava usando aquela blusinha de renda creme que chamávamos de Blusa Peitinho, não só porque mostrava bem a fenda entre os seios, mas por ser da cor da pele, de modo que parecia que estava mostrando mais do que realmente mostrava.

– Sei lá. Na verdade, não nos falamos muito nos últimos dias.

Ela ainda não estava olhando para mim, mas olhou para Heath, que pareceu não entender nada. Mas na verdade ele só tinha esse olhar. Quer dizer então que minha melhor amiga estava de olho no meu namorado. Agora eu estava pê da vida e por um momento desejei que a noite não estivesse tão agradável e cálida. Desejei que estivesse fazendo frio e que Kayla congelasse seus peitos superdesenvolvidos imediatamente.

Do norte veio um vento que nos açoitou de modo súbito e cruel, trazendo um frio quase assustador.

Tentando não parecer óbvia, Kayla fechou o casaco e riu novamente, desta vez de um jeito nervoso e sem fazer charme, e eu senti o bafo forte de cerveja outra vez, e de algo mais. Algo que se impregnara em meus sentidos tão recentemente que fiquei surpresa de não ter percebido antes.

– Kayla, você andou bebendo e fumando?

Ela estremeceu e piscou para mim como um coelho muito lento.

– Só umas duas... cervejas, quer dizer. E, bem, hum, Heath estava com um baseadinho e eu estava com muito, muito medo de vir aqui, então só dei dois tapinhas.

– Ela precisava se sentir fortificada. Precisava de uma fortificação, entende? – disse Heath, mas palavras com mais de duas sílabas jamais foram seu forte, de modo que soou como "forte-ficação".

– Desde quando você fuma maconha? – perguntei a Heath.

Ele sorriu.

– Não é nada demais, Zo. Só um baseadinho de vez em quando. São mais saudáveis que cigarros.

Eu realmente odiava quando ele me chamava de Zo.

– Heath – eu tentei parecer paciente. – Não são mais saudáveis que cigarros, e mesmo que fossem, não faria muita diferença. Cigarros são nojentos e matam as pessoas. E, sério, os maiores babacas da escola fumam maconha. Além do quê, você não pode abrir mão dos neurônios que tem – aliás, quase acrescentei "nem dos espermas", mas não quis levar a coisa para este lado. Heath bem que podia entender errado se eu fizesse alguma referência à sua masculinidade.

– Ah, não – Kayla disse.

– O quê, Kayla?

Ela ainda estava agarrando a jaqueta de frio. A expressão de seus olhos mudou de coelhinho coitadinho para gata dissimulada e arisca. Eu reconheci a mudança. Ela fazia isso constantemente com pessoas que ela não considerava parte de seu grupo de amigas. Eu ficava louca da vida, gritava com ela e dizia que ela não devia ser tão mesquinha. E agora ela vinha com essa merda para cima de mim?

– Eu disse "ah, não" porque não são só os babacas que fumam; pelo menos não só de vez em quando. Sabe aqueles gostosos que jogam no *Union*, Chris Ford e Brad Higeons? Eu os vi na festa de Katie uma noite dessas. Eles fumam.

– Ei, eles não são tão galãs assim – Heath disse.

Kayla o ignorou e continuou falando.

– E Morgan de vez em quando fuma.

– Morgan, a Morgie Tigette? – sim, eu estava pê da vida com K., mas fofoca boa é sempre uma boa fofoca.

– É. E ela também fez um *piercing* na língua e outro no – K. parou e mexeu os lábios sem soltar a voz para dizer a palavra "clitóris". – Já imaginou como deve doer?

– O quê? Onde ela fez o *piercing*? – Heath perguntou.

– Em lugar nenhum – K. e eu dissemos juntas, sinistramente parecendo, por um momento, as grandes amigas que fomos um dia.

– Kayla, você está mudando de assunto, outra vez. Os jogadores do *Union* sempre foram chegados às drogas. *Hello*! Por favor, lembre-se de quando eles costumavam usar esteroides, razão pela qual levamos dezesseis anos para superá-los.

– Manda ver, *Tiger*! É isso aí, nós esculachamos o *Union*! – Heath disse.

Revirei meus olhos para ele.

– E Morgan tem dado sinais evidentes de estar ficando maluca, razão pela qual ela fez um *piercing* no... – olhei para Heath e reconsiderei – ...corpo e começou a fumar. Diga o nome de alguém normal que fuma.

K. pensou por um segundo.

– Eu!

Suspirei.

– Olha, eu simplesmente acho que não é inteligente.

– Bem, nem sempre você sabe de tudo – aquele brilho detestável voltara aos seus olhos.

Desviei os olhos dela para Heath, voltando então para ela.

– Sem dúvida que você tem razão. Eu não sei de tudo.

O olhar antipático dela ficou assustado e depois voltou a transmitir antipatia, e de repente eu não tive como deixar de compará-la com Stevie Rae, que, apesar de eu conhecer há apenas dois dias, tinha certeza que ela jamais daria em cima do meu namorado, fosse um quase-ex ou não. Também não acho que ela fosse fugir de mim e me tratar como um monstro quando eu mais precisasse dela.

– Acho melhor você ir embora – eu disse a Kayla.

– Ótimo – ela respondeu.

– Também acho que não seria boa ideia você voltar a aparecer por aqui.

Ela sacudiu um dos ombros e sua jaqueta caiu e eu vi a alça fina da blusinha de renda cair pelo ombro, deixando claro que ela não estava de sutiã.

– Por mim... – ela disse.

– Ajude-a a descer, Heath.

Heath costumava ser bom em cumprir ordens simples, de modo que ajudou Kayla a descer. Ela pegou a lanterna e olhou para nós.

– Vamos logo, Heath. Estou ficando com muito frio – ela deu meia-volta e começou então a caminhar em direção à estrada.

– Bem... – Heath disse meio sem jeito – ficou mesmo frio de repente.

– É, agora pode parar – eu disse, meio distraída, e não prestei muita atenção quando o vento parou subitamente.

– Ei, ahn, Zo. Eu vim mesmo te pegar.

– Não.

– Ahn? – disse Heath.

– Heath, olhe para minha testa.

– Sim, você tem essa tal meia-lua. E está colorida, o que é esquisito, porque não estava colorida antes.

– Bem, agora está. Muito bem, Heath, concentre-se. Eu fui Marcada. Isso significa que meu corpo vai passar pela Transformação para eu me tornar vampira.

Heath olhou para a minha Marca e, então, para meu corpo inteiro. Eu o vi hesitar entre meus peitos e minhas pernas, o que me fez perceber que estava mostrando tudo quase até a virilha porque minha saia subira quando eu subi no muro.

– Zo, seja lá o que estiver acontecendo com seu corpo, para mim, tudo bem. Você está muito gostosa. Você sempre foi linda, mas agora está uma verdadeira deusa – ele sorriu para mim e tocou meu rosto gentilmente, fazendo-me lembrar por que eu gostei tanto dele e por tanto tempo. Apesar de seus defeitos, Heath sabia ser realmente doce, e sempre fazia eu me sentir totalmente linda.

– Heath – disse baixinho –, desculpe, mas as coisas mudaram.

– Para mim, nada mudou – e pegando-me completamente de surpresa inclinou-se sobre mim, passou a mão no meu joelho e me beijou.

Eu me afastei e segurei-lhe o pulso.

– Pare com iso, Heath! Estou tentando falar com você.

– Que tal você falar e eu beijar? – ele murmurou.

Eu comecei a dizer não outra vez.

Então senti sua pulsação com os meus dedos. Seu coração estava batendo forte e rápido. Eu juro que dava para ouvir. E quando ele se debruçou sobre mim para me beijar outra vez, percebi a veia em seu pescoço. Ela se mexia, batia forte como o sangue que corria por todo seu corpo. Sangue... Seus lábios tocaram os meus e eu me lembrei do gosto de sangue na taça. Aquele sangue estava frio e misturado ao vinho, e era de um garoto fraco e babaca que não era nada. O sangue de Heath devia ser tão quente e rico... doce... mais doce que o de Elliott Geladeira...

– Ai! Droga, Zoey. Você me arranhou! – ele puxou o pulso, tirando-o de minha mão. – Merda, Zo, você me fez sangrar. Se não queria que eu a beijasse, era só dizer.

Ele levantou o pulso que estava sangrando e sugou a gota de sangue que brilhava. Então ele levantou os olhos para olhar nos meus e ficou imóvel. Ele tinha sangue nos lábios. Dava para sentir; era como vinho, só que melhor, mil vezes melhor. O aroma me envolveu e me arrepiou os pelinhos dos braços.

Eu queria provar. Eu queria provar mais do que eu queria qualquer coisa que jamais quis na vida.

– Eu quero... – eu me ouvi sussurrar em uma voz desconhecida.

– Sim...– Heath respondeu como se estivesse em transe. – Sim... o que você quiser. Eu farei o que você quiser.

Desta vez eu me debrucei sobre ele e levei a língua ao seu lábio, engolindo a gota de sangue. Aquilo foi como uma explosão de calor, a sensação de uma onda de prazer que jamais havia sentido antes.

– Mais – disse, com voz áspera.

Parecendo ter perdido a capacidade de falar e só conseguindo fazer que sim com a cabeça, Heath levantou o braço e me ofereceu o pulso. Mal sangrava, e quando lambi a ínfima linha escarlate Heath gemeu. O toque de minha língua parecia causar algo ao arranhão, pois o sangue começou a pingar mais rápido... mais rápido... Minhas mãos estavam tremendo quando eu levei seu pulso à minha boca e pressionei meus lábios contra sua pele quente. Eu estremeci e gemi de prazer e...

– Ah, meu Deus! O que você está fazendo com ele? – era a voz de Kayla num grito que atravessou a névoa escarlate que cobria meu cérebro.

Eu soltei o pulso de Heath como se estivesse me queimando.

– Afaste-se dele! – Kayla gritou. – Deixe-o em paz!

Heath não se mexeu.

– Vá – eu disse a ele. – Vá embora e não volte nunca mais.

– Não – ele disse, parecendo e soando estranhamente sóbrio.

– Sim. Vá embora daqui.

– Deixe-o ir embora! – Kayla berrou.

– Kayla, se você não calar a boca eu vou voar aí e sugar cada gota de sangue desse seu corpo estúpido de traidora! – cuspi as palavras em sua direção.

Ela deu um grito e saiu correndo. Voltei-me para Heath, que ainda estava olhando para mim.

– Agora você tem que ir embora também.

– Eu não tenho medo de você, Zo.

– Heath, eu tenho medo de mim por nós dois.

– Mas eu não me importo com o que você fez. Eu te amo, Zoey. Agora mais do que nunca.

– Pare com isso! – não tive intenção de gritar, mas ele se encolheu com a força que dei às palavras. Engoli em seco e acalmei minha voz. – Vá, por favor – então, procurando uma forma de fazê-lo ir embora, completei: –, pois Kayla provavelmente chamará os tiras agora mesmo. Nenhum de nós quer isso.

– Está certo, eu vou embora. Mas não vou ficar longe – ele me deu um beijo rápido e forte. Senti uma pontada de prazer incandescente ao sentir o gosto do sangue que ainda estava em nossos lábios. Então ele desceu do muro e desapareceu na escuridão até que tudo que pude ver dele era a luz de sua lanterna.

Eu não me permitiria pensar. Ainda não. Com movimentos metódicos como um robô, usei o galho para me apoiar ao descer. Meus joelhos estavam tremendo tanto que eu só consegui caminhar poucos passos até a árvore debaixo da qual me sentei no chão, recostando-me à segurança de seu velho tronco. Nala apareceu, pulou em meu colo como se fosse minha gata há anos ao invés de minutos, e quando comecei a chorar ela subiu do meu colo para o meu peito para apertar seu rosto quente contra minha bochecha molhada.

Após o que pareceu um longo tempo, do meu choro restaram soluços e pensei que não devia ter saído do centro de recreações sem minha bolsa. Eu estava precisando de um lenço de papel.

– Tome. Parece que você está precisando.

Nala reclamou quando eu pulei de surpresa ao ouvir aquela voz, piscar os olhos marejados e me deparar com alguém me oferecendo um lenço de papel.

– O... obrigada – eu disse, pegando o lenço e assoando o nariz.

– Sem problema – Erik Night disse.

18

– Você está bem?

– Sim, estou bem. De fato, estou ótima – menti.

– Você não parece ótima – disse Erik. – Importa-se se eu me sentar?

– Não, pode ficar à vontade – disse, indiferente. Sabia que meu nariz estava bem vermelho. Eu certamente estava fungando quando ele apareceu, e tinha a sorrateira impressão que ele testemunhara ao menos parte do pesadelo entre Heath e eu. A noite estava piorando cada vez mais. Olhei para ele e decidi entrar na onda. – Caso você não tenha percebido, fui eu quem presenciou aquela ceninha entre você e Aphrodite ontem no corredor.

Ele não hesitou.

– Eu sei, e lamento que tenha presenciado. Não quero que faça uma ideia errada de mim.

– E que ideia seria essa?

– Que exista entre Aphrodite e eu algo além do que realmente há.

– Não é da minha conta – eu disse.

Ele deu de ombros.

– Só quero que você saiba que eu e ela não estamos mais ficando.

Eu quase disse que Aphrodite, com certeza, parecia não saber disso, mas então pensei no que acabara de acontecer entre Heath e eu e, com certa surpresa, dei-me conta que talvez não devesse julgar Erik de modo tão severo.

– Tudo bem. Então vocês não estão ficando – eu disse.

Ele ficou sentado ao meu lado por um tempo sem dizer nada e quando falou novamente, pareceu-me quase com raiva.

– Aphrodite não lhe contou sobre o sangue no vinho.

Ele não estava perguntando, mas eu respondi assim mesmo.

– Não.

Ele balançou a cabeça e eu vi a tensão em seu maxilar.

– Ela me disse que ia te contar. Disse que contaria quando você estivesse mudando de roupa, para que você pudesse deixar de beber se não quisesse.

– Ela mentiu.

– Nada muito surpreendente – ele disse.

– Você acha? – eu senti a raiva crescer dentro de mim. – Isso tudo está muito errado. Elas me pressionam para ir ao ritual das Filhas das Trevas e me fazem beber sangue sem saber. Depois encontro meu ex-quase-namorado que é cem por cento humano e nenhum desgraçado me avisou que a mínima gota de sangue me transformaria num... num... monstro – mordi os lábios e me concentrei em minha própria raiva para não começar a chorar de novo. Também resolvi que não ia dizer que achava ter visto o fantasma de Elizabeth; aquilo já era esquisito demais para admitir numa só noite.

– Ninguém lhe explicou porque esse tipo de coisa não era para começar a acontecer antes de você entrar no sexto ano – ele disse baixinho.

– Ahn? – Voltei ao meu estado de ofuscante eloquência.

– Sede de sangue não costuma começar antes de você estar no sexto ano e com a Transformação praticamente completa. Às vezes a gente ouve falar de alguns casos do quinto ano que passam por isso logo cedo, mas não acontece muito.

– Espere... o que está dizendo? – minha mente parecia cercada por abelhas zunindo.

– Você começa a ter aulas sobre sede de sangue e outras coisas que acontecem com os vampiros maduros no quinto período, e depois, no último ano, a matéria básica na escola é essa, além de qualquer outra na qual você deseje se formar.

– Mas sou terceira-formanda; aliás, mal se pode falar que sou, eu fui Marcada faz poucos dias.

– Sua Marca é diferente; você é diferente – ele disse.

– Eu não quero ser diferente! – então me dei conta que estava gritando e controlei a voz. – Só quero entender como faço para passar por isso como todo mundo.

– Tarde demais, Z. – ele disse.

– Então, e agora?

– Acho que é melhor você conversar com sua mentora. Neferet, não é?

– É – eu disse, infeliz.

– Ei, anime-se. Neferet é ótima. Ela raramente aceita novatos, então ela deve realmente confiar em você.

– Eu sei, eu sei. É só que isso me faz sentir... – como eu me sentia em relação a conversar com Neferet sobre tudo que acontecera essa noite? Constrangida. Como se eu tivesse doze anos de idade outra vez e tivesse de dizer ao professor de ginástica que estava tendo minha primeira menstruação e precisava ir ao vestiário trocar de roupa. Inferno. Não podia dizer isso a ele. Então eu disse – estúpida. Fico me sentindo estúpida – o que na verdade não era mentira, mas eu me sentia, mais que estúpida e constrangida, estava apavorada. Não queria esse troço que tornava impossível eu me adaptar.

– Não se sinta estúpida. Na verdade você está bem à frente de todos nós.

– Então... – eu hesitei, respirei fundo e falei rápido – você gostou do gosto do sangue naquela taça?

– Bem, o negócio é o seguinte: meu primeiro Ritual de Lua Cheia com as Filhas das Trevas foi no fim do meu terceiro ano. A não ser pela "geladeira" que também estava lá naquela noite, eu era o único do terceiro ano por lá; como você hoje – ele deu um sorrisinho sem graça. – Eles só me chamaram porque eu fui finalista do concurso de monólogos de *Shakespeare* e ia tomar um avião para a final em Londres no dia seguinte – ele me olhou e pareceu um pouco constrangido. – Ninguém dessa unidade da Morada da Noite conseguiu chegar a Londres. Foi algo importante – ele balançou a cabeça, zombando de si mesmo. – Na verdade, achei que eu fosse importante. Então as Filhas das Trevas me chamaram para fazer parte do grupo, e eu aceitei. Eu sabia sobre o sangue. Eu tive a oportunidade de rejeitar. Mas não rejeitei.

– Mas gostou?

Desta vez a risada foi de verdade.

– Eu engasguei e vomitei tudo. Foi a coisa mais nojenta que já havia provado.

Eu grunhi. Joguei a cabeça para frente e enfiei as mãos no rosto.

– Você não está me ajudando.

– Por que, você gostou?

– Mais do que isso – disse, ainda com o rosto entre as mãos. – Você diz que é a coisa mais nojenta que você já provou? Para mim foi a coisa mais deliciosa. Bem, a mais deliciosa até eu... – então eu parei ao me dar conta do que ia dizer.

– Até experimentar sangue fresco? – ele perguntou gentilmente.

Fiz que sim, com medo de falar.

Ele pegou minhas mãos, fazendo-me olhar para ele. Então pôs o dedo sob meu queixo e me forçou a encará-lo.

– Não fique constrangida nem com vergonha. Isso é normal.

– Gostar do gosto de sangue não é normal. Para mim, não é.

– É, sim. Todos os vampiros precisam conviver com sua sede de sangue – ele disse.

– Eu não sou vampira!

– Talvez não seja ainda. Mas você com certeza não é do tipo de novata comum, e não tem nada de errado com isso. Você é especial, Zoey, e ser especial pode ser o máximo.

Lentamente, ele tirou o dedo de meu queixo e, como já tinha feito antes naquela mesma noite, traçou o pentagrama suavemente sobre minha Marca escurecida. Eu gostava da sensação de seu dedo em minha pele; quente e um pouco áspero. Também gostava do fato de ele não me provocar as reações malucas que eu tinha com Heath. Tipo, eu não estava ouvindo o sangue de Erik correndo nem vendo a pulsação no pescoço dele. Não que eu achasse ruim se ele me beijasse...

Inferno! Será que eu estava me tornando uma vampira fácil? E depois? Será que macho de espécie alguma (inclusive Damien) estaria a salvo ao meu lado? Quem sabe eu devesse evitar todos os caras até descobrir o que estava se passando comigo e até saber me controlar.

Então lembrei-me que estive tentando evitar todo mundo, razão primeira pela qual eu estava lá.

– O que você está fazendo aqui, Erik?

– Eu segui você – ele disse simplesmente.

– Por quê?

– Eu imaginei o que Aphrodite havia colocado na bebida e achei que talvez você estivesse precisando de um amigo. Você está dividindo quarto com Stevie Rae, certo?

Eu assenti.

– É, pensei em procurá-la e trazê-la aqui para ajudar você, mas não sabia se você ia querer que ela soubesse que... – ele parou e fez um vago gesto em direção ao centro de recreações.

– Não! Eu... eu não quero que ela saiba – disse, enrolando as palavras de tão rápido que falei.

– Foi o que eu pensei. Então é por isso que estou aqui – ele sorriu e então pareceu meio desconfortável. – Eu realmente não tive intenção de ouvir o que você e Heath estavam dizendo. Desculpe.

Eu me concentrei em acariciar Nala. Então ele tinha visto Heath me beijar e depois toda aquela história do sangue. Deus, que vergonha... Então me ocorreu algo e eu levantei os olhos para ele, sorrindo com ironia. – Acho que isso nos deixa quites. Eu também não tive intenção de ouvir você e Aphrodite.

Ele me devolveu o sorriso.

– Estamos quites. Gostei disso.

O sorriso dele provocou um efeito engraçado em meu estômago.

– Eu não ia descer voando para sugar o sangue de Kayla – consegui dizer.

Ele riu. Ele tinha uma risada muito legal.

– Eu sei disso. Vampiros não voam.

– Mas ela ficou apavorada – eu disse.

– Pelo que eu ouvi, ela mereceu... – ele esperou um segundo e disse: – posso lhe perguntar uma coisa? É meio pessoal.

– Ei, você me viu beber sangue de uma taça e gostar, me viu vomitar, beijar um cara, lamber o sangue dele como se eu fosse uma cachorrinha, chorar que nem um bezerro desmamado. E eu vi você naquele dia, no corredor. Acho que dá para responder uma pergunta meio pessoal.

– Ele estava mesmo em transe? Ele parecia estar e gostar.

Eu troquei de posição, sentindo-me desconfortável, e Nala reclamou até eu fazer carinho para aquietá-la.

– Parece que ele estava – eu finalmente consegui dizer. – Não sei se ele estava em transe ou não, e não tive a menor intenção de colocá-lo sob meu controle ou qualquer coisa do tipo, mas ele mudou. Sei lá. Ele andou bebendo e fumando. Talvez só estivesse doidão – ouvi a voz de Heath outra vez, surgindo em minha memória como uma névoa pesada: Sim... o que você quiser... eu faço o que você quiser. E eu vi o olhar intenso que ele me lançou. Inferno, eu nem sabia que Heath, o atleta, era capaz de tamanha intensidade (ao menos fora do campo de futebol). Eu sabia, com certeza, que ele não conseguia soletrar a palavra in-ten-si-da-de.

– Ele estava assim o tempo todo ou só depois que você... hummm... começou a...

– Não o tempo todo. Por quê?

– Bem, isso elimina duas coisas que poderiam estar fazendo com que ele agisse de modo estranho. Uma: se ele estivesse apenas doidão, teria estado assim o tempo inteiro; dois: ele podia estar agindo assim porque você é realmente muito linda, e isto bastaria para deixar um cara em transe ao seu lado.

As palavras dele fizeram algo palpitar dentro de mim outra vez, algo que cara nenhum me fizera sentir antes. Nem Heath, o atleta; nem Jordon, o preguiçoso; nem Jonathan, o roqueiro idiota (minha carreira afetiva não é longa, mas é variada).

– É mesmo? – eu disse, como uma imbecil.

– É mesmo – ele deu um sorriso nada imbecil.

Como este cara podia gostar de mim? Eu sou uma desajustada bebedora de sangue.

– Mas também não foi isso, pois ele devia ter reparado como você é atraente antes mesmo de você beijá-lo, e o que você está dizendo é que ele não parecia estar arrebatado antes do sangue entrar na história.

Arrebatado, ele disse arrebatado. Eu estava ocupada demais sorrindo como uma idiota por causa da forma como ele usava aquele vocabulário complexo, para pensar antes de responder.

– Na verdade, começou quando eu comecei a escutar o sangue dele.

– Repita.

Ah, droga. Eu não tinha a intenção de dizer isso. Limpei a garganta.

– Heath começou a mudar quando eu ouvi o barulho do sangue pulsando em suas veias.

– Só vampiros adultos conseguem ouvir isso – ele fez uma pausa e então acrescentou, com um breve sorriso – *Heath* para mim soa como nome de astro de novelas *gay*.

– Quase isso. Ele é um astro do futebol, zagueiro do *Broken Arrow* – Erik balançou a cabeça, parecendo achar graça. – Ah, aliás, eu gostei do nome que você adotou. Night é um sobrenome legal – eu disse, tentando não deixar morrer o papo e dizer algo que fosse ligeiramente perspicaz.

Ele sorriu mais ainda.

– Eu não mudei. Erik Night é meu nome de registro.

– Ah, bem. Eu gosto – por que alguém simplesmente não me dava um tiro?

– Obrigado.

Ele olhou para o relógio e viu que eram quase seis e meia – da manhã, o que ainda parecia bizarro.

– Em breve vai clarear – ele disse.

Considerando que essa seria a deixa para cada um seguir seu caminho, eu comecei a me recompor e segurar Nala melhor para me levantar, e senti a mão de Erik sob meu cotovelo, me dando equilíbrio. Ele me ajudou a levantar e depois ficou lá parado, tão perto que Nala estava esfregando o rabo em seu suéter preto.

– Eu ia lhe perguntar se você quer comer alguma coisa, mas o único lugar servindo comida no momento é o centro de recreações, e imagino que você não queira voltar lá.

– Não, com certeza não. Mas não estou mesmo com fome – o que, logo percebi, era uma grande mentira. Só de ouvir falar de comida eu já fiquei esfomeada.

– Bem, você se importa se eu lhe acompanhar até o dormitório? – ele perguntou.

– Não – eu disse, tentando parecer indiferente.

Stevie Rae, Damien e as gêmeas iam morrer se me vissem com Erik.

Nós não dissemos nada ao começar a caminhar, mas não era um silêncio estranho e desconfortável. Na verdade, era legal. De vez em quando nossos braços se roçavam e eu pensei como ele era alto e lindo e como eu gostaria que ele segurasse minha mão.

– Ah – ele disse depois de um tempo – eu não terminei de responder sua pergunta. A primeira vez que bebi sangue em um dos rituais das Filhas das Trevas eu odiei, mas depois foi melhorando cada vez mais.

Não posso dizer que acho delicioso, mas fui me acostumando. E com certeza adoro o que sinto quando bebo.

Olhei de modo incisivo para ele.

– Fica tonto e de pernas meio bambas? Como se estivesse bêbado, sem estar.

– É. Ei, você sabia que é impossível um vampiro ficar bêbado? – eu fiz que não com a cabeça. – Tem a ver com o que a Transformação provoca em nosso metabolismo. Os novatos têm até dificuldade em ficar doidões.

– Bem, então por que ninguém avisou aos professores o que Aphrodite está fazendo?

– Ela não está bebendo sangue humano.

– Ahn, Erik, eu estava lá. Com certeza tinha sangue no vinho e era sangue daquele garoto, o Elliott – senti um calafrio. – E que escolha horrorosa, ele.

– Mas ele não é humano – Erik disse.

– Espere aí... é proibido beber sangue humano – eu disse lentamente. (Ah, inferno! Foi isso mesmo que eu havia acabado de fazer.) – Mas não tem problema beber o sangue de outro novato?

– Só se for consensual.

– Isso não faz sentido.

– Claro que faz. É normal que nossa sede por sangue se desenvolva à medida que nossos corpos se transformam, de modo que precisamos de uma válvula de escape. Os novatos se curam rapidamente, portanto não há chance de ninguém se ferir de verdade. E não há nenhum efeito colateral, como quando um *vamp* se alimenta de um humano vivo.

O que ele estava dizendo ecoava em minha cabeça como aquela música irritante e alta demais que berrava em *Wet Seal* e eu saí com a primeira coisa que me ocorreu. – Humano vivo? – gritei. – Diga que isso não significa que a outra opção seria alimentar-se de um cadáver – senti-me ligeiramente enjoada de novo.

Ele riu.

– Não, a outra opção seria beber sangue colhido dos doadores dos vampiros.

– Nunca ouvi falar disso.

– A maioria dos humanos nunca ouviu falar. Você só vai estudar isso no quinto ano.

Então outras coisas que ele havia dito antes emergiram na confusão que se instalara em minha mente.

– O que você quer dizer com efeitos colaterais?

– Começamos a estudar isso agora em sociologia vampírica 312. Parece que quando um vampiro adulto se alimenta de um humano vivo um laço muito forte se forma. Nem sempre o laço é da parte do *vamp*, mas os humanos ficam apaixonados com a maior facilidade. É perigoso para os humanos. Quer dizer, pense só. A perda de sangue em si não é boa coisa. Acrescente a isso o fato de que vivemos décadas, às vezes séculos mais que os humanos. Pense nisso do ponto de vista humano: deve realmente ser uma droga você se apaixonar totalmente por uma pessoa que nunca envelhece enquanto você fica velho e enrugado e depois morre.

Mais uma vez eu pensei no modo estupefato mas intenso com que Heath me olhara, e percebi que, por mais difícil que fosse, eu teria de contar tudo a Neferet.

– É, deve ser uma droga – eu disse, sem energia.

– Chegamos.

Fiquei surpresa de ver que estávamos em frente ao dormitório feminino. Levantei os olhos para ele.

– Bem, obrigada por me seguir, acho – eu disse, dando um sorriso irônico.

– Ei, sempre que você quiser alguém para se meter onde não foi chamado, conte comigo.

– Vou me lembrar disso – eu disse, – obrigada – levei Nala até a altura dos quadris e comecei a abrir a porta.

– Ei, Z. – ele chamou.

Eu me virei.

– Não devolva o vestido a Aphrodite. Ao incluí-la no círculo desta noite, ela formalmente lhe ofereceu uma posição entre as Filhas das Trevas, e a tradição manda que a Grande Sacerdotisa em treinamento dê um presente ao novo membro em sua primeira noite. Imagino que você não queria entrar no grupo, mas mesmo assim você tem direito a ficar com o vestido. Principalmente porque você fica muito melhor com ele do que ela – então ele se aproximou e pegou minha mão (a que não estava segurando minha gata) e virou-a, voltando o pulso para cima. Então ele traçou com o dedo a veia próxima à superfície, fazendo meu pulso disparar loucamente.

– E você deve saber também que eu sou o cara com quem você deve contar se resolver provar mais um pouquinho de sangue. Lembre-se disso também.

Erik se curvou e, ainda me olhando nos olhos, mordeu de levinho o ponto pulsante e depois beijou suavemente. Senti o interior das minhas coxas latejar e comecei a respirar mais fundo. Ele ainda estava com os lábios no meu pulso quando me olhou nos olhos e eu senti um calafrio de desejo me atravessar o corpo. Sabia que ele podia me fazer tremer. Ele passou a língua no meu pulso, o que me fez estremecer outra vez. Então ele sorriu para mim e se afastou à luz do amanhecer.

19

Meu pulso ainda estava latejando depois do beijo totalmente inesperado (e da mordida e da lambida) que Erik me deu, e eu não tinha certeza se ainda podia falar, então fiquei aliviada de ver que havia apenas umas poucas garotas no grande salão de entrada e elas mal olharam para mim e voltaram a assistir o que me pareceu ser o *America's Next Top Model*. Eu corri para a cozinha e soltei Nala no chão, torcendo para ela não sair correndo enquanto eu fazia um sanduíche. Ela não saiu correndo; na verdade ela me seguiu pelo recinto como se fosse um cão alaranjado, reclamando comigo em seu "não miado" esquisito. Eu fiquei dizendo "eu sei" e "eu entendo" porque imaginei que ela estivesse gritando comigo, dizendo que eu tinha sido uma idiota naquela noite e, bem, ela tinha razão. Sanduíche pronto, peguei um saco de *pretzels* (Stevie Rae estava certa, não dava para encontrar nada de *junk food* nos armários), um refrigerante (nem me importo com a marca, basta não ser *diet* – eeeca) e minha gata, e fui subindo as escadas.

– Zoey! Estava tão preocupada com você! Conte-me tudo – encolhida na cama com um livro, Stevie Rae estava evidentemente me esperando. Ela estava com seu pijama, cuja calça de fecho de corda era estampada com chapéus de caubói e seu cabelo curto estava amassado de um lado, como se ela tivesse dormido sobre ele. Juro que ela parecia ter doze anos de idade.

– Bem – eu disse animadamente –, parece que temos um animal de estimação – virei-me para que Stevie Rae visse Nala comprimida contra minha cintura. – Venha, me ajude antes que eu derrube alguma coisa. Se eu deixar cair esta gata, ela nunca mais vai parar de reclamar.

– Ela é adorável! – Stevie Rae levantou-se e correu para tentar pegar Nala, mas a gata se agarrou a mim como se alguém fosse matá-la, então Stevie Rae pegou minha comida e a colocou sobre minha mesinha de cabeceira.

– Ei, que vestido incrível.

– É, eu me troquei antes do ritual – o que me lembrava que eu tinha de devolvê-lo a Aphrodite. Tudo bem. Eu não ia ficar com o "presente", apesar de Erik dizer que eu devia ficar com ele. De qualquer forma, devolvê-lo me parecia uma boa chance de "agradecê-la" por "se esquecer" de me avisar sobre o sangue. Maldita.

– Então... como foi?

Eu me sentei na cama e dei um *pretzel* a Nala, que imediatamente começou a brincar com ele como se fosse uma bola (ao menos parara de reclamar), então dei uma boa dentada no sanduíche. Sim, eu estava com fome, mas também estava ganhando tempo. Não sabia o que dizer e o que não dizer a Stevie Rae. Aquele negócio do sangue foi tão confuso – e tão nojento. Será que ela me acharia esquisita? Será que ela ficaria com medo de mim?

Engoli em seco e resolvi passar a conversa para um assunto mais seguro.

– Erik Night me acompanhou até aqui.

– Pare com isso! – ela ficou pulando para cima e para baixo na cama como um palhaço daquelas caixas tipo *Jack in the Box*, quando é aberta. – Conte tudo.

– Ele me beijou – eu disse, franzindo as sobrancelhas.

– Você só pode estar brincando! Onde? Como? Foi bom?

– Ele beijou minha mão – rapidamente decidi mentir. Não queria explicar toda aquela história de pulso-pulsação-sangue-mordida. – Foi quando ele se despediu. Estávamos bem em frente ao dormitório. E foi bom, sim – sorri para ela depois de outra dentada no sanduíche.

– Aposto que Aphrodite abortou um gato preto pela orelha quando você saiu do centro de recreações com ele.

– Bem, na verdade eu saí antes e ele veio atrás de mim. Eu, ahn, saí para dar uma caminhada sozinha perto do muro, que foi onde encontrei Nala – cocei a cabeça da gata. Ela se aninhou perto de mim, fechou os olhos e começou a ronronar – na verdade, acho que foi ela quem me achou. Enfim, eu subi o muro porque achei que ela precisava ser resgatada e então, e você não vai acreditar nisso, eu vi algo que me pareceu o fantasma de Elizabeth, e depois apareceram meu ex-quase-namorado, Heath, e minha ex-melhor amiga.

– O quê? Quem? Calma aí. Comece pelo fantasma de Elizabeth.

Fiz que sim com a cabeça e mastiguei.

– Foi muito sinistro e muito esquisito. Eu estava sentada sobre o muro brincando com Nala e algo me chamou a atenção. Olhei para baixo e vi uma garota que não estava muito longe de mim. Ela olhou para mim com os olhos vermelhos inflamados, e juro que era Elizabeth.

– Não é possível! Você ficou em pânico?

– Totalmente. Assim que ela me viu, soltou um berro horroroso e saiu correndo.

– Eu teria desmaiado.

– Eu também, só que nem tive tempo de pensar nisso quando Heath e Kayla apareceram.

– Como assim? Como eles podiam estar aqui?

– Não, não aqui, eles estavam do outro lado do muro. Com certeza eles me ouviram tentando acalmar Nala depois que ela ficou apavorada com o fantasma de Elizabeth, e vieram correndo.

– Nala também a viu?

Eu confirmei.

Stevie Rae ficou arrepiada.

– Então ela devia estar lá mesmo.

– Tem certeza que ela morreu? – minha voz era quase um sussurro. – Não poderia haver algum engano e ela ainda estar viva, mas perambulando ao redor da escola? – soava ridículo, mas não era muito mais ridículo que ver um fantasma de verdade.

Stevie Rae engoliu em seco.

– Ela morreu. Eu a vi morrer. Todo mundo na sala viu.

Ela parecia a ponto de chorar e o assunto em si começou a me assustar, então mudei para um assunto menos aterrorizante.

– Bem, posso estar enganada. Talvez fosse apenas alguma garota de olhos estranhos e parecida com ela. Estava escuro, depois Heath e Kayla apareceram de repente.

– E o que foi isso?

– Heath disse que eles vieram me "pegar" – revirei os olhos –, dá para imaginar?

– Eles são retardados?

– Parece que sim. Ah, e Kayla, minha ex-melhor amiga, deixou na cara que está querendo ficar com Heath!

Stevie Rae arfou.

– Vagabunda!

– Falando sério. Enfim, eu disse para eles irem embora e não voltarem mais, e então fiquei deprimida e foi quando Erik me encontrou.

– Aaah! Ele foi doce e romântico?

– Sim, foi tipo assim. E ele me chamou de Z.

– Uuuuh, um apelido é um sinal bom demais.

– Foi o que eu pensei.

– E então ele veio te acompanhando até o dormitório?

– É, ele disse que gostaria de me levar para comer alguma coisa, mas o único lugar que ainda estava aberto era o centro de recreações e eu não queria voltar lá – droga! eu sabia desde o começo que não devia falar demais.

– As Filhas das Trevas foram desagradáveis?

Olhei para Stevie Rae com seus grandes olhos de gazela e percebi que não podia contar a ela sobre a história de beber sangue. Ainda não.
– Bem, sabe a sensualidade e a beleza e a classe de Neferet?

Stevie Rae fez que sim.

– Aphrodite fez basicamente o que Neferet fez, mas parecia uma prostituta.

– Sempre a achei muito nojenta – Stevie Rae disse, balançando a cabeça, enojada.

– Nem me diga.

Olhei para Stevie Rae e deixei escapar:

– Ontem, logo antes de Neferet me trazer aqui ao dormitório eu vi Aphrodite tentando fazer sexo oral em Erik.

– Não é possível! Nossa, ela é asquerosa. Espere, você disse que ela estava tentando. Como assim?

– Ele estava dizendo que não e tentando afastá-la. Ele disse que não a queria mais de jeito nenhum.

Stevie Rae deu uma risadinha.

– Aposto que isso a deixou mais maluca do que ela já é.

Lembrei-me de como ela se jogava sobre ele, mesmo ele dizendo claramente que não queria.

– Na verdade eu até teria ficado com pena dela, se ela não fosse tão... tão... – tive dificuldade de expressar em palavras.

– Tão maldita do inferno? – Stevie Rae sugeriu, prestativa.

– É, acho que é. Ela tem aquele jeito, como se tivesse direito de ser tão nojenta e mesquinha quanto quisesse e todos nós tivéssemos que nos curvar e aceitar.

Stevie Rae assentiu.

– É assim que as amigas dela são também.

– É, eu conheci a trinca pavorosa.

– Você quer dizer Belicosa, Terrível e Vespa?

– Exatamente. O que elas tinham na cabeça para escolher esses nomes horrorosos? – disse, jogando *pretzels* na boca.

– Elas estavam pensando a mesma coisa que o grupo todo dela pensa: que elas são melhores que todo mundo e intocáveis, porque a nojenta da Aphrodite vai ser a próxima Grande Sacerdotisa.

Eu disse as palavras seguintes como se as sussurrasse mentalmente.

– Acho que Nyx não vai permitir isto.

– Como assim? Elas já são o grupo "*in*" e Aphrodite é líder das Filhas das Trevas desde que sua afinidade ficou óbvia quando ela estava no quinto ano.

– Que afinidade?

– Ela tem visões, como de tragédias futuras – Stevie Rae disse, fazendo uma careta.

– Você acha que é armação dela?

– Ah, que nada! Ela é de uma precisão impressionante. O que eu acho, e Damien e as gêmeas concordam comigo, é que ela só fala das visões se ela as tem quando está ao redor de pessoas que não fazem parte de seu grupinho.

– Espere, você está dizendo que ela sabe de coisas ruins que estão para acontecer a tempo de impedir, mas não faz nada?

– Isso. Semana passada ela teve uma visão durante o almoço, mas as malditas cerraram fileiras ao redor dela e começaram a levá-la para fora do salão de jantar. Se não fosse Damien entrar correndo bem no meio delas porque estava atrasado para o almoço, derrubando-as e percebendo que ela estava tendo uma visão, ninguém jamais saberia. E todo mundo que estava num avião teria morrido.

Eu engasguei com um *pretzel*. Entre uma tosse e outra, eu disse, revoltada:

– Um avião cheio de gente? Mas que diabo!

– É, Damien percebeu que Aphrodite estava tendo uma visão e chamou Neferet. Aphrodite teve que dizer a ela qual era a visão, que era de um avião caindo logo depois de levantar voo. Suas visões são tão claras que ela soube descrever o aeroporto e os números na cauda do avião. Neferet pegou os dados e entrou em contato com o aeroporto de

Denver. Eles verificaram novamente o avião e encontraram um problema que não tinham reparado antes, e disseram que se não tivessem consertado o avião, ele teria caído imediatamente após levantar voo. Mas eu sei muito bem que Aphrodite não teria dito nada se não tivesse sido pega, teria até inventado uma mentira das grandes, tipo que as amigas dela a estavam tirando do salão de jantar por saberem que ela queria ser imediatamente levada a Neferet. Papo furado total.

Eu comecei a dizer que não podia acreditar que mesmo Aphrodite e suas malditas pudessem deixar, de propósito, que centenas de pessoas morressem, mas me lembrei daquelas coisas odiosas que ela me disse naquela noite – *homens humanos são um lixo... deviam morrer todos* – e eu me dei conta que elas não estavam só de papo; estavam falando sério.

– Então por que Aphrodite não mentiu para Neferet? Sabe, dizer que era outro aeroporto, ou inverter o número do avião ou algo assim?

– É quase impossível mentir para os *vamps*, ainda mais quando eles fazem uma pergunta direta. E não se esqueça que Aphrodite quer ser Grande Sacerdotisa mais que tudo. Se Neferet achasse que ela é tão pirada quanto na verdade é, seus planos futuros estariam seriamente ameaçados.

– Aphrodite não tem nada que ser Grande Sacerdotisa. Ela é egoísta e detestável, e as amigas dela também.

– É, bem, Neferet não acha isso, e ela foi mentora de Aphrodite.

Eu pisquei os olhos, surpresa.

– Você só pode estar de brincadeira! E ela não percebe a palhaçada de Aphrodite? Só pode ter algo errado; Neferet é esperta demais para não perceber.

Stevie Rae deu de ombros.

– Ela age de modo diferente perto de Neferet.

– Mesmo assim...

– E ela tem uma poderosa afinidade, o que só pode querer dizer que Nyx tem planos especiais para ela.

– Ou ela é um demônio do inferno e consegue seu poder do outro lado. *Hello*! Ninguém viu Guerra nas Estrelas? Era difícil imaginar que Anakin Skywalker passaria para o outro lado, e veja só o que aconteceu.

– Ahn, Zoey. Aquilo é totalmente ficção.

– Mesmo assim, acho que é um bom exemplo.

– Bem, tente dizer isso a Neferet.

Mastiguei meu sanduíche e pensei. Talvez eu devesse. Neferet parecia esperta demais para cair nos joguinhos de Aphrodite. Ela provavelmente já sabia que ela estava preparando alguma com as malditas. Talvez tudo que ela precisasse fosse de alguém que a enfrentasse e lhe dissesse alguma coisa.

– E alguém já tentou falar sobre Aphrodite com Neferet? – perguntei.

– Não que eu saiba.

– Por que não?

Stevie Rae pareceu pouco à vontade.

– Bem, parece coisa de fofoqueira. De qualquer forma, o que diríamos a Neferet? Que achamos que Aphrodite talvez esconda suas visões, mas que a única prova que temos é que ela é uma idiota detestável? Até parece que ela vai chutá-la da escola para que ela morra na sarjeta. Ela continuaria aqui com seu bando de malditas e todos aqueles caras que fariam qualquer coisa por ela, bastando ela estalar os dedos. Acho que simplesmente não vale a pena.

Stevie Rae tinha razão, mas eu não gostava disso. Realmente, não gostava.

As coisas seriam diferentes se uma novata mais poderosa tomasse o lugar de Aphrodite como líder das Filhas das Trevas.

Eu dei um pulo, sentindo-me culpada, mas disfarcei tomando um grande gole de refrigerante. O que eu estava pensando? Eu não tinha sede de poder. Eu não queria ser Grande Sacerdotisa e nem me meter em uma batalha pé no saco com Aphrodite e metade da escola (a metade mais atraente, aliás). Eu só queria encontrar um lugar para mim nesta vida nova, um lugar que me fizesse sentir em casa – no qual eu me encaixasse e fosse como o resto das pessoas.

Então me lembrei dos arrepios que senti quando estavam sendo projetados ambos os círculos e como os elementos pareceram penetrar meu corpo, e também como eu tive que me controlar para ficar no círculo e não me juntar a Aphrodite na conjuração.

– Stevie Rae, você sente alguma coisa quando o círculo está sendo projetado? – eu perguntei abruptamente.

– Como assim?

– Bem, como quando fazem o chamado do fogo para o círculo. Você já sentiu calor?

– Não. Eu gosto muito dessa parada do círculo, e às vezes, quando Neferet está rezando, eu sinto uma energia rodeando o círculo em si, mas é só isso.

– Então você nunca sentiu uma brisa quando fazem o chamado do vento, nem o cheiro da chuva quando chamam a água e nem se sente pisando na grama quando chamam a terra?

– De jeito nenhum. Só uma Grande Sacerdotisa com enorme afinidade com os elementos poderia... – ela parou de repente e arregalou os olhos. – Está me dizendo que você sentiu essas coisas? Alguma dessas coisas?

Fiz uma careta.

– Talvez.

– Talvez! – ela gritou. – Zoey! Você faz alguma ideia do que isso pode significar?

Fiz que não com a cabeça.

– Semana passada mesmo, na aula de sociologia, nós estudamos sobre as Grandes Sacerdotisas *vamps* mais famosas da história. Faz centenas de anos que não aparece uma sacerdotisa com afinidade pelos quatro elementos.

– Cinco – eu disse, arrasada.

– Todos os cinco! Você sentiu algo com o espírito também?

– É, acho que sim.

– Zoey! Isso é demais. Acho que nunca houve uma Grande Sacerdotisa que sentisse os cinco elementos – ela apontou minha Marca na cabeça. – É isso. Significa que você é diferente, é diferente mesmo.

– Stevie Rae, podemos manter essa conversa entre nós duas por enquanto? Tipo, não contar nem mesmo para Damien nem para as gêmeas? Eu só... só quero entender as coisas por mim mesma um pouquinho. Sinto que está tudo acontecendo rápido demais.

– Mas Zoey, eu...

– E eu posso estar errada – interrompi rapidamente. – E se eu só estava nervosa e agitada porque nunca estive em um ritual antes? Sabe como eu ia morrer de vergonha se eu dissesse às pessoas "oi, sou a única novata que tem afinidade com todos os elementos" e no final das contas for nervosismo?

Stevie Rae mordeu os lábios.

– Sei lá, ainda acho que você devia contar a alguém.

– É, então Aphrodite e sua corja estarão a postos para me engolir com os olhos se no final eu estiver imaginado coisas.

Stevie Rae empalideceu.

– Cara, você tem toda a razão. Isso seria terrível mesmo. Não vou dizer nada até você estar pronta. Prometo.

A reação dela me fez lembrar.

– Ei, o que foi que Aphrodite lhe fez?

Stevie Rae baixou os olhos para o próprio colo, juntou as mãos e encolheu os ombros como se subitamente sentisse um calafrio.

– Ela me convidou para um ritual. Eu não estava aqui fazia muito tempo, e ainda estava meio que animada porque o grupo "*in*" estava querendo a minha participação – balançou a cabeça, ainda sem olhar para mim. – Foi estupidez minha, mas eu não conhecia ninguém direito ainda e achei que elas talvez pudessem ser minhas amigas. Então eu fui. Mas elas não queriam que eu fosse uma delas. Elas queriam que eu fosse uma... uma... doadora de sangue para o ritual. Até me chamaram de "geladeira", como se eu só servisse mesmo para doar sangue para elas. Elas me fizeram chorar e quando eu disse que não elas me expulsaram. Foi assim que eu conheci Damien, depois Erin e Shaunee. Eles estavam juntos e me viram sair correndo do centro de recreações, então me seguiram e disseram para não me preocupar com isso. Desde então são meus amigos – ela finalmente olhou para mim. – Desculpe. Eu devia ter lhe dito algo antes, mas eu sabia que elas não iam tentar nada disso com você. Você é forte demais e Aphrodite está curiosa por causa da sua Marca. Além do que, você é bonita o bastante para ser uma delas.

– Ei, você também é! – senti um enjoo no estômago ao pensar em Stevie Rae sendo jogada na cadeira, como Elliott... ao pensar em beber o sangue dela.

– Não, sou só bonitinha. Não sou como elas.

– Também não sou como elas! – eu gritei, acordando Nala, que murmurou para mim, agitada.

– Eu sei que você não é. Não foi o que eu quis dizer. Só quis dizer que eu sabia que elas iam querer você no grupo, por isso não tentariam usá-la assim.

Não, elas deram um jeito de me enganar e tentaram de tudo para me deixar apavorada. Mas por quê? Espere! Eu sabia o que elas estavam querendo. Erik disse que a primeira vez que ele bebeu sangue, odiou, e teve que sair correndo para vomitar. Eu só estava lá há dois dias. Elas queriam fazer algo que me deixaria tão enojada que eu sairia correndo do ritual e de perto do grupo para sempre.

Elas não queriam que eu fosse membro das Filhas das Trevas, mas também não queriam que eu dissesse a Neferet que elas não queriam me aceitar. O que elas queriam era que eu me recusasse a ficar entre elas. Por qualquer razão maluca, a folgada da Aphrodite queria que eu ficasse longe das Filhas das Trevas. Gente folgada sempre me irritou, o que significava, infelizmente, que eu sabia o que tinha que fazer.

Ah, droga. Eu ia fazer parte das Filhas das Trevas.

– Zoey, você não está com raiva de mim, está? – Stevie Rae disse com a voz baixinha.

Eu me vi confusa e tentei clarear meus pensamentos.

– Claro que não! Você tinha razão; Aphrodite nem tentou me fazer doar sangue nem nada parecido – enfiei na boca o último pedaço de sanduíche e mastiguei rápido. – Olha, estou capotando. Será que você poderia me ajudar a arrumar uma caixinha de areia para Nala para eu dormir um pouco?

Stevie Rae se animou instantaneamente e pulou da cama com seu jeito alegre de sempre.

– Olha só – ela praticamente saltitou até o outro lado do quarto e pegou uma grande sacola verde onde se lia FELICIA'S SOUTHERN AGRICULTURE STORE, 2616, S. HARVAR, TULSA impresso de lado a lado em grossas letras brancas. Tirou de dentro da sacola uma caixinha de areia, pratos de comida e de água, uma caixa de *Friskies* (com proteção extra contra bolas de pelo) e um saco de areia sanitária.

– Como você soube?

– Eu não sabia. Estava na nossa porta quanto eu voltei do jantar – ela tirou do fundo da sacola um envelope e um lindo colar de couro cor-de-rosa com mini rebites de prata.

– Ei, isso é para você.

Ela me deu o envelope, no qual vi meu nome escrito, enquanto ela colocava o colar em Nala. Dentro do envelope havia um requintado papel de carta branco com uma linha escrita em bela e fluente caligrafia.

Skylar me disse que ela estava chegando.

Estava assinado com uma só letra: N.

20

Eu tinha de falar com Neferet. Pensei nisso enquanto Stevie Rae e eu nos apressamos para o café na manhã seguinte. Eu não queria dizer nada a ela sobre minha suposta reação estranha aos elementos; quer dizer, eu não menti para Stevie Rae. Eu podia ter imaginado aquela história toda. E se eu contasse a Neferet e ela me submetesse a algum teste estranho de afinidade (nesta escola, nunca se sabe) e descobrisse que tudo que eu tinha era uma imaginação muito fértil? Não queria passar por algo assim de jeito nenhum. Eu ficaria de boca fechada até saber mais. E também não queria dizer nada sobre minha impressão de ter visto o fantasma de Elizabeth. Até parece que eu queria que Neferet me achasse maluca. Neferet era legal, mas era adulta, e eu quase podia ouvir o sermão "isso foi só imaginação sua depois de passar por tantas mudanças" que eu escutaria se admitisse ter visto um fantasma. Mas eu realmente precisava falar com ela sobre minha sede de sangue. (Eeeca – se eu gostava tanto, porque só de pensar meu estômago ainda embrulhava?)

– Você acha que ela vai te seguir até a sala de aula? – Stevie Rae disse, apontando para Nala.

Olhei para os meus pés, onde a gata estava aninhada, ronronando de felicidade.

– E ela pode?

– Você quer saber se é permitido? Sim, os gatos podem ir aonde quiserem.

– Ahn – eu disse, abaixando-me para coçar a cabeça dela – então acho que ela vai me seguir o dia inteiro.

– Bem, fico feliz que ela seja sua e não minha. Pelo que vi quando o alarme soou, ela é uma boa ladra de travesseiro.

Eu ri.

– Você tem razão. Não sei como uma menininha tão pequena pode me expulsar assim do meu próprio travesseiro – cocei a cabeça dela mais um pouquinho – vamos embora. Vamos acabar nos atrasando.

Eu me levantei com minha tigela na mão e quase trombei com Aphrodite. Ela estava, como sempre, ladeada por Terrível e Belicosa. Não vi Vespa (talvez ela tenha tomado banho esta manhã e derretido no contato com a água). O sorriso nojento de Aphrodite me lembrou a vagabunda que vi no Aquário de Jenks quando fui lá com minha turma de biologia em uma excursão escolar.

– Oi, Zoey. Deus, você saiu com tanta pressa ontem à noite que nem pude me despedir. Que pena que você não se divertiu. É uma pena, mas as Filhas das Trevas não são um grupo para qualquer um – ela olhou para Stevie Rae e retorceu o lábio.

– Na verdade, eu me diverti muito ontem à noite e amei o vestido que você me deu! – desatei a falar. – Obrigada por me convidar para fazer parte das Filhas das Trevas. Eu aceito. Totalmente.

O sorriso cruel de Aphrodite se desfez.

– É mesmo?

Eu sorri como se fosse uma idiota sem noção.

– Mesmo! Quando será o próximo encontro ou ritual ou sei lá – ou devo apenas perguntar a Neferet? Vou me encontrar com ela esta manhã. Sei que ela vai ficar feliz ao saber como sua acolhida me fez sentir ontem à noite, e que agora sou uma das Filhas das Trevas.

Aphrodite hesitou por um momento. Então sorriu de novo e combinou perfeitamente com meu tom de voz sem noção.

– Sim, aposto que Neferet ficará feliz ao saber que você se juntou a nós, mas *eu* sou a líder das Filhas das Trevas e sei nosso calendário de cor, de modo que você não precisa perturbá-la com perguntas idiotas. Amanhã será nossa celebração de *Samhain*. Vá com o *seu* vestido – ela enfatizou a palavra e eu sorri mais ainda. Eu quis apanhá-la de jeito e consegui. – O encontro é na entrada do centro de recreações logo após o jantar, às quatro e meia da manhã em ponto.

– Ótimo. Estarei lá.

– Bom, que ótima surpresa – ela disse astuciosamente. Então, acompanhada por Terrível e Belicosa (que pareciam vagamente chocadas), as três saíram da cozinha.

– Malditas do inferno – eu murmurei entre dentes. Olhei para Stevie Rae, que me olhava com uma expressão abalada, congelada em seu rosto.

– Você vai se juntar a elas? – ela sussurrou.

– Não é o que você está pensando. Vamos, eu lhe digo no caminho para a sala de aula – pus a louça suja do café da manhã em uma lavadora e levei Stevie Rae, que estava calada demais, pelo braço. Nala veio atrás de nós, ocasionalmente sibilando para qualquer gato que ousasse chegar perto demais de mim na calçada. – Estou fazendo reconhecimento do campo inimigo, como você disse ontem à noite – eu expliquei.

– Não. Não gosto disso – ela disse, balançando a cabeça com tanta força que seu cabelo curto ficou saltado de um jeito estranho.

– Já ouviu aquele velho ditado que diz "mantenha seus amigos perto e seus inimigos mais perto ainda"?

– Já, mas...

– É só isso que estou fazendo. Aphrodite é cheia de truques. É cruel. É egoísta. Ela não pode ser o que Nyx deseja para uma Grande Sacerdotisa.

Stevie Rae arregalou os olhos.

– Você vai detê-la?

– Bem, vou tentar – e ao falar, senti latejar a lua crescente cor de safira em minha testa.

– Obrigada pelas coisas que você deixou para Nala – eu disse.

Neferet levantou os olhos do papel no qual estava dando nota, para olhar para mim, e sorriu.

– Nala... que nome ótimo para ela, mas você devia agradecer a Skylar, não a mim. Foi ele quem me disse que ela estava chegando – então ela olhou para a bolinha de pelos alaranjada que ficava para lá e para cá, impaciente, entre minhas pernas. – Ela é muito apegada mesmo a você – ela levantou os olhos outra vez para olhar nos meus. – Diga, Zoey, você já ouviu a voz dela dentro de sua cabeça, ou soube exatamente onde ela estava, mesmo que ela não estivesse no mesmo recinto que você?

Pisquei os olhos, confusa. Neferet estava achando que eu tinha afinidade por gatos!

– Não, eu... eu não ouço na minha cabeça. Mas ela reclama muito comigo. E eu não sei dizer onde ela está quando não está comigo. Ela está sempre comigo.

– Ela é deliciosa – Neferet chamou Nala com o dedo, dizendo – Venha aqui, filha.

Instantaneamente, Nala pulou na mesa de Neferet, jogando papéis para todo lado.

– Ah, meu Deus, desculpe, Neferet – fui pegar Nala, mas Neferet fez um gesto para que eu não me preocupasse. Ela coçou a cabeça de Nala, e a gata fechou os olhos e ronronou.

– Gatos são sempre bem-vindos, e papéis são fáceis de reorganizar. Agora, o que você realmente queria falar comigo, Zoey Passarinha?

Fiquei com uma dor no coração por ela me chamar pelo apelido que minha avó usava, e de repente senti uma saudade intensa de minha avó, tanto que tive que conter as lágrimas que se formaram em meus olhos.

– Você está com saudades de sua antiga casa? – Neferet perguntou suavemente.

– Não, na verdade, não. Bem, a não ser pela minha avó, mas tenho andado tão ocupada que acho que só agora me dei conta – eu disse, sentindo-me culpada.

– Você não sente falta da sua mãe e do seu pai.

Ela não disse em tom de pergunta, mas senti que precisava responder.

– Não. Bem, eu não tinha pai de verdade. Ele nos abandonou quando eu era pequena. Minha mãe se casou de novo há três anos e, bem...

– Pode me contar. Dou minha palavra que vou entender – disse Neferet.

– Eu o odeio! – eu disse com mais raiva do que esperava sentir. – Desde que ele entrou na nossa família – falei com sarcasmo – tudo deu errado. Minha mãe mudou completamente. É como se ela fosse somente a esposa dele e não mais minha mãe. Fazia muito tempo que aquele lugar já não era minha casa.

– Minha mãe morreu quando eu tinha dez anos de idade. Meu pai não se casou de novo. Ao invés disso, ele começou a me usar como se fosse esposa dele. Ele abusou de mim dos meus dez anos até a época em que Nyx me salvou ao me Marcar quando eu tinha quinze anos – Neferet parou e deixou baixar o choque do que ela estava dizendo, para então continuar. – Então quando eu digo que sei como é ver sua casa se transformar em um lugar insuportável, não estou apenas conjeturando.

– Que horror – eu simplesmente não sabia mais o que dizer.

– Isso foi naquela época. Agora é simplesmente uma memória a mais. Zoey, os humanos em seu passado, no seu presente e até no seu futuro, se tornarão cada vez menos importantes para você, até que no fim você vai sentir bem pouca coisa por eles. Você vai entender isso melhor à medida que continuar passando pela Transformação.

Havia uma frieza uniforme em sua voz que me fez sentir estranha, e eu me ouvi dizer:

– Não quero parar de gostar de minha avó.

– Claro que não – ela voltou a soar carinhosa e calorosa outra vez. – São só nove da noite, por que você não liga para ela? Pode chegar atrasada à aula de teatro; eu aviso a professora Nolan que dei permissão.

– Obrigada, eu gostaria de fazer isso. Mas não é sobre isso que eu queria conversar com você – respirei fundo. – Eu bebi sangue ontem à noite.

Neferet balançou a cabeça.

– Sim, as Filhas das Trevas costumam misturar sangue de novatos ao vinho no ritual. Os jovens gostam de fazer isso. Isso lhe aborreceu muito, Zoey?

– Bem, eu só soube depois que tomei. Depois, sim, me aborreceu.

Neferet franziu o cenho.

– Não foi ético da parte de Aphrodite não lhe avisar antes. Você devia ter podido escolher se queria ou não. Vou falar com ela.

– Não! – eu disse um pouco rápido demais e depois me forcei a soar mais calma. – Não, realmente não precisa. Eu cuido disso. Resolvi entrar para as Filhas das Trevas e não quero começar já parecendo querer criar encrenca com Aphrodite.

– Você deve ter razão. Aphrodite pode ser bem temperamental, e acredito que possa resolver isso sozinha, Zoey. Nós encorajamos nossos novatos a resolver seus problemas entre si sempre que possível – ela me observou com um olhar de clara preocupação. – É normal que os primeiros goles de sangue não sejam muito apetitosos. Se você estivesse conosco há mais tempo, já saberia disso.

– Não é isso. É que... o gosto era muito bom. Erik me disse que minha reação não foi normal.

Neferet levantou as sobrancelhas perfeitas.

– E é mesmo. Você também se sentiu tonta ou alegre?

– As duas coisas – eu disse baixinho.

Neferet olhou para minha Marca. – Você é única, Zoey Redbird. Bem, acho que vai ser melhor você pular essa parte da Sociologia, vou passar você para Sociologia 415.

– Eu realmente preferiria que você não fizesse isso – eu logo disse. – Já me sinto meio anormal com todo mundo olhando para minha Marca e me observando para ver se eu vou fazer algo de esquisito. Se você me passar para uma turma com o pessoal que já está aqui há três anos, eles realmente vão me achar bizarra.

Neferet hesitou um pouco, coçando a cabeça de Nala enquanto pensava.

– Entendo o que você quer dizer, Zoey. Faz mais de cem anos que não sou mais adolescente, mas os vampiros têm memória longa e apurada e eu me lembro como foi passar pela Transformação – ela suspirou. – Muito bem, vamos fazer um trato? Eu deixo você ficar na aula de Sociologia do terceiro ano, mas quero lhe passar textos mais adiantados da matéria para você ler um capítulo por semana, prometendo-me que vai me procurar se tiver qualquer dúvida.

– Trato feito – eu disse.

– Sabe, Zoey, à medida que você se Transforma, literalmente se torna um ser totalmente diferente. Um vampiro não é um ser humano, apesar de ter qualidades humanas. Pode lhe soar censurável agora, mas seu desejo por sangue é tão normal em sua nova vida quanto seu desejo por – ela parou e sorriu – refrigerante era no seu passado.

– Nossa! Você sabe de tudo?

– Nyx foi generosa comigo. Além de minha afinidade por nossos amados felinos e meu dom de cura, também sou intuitiva.

– Você consegue ler minha mente? – perguntei nervosamente.

– Não exatamente. Mas consigo pegar pedaços de coisas. Por exemplo, eu sei que tem algo mais que você precisa me dizer em relação à noite passada.

Eu respirei fundo.

– Fiquei aborrecida após saber da história do sangue e saí correndo do centro de recreações. Foi assim que encontrei Nala. Ela estava em uma árvore bem perto do muro da escola. Achei que ela não saberia descer, e subi no muro para pegá-la e, bem, enquanto eu falava com ela duas pessoas da minha antiga escola me viram.

– O que aconteceu? – Neferet parou com a mão; ela não estava mais acarinhando Nala, e eu tinha toda sua atenção.

– Não foi bom. Eles... eles estavam doidões, drogados e bêbados – certo, eu não queria ter deixado isso escapar!

– Eles tentaram te machucar?

– Não, nada disso. Eram minha ex-melhor amiga e meu ex-quase-namorado.

Neferet arqueou a sobrancelha novamente para mim.

– Bem, nós paramos de sair juntos, mas ele e eu ainda sentimos algo um pelo outro.

Ela balançou a cabeça demonstrando compreender.

– Prossiga.

– Kayla e eu meio que brigamos. Ela me vê de forma diferente agora e acho que eu também a vejo diferente. Nenhuma das duas gostou do que viu – ao dizer isso, me dei conta que era verdade. Não é que K. tivesse mudado. Na verdade, ela sempre fora exatamente a mesma. Era só que as coisinhas que eu costumava ignorar, como seu blá-blá-blá sem sentido e seu lado mesquinho, subitamente se tornaram irritantes demais. – Enfim, ela foi embora e fiquei sozinha com Heath – parei nessa parte, sem saber bem como dizer o resto.

Neferet apertou os olhos.

– Você sentiu desejo pelo sangue dele.

– Sim – sussurrei.

– Você bebeu do sangue dele, Zoey? – ela perguntou, incisiva.

– Só provei uma gota. Eu o arranhei. Não tive intenção, mas quando ouvi sua pulsação, eu... eu arranhei seu pulso.

– Então na verdade você não bebeu do ferimento?

– Comecei, mas Kayla voltou e interrompeu. Ela estava totalmente histérica e foi assim que consegui fazer Heath ir embora.

– Ele não queria?

Fiz que não com a cabeça.

– Não, ele não queria – senti vontade de chorar outra vez. – Neferet, sinto muito! Não tive a intenção. Eu nem sabia o que estava fazendo até Kayla gritar.

– Claro que você não sabia o que estava acontecendo. Como uma novata recém-Marcada poderia saber sobre desejo por sangue? – ela tocou meu braço, reconfortando-me de forma maternal. Provavelmente você não o *Carimbou*.

– *Carimbei*?

– É o que costuma acontecer quando um vampiro bebe diretamente de um humano, especialmente se existe um laço estabelecido entre eles antes da sangria. É por isso que é proibido para os novatos beber sangue de humanos. Na verdade, é fortemente desencorajador que vampiros adultos se alimentem de humanos também. Existem vários vampiros que consideram isso moralmente errado e gostariam de transformar em ilegal – disse ela.

Eu observei os olhos dela ficarem mais sombrios enquanto ela falava. A expressão deles subitamente me deixou bastante nervosa e eu estremeci. Então Neferet piscou os olhos e eles voltaram ao normal. Ou será que aquela sombra esquisita em seus olhos foi imaginação minha?

– Mas é melhor deixar essa discussão para minha aula de sociologia do sexto ano.

– O que faço em relação a Heath?

– Nada. Se ele tentar lhe encontrar de novo, me diga. Se ele telefonar, não responda. Se ele ficou *Carimbado* até o som de sua voz o afetará e funcionará como forma de atraí-lo a você.

– Parece coisa do Drácula – eu murmurei.

– Não tem nada a ver com aquele livro desprezível! ela rebateu. – Bram Stoker difamou os vampiros, o que nos rendeu uma série infindável de pequenos problemas com os humanos.

– Desculpe, não tive intenção de...

Ela fez um gesto de "deixa pra lá" com a mão.

– Não, eu não devia descontar minha frustração com aquele livro velho e tolo em você. E não se preocupe com seu amigo Heath. Tenho certeza que ele vai ficar bem. Você disse que ele andou fumando e bebendo. Imagino que esteja falando de maconha.

Eu confirmei com a cabeça.

– Mas eu não fumo – acrescentei. – Na verdade, ele não fumava, nem Kayla. Não sei o que está acontecendo com eles. Acho que eles estão andando com um daqueles jogadores de futebol drogadinhos do *Union*, e nenhum deles teve o bom senso de simplesmente recusar.

– Bem, a reação dele a você deve ter mais a ver com seu nível de intoxicação do que com um possível *Carimbo* – ela parou, tirou um bloco da gaveta da mesa e me passou um lápis. – Mas, em todo caso, por que você não escreve os nomes completos de seus amigos e onde eles moram. Ah, e coloque também os nomes dos jogadores de futebol do *Union* também, se você os conhecer.

– Para que você precisa dos nomes deles? – senti um aperto enorme no coração. – Não vai ligar para os pais deles, não é?

Neferet riu.

– Claro que não. Problemas de comportamento de adolescentes humanos não são da minha conta. Só pedi porque quero concentrar neles meus pensamentos e quem sabe captar algum vestígio de um possível *Carimbo* entre eles.

– O que acontece se você captar? O que acontece com Heath?

– Ele é jovem e o *Carimbo* vai perder força, então o tempo e a distância farão desaparecer – eu ia dizer que talvez ela devesse mesmo fazer o que fosse preciso para desfazer o *Carimbo* quando ela prosseguiu. – Nenhuma das formas é agradável.

– Ah, *O.k.*.

Eu escrevi os nomes e endereços de Kayla e Heath. Eu não fazia ideia de onde os caras do *Union* moravam, mas lembrava dos nomes deles. Neferet se levantou, foi para os fundos da sala de aula e pegou um grosso livro escolar cujo título estava escrito em letras prateadas em Sociologia 415.

– Comece pelo capítulo um e vá lendo o livro inteiro até você terminar. Vamos considerar isso como sendo seu dever de casa, ao invés daqueles que eu passar para o resto da turma de Sociologia 101.

Peguei o livro. Era pesado e a capa estava fria em relação à minha mão quente e nervosa.

– Se você tiver alguma dúvida, qualquer uma, venha me procurar imediatamente. Se eu não estiver aqui, pode ir ao meu apartamento no Templo de Nyx. Vá pela porta da frente e pegue as escadas à sua direita. Eu sou a única sacerdotisa na escola no momento, de modo que todo o segundo andar pertence a mim. E não se preocupe de me incomodar. Você é minha novata; é seu dever me incomodar – ela disse com um sorriso caloroso.

– Obrigada, Neferet.

– Tente não se preocupar. Nyx tocou-lhe, e a Deusa cuida dos seus – ela me abraçou. – Agora, vou dizer à professora Nolan o porquê de seu atraso – ela me abraçou de novo e saiu, fechando a porta da sala de aula.

Eu me sentei em sua mesa e fiquei pensando como ela era maravilhosa, e quanto tempo fazia que minha mãe não me abraçava daquele jeito. E, por alguma razão, comecei a chorar.

21

– Oi, vó, sou eu.

– Ah! Minha Zoey Passarinha! Como você está, meu bem?

Eu sorri ao telefone e esfreguei os olhos.

– Estou bem, vó. Só com saudades da senhora.

– Passarinha, também sinto saudades de você – ela fez uma pausa e disse então –, sua mãe te ligou?

– Não.

Vovó suspirou.

– Bem, minha querida, talvez ela não queira lhe incomodar enquanto você está se adaptando à sua nova vida. Eu disse a ela que Neferet me explicou que você trocaria os dias pelas noites.

– Obrigada, vó, mas não acho que seja por isso que ela não me ligou.

– Talvez ela tenha tentado e você não pegou a ligação. Eu liguei para seu celular ontem, mas só dava caixa postal.

Senti uma ponta de culpa. Nem tinha checado os recados do meu celular.

– Esqueci de ligar meu celular. Está no quarto. Desculpe não ter atendido sua ligação, vó – então, para fazer ela se sentir melhor (e para fazer ela parar de falar naquilo), eu disse: – Vou checar minhas mensagens quando eu voltar ao quarto. Talvez minha mãe tenha ligado.

– Talvez tenha, meu bem. Então, conte-me, como são as coisas aí?

– Aqui é legal. Tipo, tem muitas coisas que eu gosto aqui. As aulas são legais. Vó, estou até tendo aulas de esgrima e de equitação.

– Que maravilha! Eu me lembro de como você gostava de cavalgar o *Pernalonga*.

– E arrumei uma gata!

– Ah, Zoey Passarinha, fico tão contente. Você sempre adorou gatos. Está fazendo amizade com os outros jovens?

– Sim, minha colega de quarto, Stevie Rae, é ótima. E já gostei dos amigos dela também.

– Então se está tudo indo bem, por que as lágrimas?

Eu devia saber que não seria capaz de esconder nada de minha avó. – É só que... é só que algumas coisas relativas à Transformação são bem difíceis de lidar.

– Você está bem, não está? – a preocupação pesou em sua voz. – Sua cabeça está legal?

– Está, não tem nada a ver com isso. É que... – eu parei. Eu queria contar a ela; queria tanto contar a ela que estava quase explodindo, mas não sabia como fazê-lo. E estava com medo; com medo que ela não fosse me amar mais. Quer dizer, minha mãe parara de me amar por causa do novo marido, o que em certo sentido era pior do que parar de me amar. O que eu faria se minha avó também se afastasse de mim?

– Zoey Passarinha, você sabe que pode me contar tudo – ela disse gentilmente.

– É difícil, vó – mordi os lábios para não chorar.

– Então me deixe facilitar para você. Não tem nada que você vá me dizer que possa me fazer parar de amar você. Sou sua avó hoje, amanhã e ano que vem. Serei sua avó até mesmo depois que eu me juntar aos seus ancestrais no mundo espiritual e de lá continuarei lhe amando, Passarinha.

– Eu bebi sangue e gostei! – eu desabafei.

Sem nenhuma hesitação, vovó disse:

– Ora, meu bem, mas não é isso que fazem os vampiros?

– Sim, mas eu não sou vampira. Sou apenas uma novata de poucos dias.

– Você é especial, Zoey. Sempre foi. Por que seria diferente agora?

– Não me sinto especial. Sinto-me uma anormal.

– Então procure se lembrar de uma coisa: você ainda é você. Não importa que tenha sido Marcada. Não importa que esteja passando pela Transformação. Por dentro, seu espírito ainda é o *seu* espírito. Por fora você pode parecer uma estranha familiar, mas basta olhar para dentro para ver a pessoa que você conhece há dezesseis anos.

– Uma estranha conhecida... – murmurei. – Como a senhora soube?

– Você é minha menina, meu bem. Você é minha filha espiritual. Não é difícil entender o que você deve estar sentindo... é bem como eu imagino que me sentiria.

– Obrigada, vó.

– De nada, u-we-tsi-a-ge-ya.

Eu sorri, adorando o som da palavra *Cherokee* para "filha"... tão mágico e especial, como se fosse um título concedido pela Deusa. Concedido pela Deusa...

– Vó, tem outra coisa.

– Diga, Passarinha.

– Acho que eu senti os cinco elementos quando o círculo estava sendo projetado.

– Se isso for verdade, foi-lhe concedido um grande poder, Zoey. E você sabe que grande poder implica grande responsabilidade. Nossa família tem uma rica história de Sábios Tribais, Pajés e Sábias Bruxas. Tenha o cuidado de pensar antes de agir, Passarinha. A Deusa não teria lhe concedido poderes especiais à toa. Use-os cuidadosamente e faça Nyx, assim como seus ancestrais, colocarem seus olhos sobre você.

– Vou fazer o melhor que puder, vó.

– É só o que lhe peço, Zoey Passarinha.

– Tem uma garota aqui com poderes especiais também, mas ela é horrorosa. Ela é abusada e mentirosa. Vó, eu acho que... acho que... – respirei fundo e disse o que minha mente vinha matutando a manhã inteira. – Acho que sou mais forte que ela e acho que talvez Nyx tenha me Marcado para eu tirá-la da posição em que está. Mas... mas isso quer dizer que eu terei que tomar o lugar dela, e não sei se estou pronta para isso, não agora. Talvez nunca esteja.

– Siga o que lhe diz seu espírito, Zoey Passarinha – ela hesitou, mas continuou: – Meu bem, você se lembra daquela prece de purificação de nosso povo?

Pensei nela. Perdera as contas das vezes que fora com minha avó ao córrego que passa atrás da casa dela e a vira se banhar ritualisticamente nas águas correntes enquanto dizia a prece de purificação. Às vezes eu entrava no córrego com ela e dizia a prece também. A prece estava entrelaçada a toda a minha infância, era dita nas mudanças de estação, em agradecimento à colheita de lavandas ou na preparação para o inverno, e também sempre que minha avó tinha de encarar decisões difíceis. Às vezes eu não sabia por que ela se purificava e dizia a prece. Simplesmente sempre fora assim.

– Sim – eu disse –, lembro-me.

– Tem água corrente dentro do terreno da escola?

– Não sei, vó.

– Bem, se não houver, arrume algo para servir de bastão de defumação. O ideal é usar sálvia e lavanda misturadas, mas pode usar até pinho fresco se não tiver outra escolha. Sabe o que fazer, Zoey Passarinha?

– Defumar-me, começando pelos pés e subindo pelo corpo, de frente e de costas – eu recitei, como se fosse um criancinha outra vez e vovó estivesse me ensinando os caminhos de seu povo – e então virar para o leste e dizer a prece de purificação.

– Ótimo, você se lembra. Peça ajuda à Deusa, Zoey. Acredito que ela vá lhe ouvir. Pode fazer isso antes do sol nascer amanhã?

– Acho que sim.

– Eu vou fazer a prece também, e adicionar uma "voz de avó" ao pedido à Deusa para que ela lhe guie.

E subitamente me senti melhor. Vovó nunca errava em relação a esse tipo de coisa. E se ela acreditava que eu ia ficar bem, então realmente eu ia ficar bem.

– Vou dizer a prece da purificação antes do amanhecer. Prometo.

– Ótimo, Passarinha. Agora é melhor esta velha aqui deixar você desligar. Você está no meio de um dia escolar, não está?

– Sim, estou a caminho da aula de teatro. E, vó, a senhora nunca vai ser velha.

– Não enquanto eu puder ouvir sua voz tão jovem, Passarinha. Eu te amo, *u-we-tsi-a-ge-ya*.

– Eu te amo, vó.

Falar com vovó me tirou um peso terrível do coração. Eu ainda estava com medo e apavorada com o futuro, e não estava muito animada com a possibilidade de precisar derrubar Aphrodite. Para não dizer que eu não fazia a menor ideia de como faria isso. Mas eu tinha um plano. Tudo bem, talvez não fosse bem um "plano", mas ao menos era algo a fazer. Eu ia terminar a prece de purificação e depois... bem... depois eu resolvia o que fazer.

Sim, ia dar certo. Ao menos foi disso que fiquei procurando me convencer durante toda a *manhã* enquanto assistia às aulas. Durante o *almoço* decidi qual seria o local do ritual: debaixo da árvore perto do muro, onde havia encontrado Nala. Eu pensava nisso enquanto me servia no bufê, logo atrás das gêmeas. Árvores, carvalhos principalmente, eram sagrados para os *Cherokees*, de modo que me parecia uma boa escolha. Além do quê, era isolado e fácil de chegar. Claro que Heath e Kayla me acharam lá, mas eu não estava pretendendo ficar sentada em cima do muro, e não imaginava que Heath fosse aparecer ao amanhecer dois dias seguidos, *Carimbado* ou não. Tipo, era esse mesmo cara que dormia até as duas da tarde no verão, *todo dia*. Ele precisava de dois despertadores e a mãe dele tinha que gritar para ele acordar para ir para a escola. O garoto não acordaria antes do amanhecer de novo. Ele provavelmente ia precisar de meses para se recuperar de ontem. Não, na verdade, ele provavelmente tinha saído escondido de casa e encontrado K. (sair escondido sempre fora fácil para ela, os pais dela eram totalmente sem noção) e ficado acordado a noite toda. O que significava que ele teria faltado à escola e bancaria o doente para dormir pelos próximos dois dias. Enfim, eu não estava preocupada que ele fosse aparecer.

– Não acha aqueles mini-milhos assustadores? Parece haver algo de errado com aqueles corpinhos de anão.

Eu me assustei e quase derrubei a colher de molho dentro da vasilha tamanho família cheia de líquido branco, e ao levantar os olhos me deparei com os olhos risonhos e azuis de Erik.

– Ah, oi – eu disse –, você me assustou.

– Z., acho que estou me acostumando a te espionar.

Eu dei uma risadinha nervosa, bastante ciente que as gêmeas estavam observando cada movimento nosso.

– Parece que você se recuperou de ontem.

– É, sem problema. Estou legal. E dessa vez não estou mentindo.

– Ouvi falar que você entrou para as Filhas das Trevas.

Shaunee e Erin sugaram o ar ao mesmo tempo. Tive o cuidado de não olhar para elas.

– É.

– Que legal. Aquele grupo precisa de sangue novo.

– Você fala "aquele grupo" como se não pertencesse a ele. Você não é um Filho das Trevas?

– Sim, mas não é o mesmo que ser uma Filha das Trevas. Nós somos pura decoração. Meio que o oposto do que acontece no mundo humano. Todos os caras sabem que estamos aqui para sermos bonitos e divertir Aphrodite.

Eu olhei para ele e li algo mais em seus olhos.

– E é isso que você continua fazendo, divertindo Aphrodite?

– Como eu disse ontem à noite, não mais, razão pela qual não me considero um membro de verdade do grupo. Tenho certeza que eles me chutariam de lá se não fosse pelo teatrinho que faço.

– Você fala "teatrinho" com a *Broadway* e LA interessados em você?

– Foi o que quis dizer – ele sorriu para mim. – Não é de verdade, sabe. Atuar é puro fingimento. Não é quem eu sou de verdade – ele se abaixou para sussurrar em minha orelha. – Na verdade, sou um *nerd*.

– Ah, por favor. Esse texto funciona para você?

Ele fez uma cara exageradamente ofendida.

– Texto? Não, Z. Isso não é texto, e posso provar.

– Claro que pode.

– Posso. Venha ao cinema comigo esta noite. Vamos assistir meus *DVD*'s favoritos de todos os tempos.

– Como isso pode provar alguma coisa?

– É *Star Wars*, série original. Sei de cor todos os textos – ele se aproximou e murmurou de novo. – Posso até fazer o papel do *Chewbacca*.

Eu ri.

– Tem razão, você é um *nerd*.

– Eu disse.

Havíamos chegado ao fim do bufê e ele caminhou comigo até a mesa à qual já estavam sentados Damien, Stevie Rae e as gêmeas. E, não, eles não fizeram a menor questão de esconder o fato de estarem totalmente boquiabertos com nós dois.

– Então, você vai... comigo... hoje?

Ouvi os quatro travando a respiração. Literalmente.

– Eu gostaria, mas hoje não posso. Eu... ahn... já tenho planos.

– Ah. Tudo bem. Bem... da próxima vez. Até mais – ele acenou para os que estavam à mesa e se afastou.

Eu me sentei. Ficaram todos olhando para mim.

– O que foi? – eu disse.

– Você perdeu o juízo completamente – disse Shaunee.

– Exatamente o que pensei – replicou Erin.

– Espero que você tenha uma razão realmente muito boa para recusar um encontro com ele – disse Stevie Rae. – Está na cara que você o magoou.

– Será que ele me deixaria confortá-lo? – Damien perguntou, ainda olhando sonhadoramente para Erik.

– Desista – disse Erin.

– Ele não joga no seu time – completou Shaunee.

– *Shhh*! – interrompeu Stevie Rae. Ela virou para me olhar nos olhos. – Por que você disse *não* a ele? O que pode ser mais importante do que um encontro com ele?

– Livrar-me de Aphrodite – eu disse simplesmente.

22

– Ela tem uma boa razão – concordou Damien.

– Ela se juntou às Filhas das Trevas – disse Shaunee.

– O quê? – Damien gritou, a voz subindo umas vinte oitavas.

– Deixe-a em paz! – exclamou Stevie Rae, instantaneamente partindo em minha defesa. – Ela está reconhecendo o campo inimigo.

– Reconhecendo o campo inimigo uma ova! Se ela entrou para as Filhas das Trevas então ela está bandeando para o lado inimigo – ironizou Damien.

– Bem, ela entrou – disse Shaunee.

– Nós a ouvimos dizer – confirmou Erin.

– *Hello*! Ainda estou bem aqui.

– Então, o que você vai fazer? – Damien me perguntou.

– Não sei direito – eu disse.

– É melhor você ter um plano, e rápido, senão aquelas malditas do inferno vão te almoçar – afirmou Erin.

– É – disse Shaunee, mordendo a salada maldosamente para criar impacto.

– Ei! Ela não precisa resolver isso sozinha. Ela tem a gente – Stevie Rae cruzou os braços sobre o peito e olhou para as gêmeas.

Eu sorri agradecida para Stevie Rae.

– Bem, acho que eu tenho uma ideia.

– Ótimo. Conte e vamos fazer um *brainstorm* – disse Stevie Rae.

Todos olharam para mim cheios de expectativa. Eu suspirei.

– Bem. Hummm... – comecei, hesitante, com medo de soar estúpida, e então resolvi que devia contar a eles o que estava na minha cabeça desde que conversei com minha avó, então falei de uma vez. – Pensei em fazer uma antiga oração de purificação baseada em um ritual *Cherokee* e pedir a Nyx para me ajudar a desenvolver um plano.

O silêncio à mesa pareceu durar para sempre. Então Damien finalmente disse:

– Pedir a ajuda de Nyx não é má ideia.

– Você é *Cherokee*? – Shaunee perguntou.

– Você parece *Cherokee* – disse Erin.

– *Hello*! O sobrenome dela é Redbird. Ela é *Cherokee* – disse Stevie Rae, cheia de propriedade.

– Bem, acho bom – Shaunee comentou, embora ainda parecesse ter suas dúvidas.

– Só achei que Nyx podia me ouvir de verdade e... quem sabe... me dar alguma ideia do que fazer com aquela horrorosa da Aphrodite – olhei para cada um dos meus amigos. – Algo dentro de mim diz que é simplesmente errado deixar que ela continue por aí fazendo o que faz.

– Deixe-me contar a elas! – Stevie Rae disse de repente. – Elas não vão contar a ninguém. Mesmo. E poderiam ajudar se soubessem.

– O quê? – perguntou Erin.

– Muito bem, agora você não tem escolha – afirmou Shaunee, apontando seu garfo para Stevie Rae. – Ela sabia que se dissesse isso, nós iríamos aporrinhar até você dizer seja lá o que for.

Fiz cara feia para Stevie Rae, que encolheu os ombros, acanhada, e disse "desculpe".

Relutante, baixei a voz e me aproximei.

– Prometam que não vão contar a ninguém.

– Prometemos – disseram.

– Acho que consigo sentir os cinco elementos quando o círculo é projetado.

Silêncio. Eles ficaram só olhando. Três com expressão de choque, e Stevie Rae com uma expressão orgulhosa.

– E então, ainda acham que ela não pode derrubar Aphrodite? – Stevie Rae disse.

– Eu sabia que tinha mais coisas por detrás da sua Marca que aquela história de cair e bater com a testa! – disse Shaunee.

– Uau! – exclamou Erin. – Isso é que é fofoca da boa.

– Ninguém pode saber! – disse logo.

– Por favor – Shaunee acrescentou. – Só estamos dizendo que *um dia* isso será fofoca da boa.

– Nós sabemos esperar por uma boa fofoca – Erin completou.

Damien ignorou ambos os comentários.

– Eu não acho que haja registro de nenhuma Grande Sacerdotisa que tivesse afinidade com os cinco elementos – a voz de Damien foi ficando mais excitada conforme ele falava. – Sabe o que isso quer dizer? – ele não me deu chance de responder. – Quer dizer que você pode ser a Grande Sacerdotisa com maior possança da história dos vampiros.

– Ahn? – eu disse. – Possança?

– Força. Poder – ele disse com impaciência. – Você deve mesmo ter poder para derrubar Aphrodite!

– Ora, que notícia maravilhosamente boa – disse Erin, enquanto Shaunee balançava a cabeça, concordando entusiasticamente.

– Então onde e quando faremos esse negócio de purificação? – perguntou Stevie Rae.

– Nós? – eu disse.

– Você não está nessa sozinha, Zoey – disse ela.

Abri a boca para rebater; quer dizer, eu sequer sabia direito o que ia fazer. Não queria envolver meus amigos em algo que podia ser – e provavelmente seria – uma “furada”. Mas Damien não me deu tempo de dizer isso a eles.

– Você precisa de nós – disse simplesmente. – Até a Grande Sacerdotisa mais poderosa precisa de seu círculo.

– Bem, eu não pensei exatamente em projetar um círculo. Só ia fazer um treco de purificação e oração.

– Você não pode projetar um círculo e depois fazer a oração e pedir a ajuda de Nyx? – Stevie Rae perguntou.

– Parece lógico – afirmou Shaunee.

– Além do que, se você realmente tiver afinidade com os cinco elementos, aposto que poderemos sentir quando você projetar o próprio círculo. Certo, Damien? – Stevie Rae disse. Todos olharam para o aluno *gay* de nosso grupo.

– Parece-me bem lógico – ele disse.

Eu ainda ia argumentar, apesar de por dentro me sentir totalmente aliviada, feliz e grata por meus amigos estarem ali comigo, por não me deixarem encarar sozinha essa incerteza.

Valorize-os, eles são pérolas de enorme valor.

A voz familiar flutuou em minha mente e eu me dei conta que não devia questionar o novo instinto dentro de mim que pareceu ter nascido quando Nyx me beijou a testa e mudou permanentemente minha Marca e minha vida.

– Muito bem, vou precisar de um bastão de defumação – eles olharam para mim sem entender nada e eu comecei a explicar. – É para a parte de purificação do ritual, pois não tenho água corrente à mão. Ou tenho?

– Você diz tipo um córrego ou rio ou algo assim? – Stevie Rae perguntou.

– É.

– Bem, tem um pequeno córrego que passa pelo pátio depois da sala de jantar e desaparece em algum ponto debaixo da escola – Damien disse.

– Isso não é bom, é exposto demais. Vamos ter de usar o bastão de defumação. O que funciona melhor é misturar sálvia e lavanda secas, mas se não tiver jeito, posso usar pinho.

– Posso arrumar sálvia e lavanda. Eles têm destas coisas na loja de departamentos da escola para as aulas de Feitiços e Rituais do quinto e sexto anos. Vou dizer que fui pegar o material para ajudar um colega mais velho. Do que mais você precisa?

– Bem, no ritual de purificação vovó sempre agradece às sete direções sagradas adoradas pelo povo *Cherokee*: o norte, o sul, o leste, o oeste, o sol, a terra e o próprio ser. Mas acho que quero tornar a prece mais especificamente voltada para Nyx – mordi os lábios, pensativa.

– Acho inteligente – afirmou Shaunee.

– É – Erin concordou – tipo, Nyx não está alinhada ao sol. Ela é a Noite.

– Acho que você deve seguir seu instinto – disse Stevie Rae.

– Acreditar em si mesma é uma das primeiras coisas que uma Grande Sacerdotisa aprende a fazer – Damien completou.

– Muito bem, então eu também vou precisar de uma vela para cada um dos elementos – resolvi.

– Moleza – Shaunee disse.

– É, o templo nunca está trancado, e lá tem zilhões de velas para círculos.

– E tudo bem pegar as velas? – roubar do templo de Nyx definitivamente não me pareceu boa ideia.

– Tudo bem, contanto que a gente devolva – disse Damien. – O que mais?

– É isso – eu acho. Inferno, eu não tinha certeza. Até parece que eu sabia o que estava fazendo.

– Quando e onde? – Damien perguntou.

– Depois do jantar. Digamos, às cinco. E não podemos ir juntos. A última coisa de que precisamos é que Aphrodite ou alguma das Filhas das Trevas achem que vamos ter algum tipo de reunião e fiquem curiosas. Então vamos nos encontrar em um enorme carvalho que fica do lado leste do muro – dei um sorriso malicioso. – É fácil de achar se vocês fingirem que acabaram de sair correndo de um ritual das Filhas das Trevas no centro de recreações e estão loucos para se afastar daquelas malditas do inferno.

– Nem precisa fingir muito – disse Shaunee.

Erin bufou.

– Certo, vamos levar o material – afirmou Damien.

– É, nós entramos com o material; você entra com a "*possância*" – arriscou Shaunee, dando um olhar espertinho para Damien.

– Não é assim que se fala – é *possança*. Sabe, você realmente devia ler mais. Quem sabe seu vocabulário não melhora – ironizou Damien.

– Sua mãe precisa ler mais – disse Shaunee, e então ela e Erin se dissolveram em risadas com a péssima piada do "*sua mãe*".

Eu, por minha vez, estava feliz por eles terem mudado de assunto e poder assim comer minha salada e pensar em relativa privacidade enquanto eles discutiam sem parar. Eu estava mastigando e tentando me lembrar de todas as palavras da prece de purificação, enquanto Nala pulava no banco ao meu lado. Ela me olhou com seus grandes olhos e então se recostou em mim, ronronando como um motor a jato. Não sei por quê, mas aquilo me fez sentir melhor. E quando soou o sinal e todos voltamos correndo para a sala de aula, cada um de meus quatro amigos sorriu para mim, piscou o olho discretamente e disse "Até mais, Z.". Eles também me fizeram sentir melhor, apesar de me dar uma dor no coração vê-los adotando tão rapidamente o apelido pelo qual Erik me chamava.

A aula de espanhol passou voando: uma lição completa sobre como dizer que gostamos ou que não gostamos das coisas. A professora Garmy estava me matando de rir. Ela dizia que isso ia mudar nossas vidas. *Me gusta gatos.* (Eu gosto de gatos.) *Me gusta ir de compras.* (Eu gosto de ir às compras.) *No me gusta cocinar.* (Eu não gosto de cozinhar.) *No me gusta banãr el gato.* (Eu não gosto de dar banho no gato.) Essas eram as frases favoritas da professora Garmy, e passamos a hora seguinte com as nossas favoritas.

Tentei não rabiscar coisas como *me gusta Erik...* e *no me gusta el maldita Aphrodite.* Tudo bem, tenho certeza que *bruja* não é como se fala "maldita" em espanhol, mas deixa para lá. Enfim, a aula foi divertida e acabei entendendo o que estava dizendo. A aula de equitação já não passou tão rápido. Limpar estábulos era bom para pensar – repassei a prece de purificação várias vezes – mas uma hora pareceu realmente demorar uma hora para passar. Desta vez Stevie Rae não teve tempo de vir me pegar. Eu estava ansiosa demais para perder a hora. Quando soou o sinal eu coloquei no lugar as escovas, contente por Lenobia me deixar cuidar de Persephone outra vez, e preocupada por ter dito que achava que na próxima semana eu já devia estar começando a cavalgá-la. Saí correndo do estábulo, lamentando por não ser mais tarde agora no mundo "real". Adoraria ligar para vovó e contar como eu estava me saindo com os cavalos.

– Eu sei o que está acontecendo.

Juro que quase engasguei.

– Deus, Aphrodite! Você podia fazer algum som, ou algo assim. O que é, você tem parte com as aranhas? Você me matou de susto!

– O que há de errado? – ela ronronou. – Consciência pesada?

– Ahn, quando você vem por trás nas pontas dos pés, as pessoas se assustam. Não tem nada a ver com culpa.

– Então você não tem culpa?

– Aphrodite, eu não sei do que você está falando.

– Eu sei o que você está planejando para esta noite.

– E continuo sem saber do que você está falando – ah, droga! Como ela pôdc dcscobrir?

– Todo mundo acha você lindinha e tão inocentezinha e está todo mundo tão impressionado por essa sua Marca bizarra. Todo mundo, menos *eu* – ela se voltou para me encarar e paramos no meio da calçada. Ela apertou os olhos azuis e seu rosto se contorceu em uma careta assustadora. Ahn. Eu pensei (rapidamente) se as Gêmeas tinham noção de como o apelido que elas lhe arrumaram era perfeito. – Não importa a bobagem que você tenha ouvido, ele ainda é meu. Ele sempre será meu.

Eu arregalei os olhos e senti uma onda de alívio tão intensa que me fez rir. Ela estava falando de Erik, não da prece de purificação!

– Como você é ridícula. O Erik sabe que você está falando mal dele?

– Eu parecia mãe do Erik quando você me viu com ele no corredor?

Então ela sabia. Que se dane. Acho que era inevitável que tivéssemos essa conversa.

– Não, você não parece mãe de Erik. Você parece exatamente o que é, uma desesperada, enquanto tenta pateticamente se jogar para cima de um cara que deixou claro que não quer mais nada com você.

– Vaca filha da mãe! Ninguém fala assim comigo!

Ela levantou a mão como se fosse uma garra e tentou cortar meu rosto. Então pareceu que o mundo havia parado, deixando nós duas em uma pequena bolha em câmera lenta. Eu peguei o pulso dela, detendo-a com facilidade; foi fácil até demais. Era como se ela fosse uma criancinha doente tendo um ataque de raiva, mas que era fraca demais para causar qualquer mal. Eu a segurei assim por um momento, encarando seus olhos odiosos.

– Nunca mais tente me bater outra vez. Não sou uma dessas garotas com quem você pode bancar a folgada. Entenda isso, e entenda agora. Não tenho medo de você – então joguei seu pulso para longe de mim, e foi chocante vê-la recuar vários passos.

Esfregando o pulso, ela me fuzilou com os olhos.

– Não se dê ao trabalho de aparecer amanhã. Considere-se desconvidada para fazer parte das Filhas das Trevas.

– É mesmo? – senti uma calma inacreditável. Eu sabia que tinha um trunfo e resolvi usá-lo: – Então você quer explicar à minha mentora, a Grande Sacerdotisa, que você teve a ideia de me fazer entrar para as Filhas das Trevas, e que agora me expulsou porque está com ciúme por seu ex-namorado gostar de mim?

Ela ficou pálida.

– Ah, e você pode ter certeza que estarei muito, muito aborrecida quando Neferet tocar no assunto comigo – funguei e solucei, como se estivesse fingindo que chorava.

– Você sabe o que é fazer parte de algo sem que ninguém no grupo a queira por perto? – ela rosnou entre dentes.

Senti um nó no estômago e tive de me esforçar para não deixá-la perceber que havia tocado em um ponto fraco. Sim, eu sabia exatamente como era fazer parte de algo – uma suposta família – e ter de sentir que ninguém me queria por lá, mas Aphrodite não saberia disso. Então eu sorri e disse, com minha voz mais doce – Ora, o que quer dizer com isso, Aphrodite? Erik faz parte dos Filhos das Trevas, e hoje mesmo, na hora do almoço, ele me disse que está muito feliz que eu agora faça parte do grupo.

– Vá ao ritual. Faça de conta que faz parte das Filhas das Trevas. Mas é melhor se lembrar de uma coisa: elas são as *minhas* Filhas das Trevas. Você é uma forasteira; aquela que ninguém quer. E lembre-se também de uma coisa: Erik e eu temos uma ligação que você jamais vai entender. Ele não é meu ex-nada. Você não ficou para ver o final do nosso joguinho no corredor. Tanto antes quanto agora ele é aquilo que eu quero que ele seja: meu – então ela jogou os cabelos muito longos e louros sobre o ombro e foi embora.

Uns dois segundos depois, apareceu a cabeça de Stevie Rae detrás de um velho carvalho que não ficava longe da calçada e perguntou:

– Ela foi embora?

– Felizmente – balancei a cabeça para Stevie Rae. – O que você está fazendo aí atrás?

– Está brincando? Estou escondida. Morro de medo dela. Eu vinha lhe encontrar e vi vocês duas discutindo. Cara, ela tentou bater em você!

– Aphrodite tem sérios problemas no quesito autocontrole.

Stevie Rae sorriu.

– Ahn, Stevie Rae, pode sair daí agora.

Ainda rindo, Stevie Rae praticamente saltitou para perto de mim e agarrou meu braço.

– Você a enfrentou mesmo!

– Enfrentei sim.

– Ela te odeia muito, muito mesmo.

– Ela me odeia muito, de verdade.

– E você sabe o que isso significa? – perguntou Stevie Rae.

– Sim. Que agora não tenho escolha. Vou ter que derrotá-la.

– É.

Mas eu sabia que não teria escolha antes mesmo de Aphrodite tentar me furar os olhos. Eu não tinha escolha antes mesmo de Nyx colocar sua Marca em mim. Enquanto Stevie Rae e eu caminhávamos sob a magnificência daquela noite iluminada a lâmpadas de gás, as palavras da Deusa se repetiram em minha mente: *Você é mais velha que sua idade, Zoey Passarinha. Acredite em si mesma e encontrará o caminho. Mas lembre-se, a escuridão nem sempre equivale ao mal, assim como nem sempre a luz traz o bem.*

23

– Espero que os outros consigam encontrar o carvalho – eu disse, olhando para os lados enquanto Stevie Rae e eu esperávamos perto da grande árvore. – Acho que ontem a noite não estava tão escura.

– E não estava. Hoje o céu está mesmo cheio de nuvens, por isto a lua não está iluminando. Mas não se preocupe, a Transformação está fazendo um bem e tanto à nossa visão noturna. Caraca, acho que estou enxergando tão bem quanto Nala – Stevie Rae coçou a cabeça da gata afetuosamente, e Nala fechou os olhos e ronronou. – Eles vão nos encontrar.

Eu me recostei à árvore e fiquei preocupada. O jantar tinha sido bom – um frango assado sinistramente delicioso, arroz temperado e ervilhas (uma coisa eu tenho que dizer quanto a este lugar: eles realmente sabem cozinhar)... é, foi tudo ótimo. Até Erik aparecer em nossa mesa e dizer oi. Muito bem, aquele não foi bem um oi do tipo "oi, Z., ainda gosto de você". Foi um "oi, Zoey". Ponto. É. Só isso. Ele pegou sua comida e estava caminhando com uns amigos que as gêmeas acharam gostosos. Vou confessar que nem reparei neles. Estava ocupada demais reparando em Erik. Eles vieram para nossa mesa. Eu levantei os olhos e sorri. Os olhos dele esbarraram nos meus por um milésimo de segundo, ele disse "oi, Zoey" e foi andando. E, de repente, o frango já não tinha mais o gosto tão bom.

– Você feriu o ego dele. Seja boazinha com ele, que ele lhe convida outra vez – disse Stevie Rae, trazendo a mim e aos meus pensamentos de volta para o presente, debaixo da árvore.

– Como você sabia que eu estava pensando em Erik? – perguntei. Stevie Rae parou de acariciar Nala, então me abaixei para continuar coçando sua cabeça antes que ela começasse a reclamar miando para mim.

– Por que era nisto que eu estava pensando.

– Bem, eu deveria estar pensando no círculo que tenho de projetar pela primeira vez na vida, e no ritual de purificação que tenho de realizar, e não em um garoto qualquer.

– Ele não é um garoto "qualquer". Ele é um garoto e "*taaaaanto*" – disse Stevie Rae, fazendo-me rir.

– Você deve estar falando de Erik – interrompeu Damien, surgindo da sombra do muro. – Não se preocupe. Eu vi o jeito que ele estava olhando para você hoje na hora do almoço. Ele vai te convidar outra vez.

– É, ouça o que ele diz – disse Shaunee.

– Ele é nosso *expert* do grupo em todos os assuntos penianos – explicou Erin, enquanto se juntavam aos demais debaixo da árvore.

– É bem verdade – disse Damien.

Antes que me deixassem com dor de cabeça, mudei de assunto.

– Conseguiram o material que precisamos?

– Eu mesmo tive que misturar a sálvia e a lavanda secas. Espero que não haja problema em tê-las amarrado deste jeito – Damien tirou o bastão de defumação da manga da jaqueta e me entregou. Era grosso e tinha mais de meio metro, e imediatamente eu senti o cheiro doce e familiar de ervas. Ele amarrara o maço bem apertado em uma das pontas com uma corda que parecia especialmente grossa.

– Está perfeito – sorri para ele.

Ele pareceu ficar aliviado e então disse, um pouco tímido:

– Usei minha corda em ponto cruz.

– Ei, eu já disse antes que você não devia ficar com vergonha de gostar de costurar. Acho que é um *hobby* lindo. Além do que, você é bom mesmo – disse Stevie Rae.

– Queria que meu pai pensasse assim – afirmou Damien.

Eu odiava ouvir aquela tristeza na voz dele.

– E eu gostaria que um dia você me ensinasse. Sempre quis aprender a costurar – menti, e fiquei feliz ao ver o rosto de Damien se iluminar.

– Quando quiser, Z. – ele disse.

– E as velas? – eu perguntei às gêmeas.

– Ei, nós dissemos "*moleza*"... – Shaunee abriu a bolsa e tirou as velas verdes, amarelas e azuis e seus respectivos castiçais.

– Legal – de sua bolsa, Erin tirou velas vermelhas e roxas e seus castiçais coloridos.

– Ótimo. Muito bem, vejamos. Vamos mais para lá, mais longe do tronco, mas sem sair de debaixo dos galhos – eles me seguiram enquanto me afastei alguns passos da árvore. Olhei para as velas. O que eu ia fazer? Talvez eu devesse... Quando o pensamento me veio, eu entendi. Sem parar para imaginar como nem por quê, e nem para questionar que conhecimento intuitivo era aquele que me veio de repente, eu simplesmente agi. – Vou dar uma vela a cada um de vocês. Então, como fazem os *vamps* no ritual da Lua Cheia de Neferet, vocês vão representar cada elemento. Eu serei o espírito – Erin me deu a vela votiva roxa –, sou o centro do círculo. Vocês ficam ao meu redor – sem hesitar, peguei a vela vermelha de Erin e dei a Shaunee. – Você será o fogo.

– Para mim está bom. Tipo, todo mundo sabe como sou quente – sorriu e foi quase dançando para a extremidade sul do círculo.

A vela verde foi a próxima. Virei-me para Stevie Rae – você é a terra.

– E verde é minha cor favorita! – ela disse, indo feliz da vida para o ponto em frente a Shaunee.

– Erin, você é a água.

– Ótimo. Antigamente eu gostava de nadar para relaxar e esfriar as ideias – Erin foi para a posição oeste.

– Então eu devo ser o ar – Damien disse, pegando a vela amarela.

– E é. Seu elemento abre o círculo.

– Tipo *eu* querendo abrir as mentes das pessoas – ele disse, passando à posição leste.

Eu sorri calorosamente para ele.

– É. Tipo isso.

– *O.k.* E agora? – Stevie Rae perguntou.

– Bem, vamos usar a fumaça do bastão de defumação para nos purificarmos – pus a vela roxa aos meus pés para me concentrar no bastão de defumação. Então revirei os olhos. – Ora, droga. Alguém se lembrou de trazer um isqueiro ou algo assim?

– Naturalmente – disse Damien, tirando um isqueiro do bolso.

– Obrigada, ar – agradeci.

– Não há de que, Grande Sacerdotisa – disse ele.

Eu não disse nada, mas quando ele me chamou assim senti um calafrio de excitação me percorrer o corpo inteiro.

– É assim que se usa o bastão de defumação – eu disse, contente por minha voz estar saindo mais calma do que eu me sentia. Fiquei parada em frente a Damien, decidida a dar início ao ritual onde o círculo começava. Percebendo que estava reproduzindo de maneira assustadora minha avó e as lições que ela me dera quando criança, comecei a explicar o processo aos meus amigos. – O ritual de defumação serve para tirar energias, espíritos ou influências negativas de uma pessoa ou local. O ritual de defumação requer a queima de plantas sagradas e especiais e resinas de ervas, para passar o objeto pela fumaça ou passar a fumaça ao redor da pessoa ou do local. O espírito da planta purifica o que está sendo defumado – sorri para Damien. – Pronto?

– Afirmativo – ele disse, bem à moda Damien.

Eu acendi o bastão de defumação e deixei o fogo queimar as ervas secas um pouquinho, depois as soprei de modo a restar apenas uma brasa levemente ardente. Então, a começar pelos pés de Damien, soprei fumaça pelo seu corpo acima enquanto continuava a explicar a antiga cerimônia.

– É realmente importante lembrar que estamos pedindo aos espíritos das plantas sagradas que estamos usando que nos ajudem, e devemos agora demonstrar-lhes o devido respeito ao reconhecer seus poderes.

– O que fazem a lavanda e a sálvia? – Stevie Rae perguntou do outro lado do círculo.

Enquanto baforava o corpo de Damien, respondi a Stevie Rae.

– A sálvia branca é usada em muitas cerimônias tradicionais. Ela afasta as energias, espíritos e influências negativas. Na verdade, a sálvia do deserto faz a mesma coisa, mas gosto mais da sálvia branca por ter cheiro mais doce – cheguei à cabeça de Damien e sorri para ele. – Boa escolha, Damien.

– Às vezes acho que sou médium – disse Damien.

Erin e Shaunee urraram, mas nós as ignoramos.

– *O.k.*, agora vire na direção horária e eu termino de defumar suas costas – ele se virou e continuei. – Minha avó sempre usa lavanda em todos os bastões de defumação. Tenho certeza que uma das razões é ela ter uma fazenda de lavandas.

– Legal! – disse Stevie Rae.

– É, o lugar é deslumbrante – sorri para ela por sobre o ombro, mas continuei defumando Damien. – Em parte minha avó também usa lavanda porque ela restaura o equilíbrio e cria uma atmosfera tranquila. Ela também atrai energia amorosa e espíritos positivos – dei num tapinha no ombro de Damien para ele dar meia-volta. – Você está pronto – então segui ao redor do círculo em direção a Shaunee, que estava representando o elemento fogo, e comecei a defumá-la.

– Espíritos positivos? – disse Stevie Rae, soando jovem e amedrontada – eu não sabia que estaríamos chamando ao círculo ninguém a não ser os elementos.

– Por favor. Só lhe peço por favor, Stevie Rae – disse Shaunee, franzindo o cenho em meio à fumaça – você não pode ser vampira e ter medo de fantasmas.

– Não. Nem combina – disse Erin.

Eu olhei para Stevie Rae do outro lado do círculo e nossos olhos se encontraram brevemente. Ambas estávamos pensando no meu encontro com o que devia ser o fantasma de Elizabeth, mas nenhuma de nós parecia disposta a tocar no assunto.

– Eu não sou vampira. Ainda. Sou só uma novata. Então não tem problema eu ter medo de fantasmas.

– Espere, Zoey não está falando dos espíritos *Cherokee*? Eles provavelmente não vão dar muita atenção a uma cerimônia feita por um bando de vampiros novatos cuja ligação com os nativos americanos está em proporção de 1 para 4, para nossa Grande Sacerdotisa – disse Damien.

Eu terminei de defumar Shaunee e passei para Erin.

– Não acho que faça tanta diferença o que somos por fora – eu disse, imediatamente sentindo a justeza do que dizia. – Acho que o que importa é o nosso intuito. É tipo assim: Aphrodite e seu grupo são algumas das garotas mais bonitas e talentosas desta escola, e as Filhas das Trevas deviam formar um clube incrível. Mas o que acontece é que as chamamos de malditas e elas são basicamente um bando de pirralhas abusadas e mimadas – será que Erik se encaixava em alguma dessas características? Será que ele realmente nem ligava para o grupo, como me dissera, ou estava mais envolvido do que demonstrava, como Aphrodite dera a entender?

– Ou de outros que foram forçados a entrar e agora estão posando de gaiatos – disse Erin.

– Exatamente – procurei afastar os pensamentos da minha mente. Aquilo não era hora de ficar sonhando acordada com Erik. Terminei de defumar Erin e continuei, parando em frente a Stevie Rae. – O que eu quero dizer é que acho que os espíritos de nossos ancestrais podem nos ouvir, assim como acho que os espíritos da sálvia e da lavanda estão trabalhando para nós. Mas acho que você não tem o que temer, Stevie Rae. Nossa intenção não é chamá-los para cá para que eles nos ajudem a dar um chute no traseiro de Aphrodite – fiz uma pausa na defumação e acrescentei: – apesar de a garota com certeza estar precisando de um. E acho que não haverá nenhum espírito assustador por aqui esta noite – eu disse com firmeza, então passei o bastão de defumação a Stevie Rae e disse: – Muito bem, agora você me defuma – ela começou a repetir meus gestos e relaxei ao sentir o aroma doce e familiar da fumaça que me rodeava.

– Não vamos pedir ajuda a eles para chutar a bunda dela? – Shaunee soou realmente decepcionada.

– Não. Vamos nos purificar para que possamos pedir orientação a Nyx. Não quero derrubar Aphrodite – lembrei-me de como me senti ao afastá-la de mim e mandá-la embora. – Bem, está certo, eu posso gostar, mas a verdade é que isso não resolve o problema das Filhas das Trevas.

Stevie Rae terminara de me defumar e eu peguei o bastão dela e apaguei cuidadosamente no chão. Então voltei para o centro do círculo, onde Nala estava aninhada, toda contente, como uma bola alaranjada, ao lado da vela do espírito. Olhei para meus amigos ao redor.

– É verdade que não gostamos de Aphrodite, mas acho que é importante não focar em coisas negativas como chutar o traseiro dela ou expulsá-la das Filhas das Trevas. Isso é o que ela faria no nosso lugar. O que queremos é o certo. É mais justiça que vingança. Somos diferentes dela, e se conseguirmos tomar o lugar dela nas Filhas das Trevas, aquele grupo também será diferente.

– Viu, por isso você será a Grande Sacerdotisa e Erin e eu seremos suas lindas aliadas. Porque nós somos fúteis e só queremos arrancar a cabeça daquela cretina – disse Shaunee, e Erin concordou.

– Só pensamentos positivos, por favor – Damien disse rispidamente – estamos em pleno ritual de purificação.

Antes que Shaunee pudesse fazer mais do que olhar feio para Damien, Stevie Rae trinou.

– Muito bem! Só estou pensando em coisas positivas, tipo como seria bom se Zoey fosse líder das Filhas das Trevas.

– Boa ideia, Stevie Rae – disse Damien – estou pensando o mesmo.

– Ei! Esse é meu pensamento feliz também – Erin disse. – Vamos de Peter Pan comigo, gêmea – disse ela a Shaunee, que parou de olhar feio para Damien e disse:

– Você sabe que estou sempre a fim de pensamentos felizes. E seria legal demais se Zoey fosse líder das Filhas das Trevas e a caminho de se transformar em Grande Sacerdotisa de verdade.

Grande Sacerdotisa de verdade... Pensei rapidamente se era bom ou mal sinal o fato de essas palavras terem me dado vontade de vomitar. De novo. Suspirando, acendi a vela roxa.

– Prontos? – perguntei aos quatro.

– Prontos! – eles disseram simultaneamente.

– Muito bem, peguem suas velas.

Sem hesitar (o que significa que eu também não estava me dando tempo para tomar coragem), levei a vela a Damien. Eu não tinha a experiência nem o brilho de Neferet, nem era sedutora e segura como Aphrodite. Eu era apenas eu mesma. Apenas Zoey – a estranha conhecida que passara de colegial quase normal a vampira novata bem incomum. Respirei fundo. Como diria minha avó, só posso tentar o meu melhor.

– O ar está por toda parte, de modo que faz sentido que seja o primeiro elemento a ser chamado para dentro do círculo. Ar, peço que me ouça e o invoco a este círculo – acendi a vela amarela de Damien com minha vela roxa e instantaneamente o fogo começou a flamejar loucamente. Observei Damien arregalar os olhos, parecendo assustado quando o vento subitamente bateu em nossos corpos como um minirredemoinho, soprando de leve em nossas peles.

– É verdade – ele sussurrou, olhando para mim –, você realmente consegue manifestar os elementos.

– Bem – eu murmurei em resposta, sentindo-me ligeiramente tonta –, um deles, ao menos. Vamos tentar o segundo.

Caminhei até Shaunee. Ela levantou a vela avidamente e me fez sorrir ao dizer:

– Pode mandar brasa: vamos lá!

– Fogo me lembra as noites frias de inverno e o calor e a segurança da fogueira que aquece a cabana de minha avó. Peço que me ouça, Fogo, e o invoco a este círculo – acendi a vela vermelha e a chama resplandeceu bem mais do que seria possível em uma vela votiva comum. O ar ao redor de Shaunee subitamente ganhou o aroma rico de madeira e o calor reconfortante de uma fogueira crepitante.

– Uau! – Shaunee exclamou, seus olhos escuros dançando com o reflexo da chama trêmula da vela. – Taí, que legal!

– Esse foi o elemento dois – ouvi Damien dizer.

Erin estava sorrindo quando eu parei em frente a ela.

– Estou pronta para a água – ela logo disse.

– A água é alívio em um dia quente de verão em Oklahoma. É o oceano impressionante que gostaria muito de ver um dia, e a chuva que faz crescer nossa lavanda. Eu peço que me ouça, Água, e a invoco a este círculo.

Acendi a vela azul e senti um frio instantâneo em minha pele, e senti também um cheiro limpo e salgado que só podia ser do oceano que jamais vira.

– Incrível. Muito, muito incrível – Erin disse, respirando fundo para sentir o cheiro do oceano.

– São três agora – Damien disse.

– Não estou mais com medo – Stevie Rae disse quando parei em frente a ela.

– Ótimo – eu disse. Então foquei minha mente no quarto elemento, terra. – A terra nos dá suporte e nos cerca. Nós não seríamos nada sem ela. Eu peço que me ouça, Terra, e a invoco a este círculo – então a vela verde foi facilmente acesa e subitamente Stevie Rae e eu ficamos tomadas pelo cheiro fresco de grama recém-aparada. Ouvi o farfalhar das folhas de carvalho, levantamos os olhos e vimos o grande carvalho literalmente curvando os galhos sobre nós como se nos protegesse de todo o mal.

– Totalmente impressionante – Stevie Rae murmurou.

– Quatro – Damien disse, a voz cheia de excitação.

Caminhei rapidamente para o centro do círculo e levantei a vela roxa.

– O último elemento é aquele que preenche a tudo e a todos. Ele nos torna únicos e sopra vida em todas as coisas. Peço que me ouça, Espírito, e o invoco a este círculo.

Incrivelmente, parecia que de repente eu estava cercada por todos os quatro elementos, que estava no meio de um redemoinho de ar e de fogo, de água e de terra. Mas não era assustador, não mesmo. Aquilo me encheu de paz e ao mesmo tempo senti um poder incandescente, e tive de apertar firmemente os lábios para não começar a rir de pura alegria.

– Olhem! Olhem para o círculo! – Damien gritou.

Pisquei os olhos para enxergar melhor e instantaneamente vi os elementos assentarem como se fossem gatinhos brincalhões sentados ao meu redor, esperando alegremente que eu os chamasse para entrarem em ação imediatamente e tudo mais. Eu estava sorrindo ao pensar na comparação quando vi a luz brilhante que envolvia a borda do círculo, juntando Damien, Shaunee, Erin e Stevie Rae. Ela era intensa e clara, e tinha o tom prateado da luz da lua cheia.

– E assim são cinco – Damien disse.

– Fala sério! – eu deixei escapar de modo bem pouco típico de uma Grande Sacerdotisa, e os quatro riram, enchendo a noite com sons de felicidade. E eu entendi, pela primeira vez, por quê Neferet e Aphrodite dançavam durante os rituais. Eu senti vontade de dançar, de rir e de gritar de felicidade. Da próxima vez, eu disse a mim mesma. Naquela noite havia trabalho mais sério a ser feito.

– Muito bem, vou dizer a prece de purificação – eu disse a meus quatro amigos –, e enquanto digo a prece, vou encarar cada um dos elementos, um de cada vez.

– O que você quer que a gente faça? – Stevie Rae perguntou.

– Concentrem-se na prece. Acreditem que os elementos vão levar nossa prece a Nyx e que a Deusa nos responderá ajudando-me a saber o que fazer – eu disse com muito mais certeza do que eu própria sentia.

Mais uma vez eu olhei para o leste. Damien sorriu, encorajando-me. E comecei a recitar a antiga prece de purificação que dissera tantas vezes com minha avó – só com algumas poucas mudanças que decidira antes.

Grande Deusa da Noite, cuja voz ouço no vento, que sopra em seus Filhos o sopro da vida. Escutai-me: preciso de vossa força e sabedoria.

Fiz uma breve pausa ao me virar para o sul.

Fazei com que eu caminhe na beleza e que meus olhos contemplem o pôr do sol vermelho e o roxo que vem antes da beleza de vossa noite. Fazei com que minhas mãos respeitem todas as coisas por vós criadas e que meus ouvidos se agucem para ouvir tua voz. Fazei-me sábia para que eu possa entender as coisas por vós ensinadas ao seu povo.

Virei-me para a direita outra vez e senti minha voz mais forte ao entrar no ritmo da prece.

Ajudai-me a manter a calma e a força em face de tudo que me vier pela frente. Fazei-me aprender as lições pos vós guardadas em cada folha e em cada pedra. Ajudai-me a procurar pensamentos puros e a agir com a intenção de ajudar os outros. Ajudai-me a ter empatia sem me deixar tomar pela compaixão.

Olhei para Stevie Rae, cujos olhos estavam espremidos como se ela estivesse em máxima concentração.

Eu busco força, não para ser maior que os outros, mas para lutar contra meu maior inimigo, que é a dúvida dentro de mim mesma.

Eu caminhei de volta ao centro do círculo e terminei a prece, e pela primeira vez na vida experimentei uma onda de sensações quando o poder dos mundos antigos saiu de mim em direção ao que eu esperava que fosse o coração e a alma da Deusa que me ouvia.

Deixai-me sempre pronta para vós com mãos limpas e olhos claros. Para que assim, quando a vida se for, como o sol se vai ao entardecer, meu espírito possa vos encontrar sem nada do que se envergonhar.

Tecnicamente, essa era a conclusão da prece *Cherokee* que minha avó me ensinara, mas eu senti necessidade de acrescentar:

E Nyx, não entendo porquê você me Marcou e porquê me deu o dom da afinidade com os elementos. Nem preciso saber. O que quero pedir é que me ajude a discernir a coisa certa a ser feita e que me dê coragem para fazê-la.

Então eu terminei a prece do jeito que me lembrei ter visto Neferet terminar seu ritual:

Abençoada seja!

24

– Esta foi a projeção de círculo mais prodigiosa que jamais vi! – disse Damien, emocionado, depois que o círculo fora fechado e nós estávamos recolhendo as velas e o bastão de defumação.

– Acho que "prodigioso" quer dizer "grande" – disse Shaunee.

– Também pode denotar algo maravilhoso e excitante e pode se referir a algo estupendo e fenomenal – acrescentou Damien.

– Dessa vez não vou discutir com você – disse Shaunee, surpreendendo a todos, menos a Erin.

– É, o círculo foi prodigioso – completou Erin.

Eu tentei entender o que estava sentindo enquanto os quatro conversavam alegremente ao mesmo tempo. Eu com certeza estava feliz, mas sobrecarregada e mais confusa do que o normal. Então era verdade, eu tinha mesmo algum tipo de afinidade com os cinco elementos.

Por quê?

Só para derrubar Aphrodite? (O que, aliás, eu ainda não fazia ideia de como faria). Não, acho que não. Por que Nyx iria me tocar com seu poder incomum só para que eu pudesse expulsar uma folgada mimada da liderança de um clube?

O.k., as Filhas das Trevas eram mais que um conselho estudantil ou sei lá o quê, mas mesmo assim.

– Zoey, você está bem?

A preocupação na voz de Damien me fez tirar os olhos de Nala e eu percebi que estava sentada no meio do que tinha sido o círculo, com minha gata no colo, totalmente absorta em meus pensamentos enquanto lhe coçava a cabeça.

– Ah, sim. Desculpe. Estou bem, só um pouco distraída.

– Precisamos voltar. Está ficando tarde – Stevie Rae disse.

– Certo, você tem razão – então me levantei, ainda segurando Nala. Mas eu não conseguia fazer meus pés os seguirem quando eles começaram a voltar aos dormitórios.

– Zoey?

Damien, o primeiro a notar minha hesitação, parou e me chamou, e depois meus outros amigos pararam, olhando para mim com expressões que variavam da preocupação à confusão.

– Ahn, por que vocês não vão na frente? Vou ficar aqui mais um pouquinho.

– Podemos ficar com você e... – Damien começou a dizer, mas Stevie Rae (abençoado seja seu coraçãozinho caipira) o interrompeu.

– Zoey precisa de tempo para pensar sozinha. Vocês não precisariam se tivessem acabado de descobrir que são os únicos novatos da história que têm afinidade com os cinco elementos?

– Acho que sim – Damien disse, relutante.

– Mas não se esqueça que vai clarear logo – disse Erin.

Eu dei um sorriso tranquilizador para eles.

– Não vou esquecer. Vou voltar logo ao dormitório.

– Vou fazer um sanduíche para você e tentar arrumar umas batatas fritas para você comer com seu refrigerante não dietético. É importante que a Grande Sacerdotisa coma depois do ritual – Stevie Rae disse com um sorriso e um aceno enquanto puxava os demais consigo.

Gritei "obrigada" para Stevie Rae enquanto eles desapareciam na escuridão. Então caminhei até a árvore e me sentei, recostando-me no grosso tronco. Fechei os olhos e acariciei Nala. O ronronar dela estava normal e familiar e incrivelmente tranquilizante, o que pareceu me ajudar a ter chão.

– Eu ainda sou eu – murmurei para minha gata – como vovó disse. Todo o resto pode mudar, mas o que é realmente Zoey, o que tem sido Zoey por dezesseis anos, continua sendo Zoey.

Talvez se eu repetisse isso várias e várias vezes para mim mesma, acabaria acreditando. Apoiei o rosto em uma das mãos e fiquei coçando minha gata com a outra, e disse a mim mesma que eu ainda era eu... ainda era eu... ainda era eu...

– Veja só como ela apoia o rosto em sua mão! Ah, se eu fosse uma luva nesse momento, poderia tocar aquele rosto!

Nala reclamou com seu "miiiaauu" quando eu quase pulei de susto.

– Parece que eu sempre te encontro debaixo dessa árvore – Erik disse, sorrindo para mim e parecendo um deus.

Ele me fez palpitar toda por dentro, mas naquela noite ele me fez sentir algo mais. Por que exatamente ele ficava me "achando"? E por quanto tempo exatamente ele ficou me observando desta vez?

– O que você está fazendo aqui, Erik?

– Oi, prazer em vê-la também. E sim, eu gostaria de me sentar, muito obrigado – ele disse e começou a se sentar ao meu lado.

Eu me levantei, fazendo Nala murmurar de novo.

– Na verdade, eu já estava voltando para o dormitório.

– Ei, eu não queria me intrometer nem nada. Só não consegui me concentrar em meu dever de casa e saí para dar uma caminhada. Acho que meus pés me trouxeram para este lado sem que eu os mandasse vir, porque depois disso só me lembro de estar aqui e de você estar também. Eu realmente não estou te seguindo. Juro.

Ele enfiou as mãos nos bolsos e pareceu totalmente constrangido. Bem, totalmente lindo e constrangido, e eu me lembrei de como quis dizer sim a ele hoje cedo quando ele me chamou para assistir filmes de *nerd* com ele. E agora aqui estava eu novamente rejeitando-o e deixando-o sem graça. Já era uma maravilha que o garoto falasse comigo.

Eu realmente estava levando essa história de Grande Sacerdotisa um pouco a sério demais.

– Então que tal caminhar comigo até o dormitório outra vez? – eu perguntei.

– Boa ideia.

Desta vez Nala reclamou quando eu tentei carregá-la. Então ela foi trotando atrás de nós enquanto Erik e eu chegamos à escadaria com a mesma facilidade da outra vez. Não nos dissemos nada por um tempo. Eu queria perguntar a ele sobre Aphrodite, ou pelo menos contar o que ela me dissera sobre ele, mas não consegui arrumar um jeito de dizer algo e me meter em um assunto que provavelmente não era da minha conta.

– Então o que você está fazendo aqui desta vez? – ele perguntou.

– Pensando – eu disse, o que tecnicamente não era mentira. Eu andei pensando. Muito. Antes, durante e depois de projetar o círculo que, convenientemente, eu deixaria de mencionar.

– Ah. Você está preocupada com aquele garoto, o Heath?

Na verdade eu não havia pensando em Heath nem em Kayla depois de minha conversa com Neferet, mas dei de ombros, pois não queria entrar em detalhes sobre o que andava pensando.

– Deve ser duro romper com alguém só porque você foi Marcada – disse ele.

– Eu não rompi com ele por estar Marcada. Ele e eu já havíamos praticamente terminado antes disso. A Marca só acabou de terminar – olhei para Erik e respirei fundo. – E você e Aphrodite?

Ele pareceu surpreso.

– Como assim?

– Hoje ela veio me dizer que você nunca será "ex" dela e que será sempre dela.

Ele apertou os olhos e pareceu bem irritado.

– Aphrodite tem sérios problemas em dizer a verdade.

– Bem, isso não é da minha conta, mas...

– É da sua conta sim – ele logo disse. E depois, para meu choque total e completo, ele pegou minha mão. – Ao menos eu gostaria que fosse da sua conta.

– Ah – eu disse –, ora, bem, tá certo – mais uma vez tive certeza que o estava deixando impressionado com minha capacidade de comunicação.

– Então você não estava só me evitando esta noite, você realmente estava precisando pensar? – ele perguntou lentamente.

– Eu não estava evitando você. É só que... – hesitei, sem saber direito como explicar algo que eu sabia muito bem que não devia explicar a ele. – Tem muita coisa acontecendo comigo no momento. Toda essa história de Transformação me deixa bem confusa às vezes.

– Depois melhora – ele disse, apertando minha mão.

– Por alguma razão, no meu caso, eu duvido – murmurei.

Ele riu e tocou minha Marca com o dedo.

– Você só está à frente do resto de nós. No começo é duro, mas, pode acreditar em mim, vai ficar mais fácil; até para você.

Suspirei.

– Espero que sim – mas tinha minhas dúvidas.

Nós paramos em frente à porta do dormitório e ele se virou para mim com uma voz subitamente grave e séria. – Z., não acredite nas merdas que Aphrodite diz. Ela e eu não temos nada há meses.

– Mas tinham – eu disse.

Ele confirmou e seu rosto pareceu tenso.

– Ela não é uma pessoa muito legal, Erik.

– Eu sei disso.

E então eu me dei conta do que realmente andava me incomodando e resolvi, ah, bem, que se dane, eu ia dizer e pronto.

– Não gosto do fato de você se prestar a ficar com alguém tão mesquinha. Fico me sentindo estranha de querer ficar com você – ele abriu a boca para dizer algo e eu continuei falando, sem querer ouvir desculpas nas quais eu não tinha certeza de acreditar. – Obrigada por me acompanhar até em casa. Gostei de você ter me encontrado outra vez.

– Eu também gostei de te encontrar – ele disse – gostaria de revê-la, Z., e não só por acaso.

Eu hesitei. E imaginei por quê estava hesitando. Eu queria revê-lo. Eu precisava esquecer Aphrodite. Sério, ela é linda mesmo e ele é homem. Provavelmente ele caiu em sua teia horrorosa (e sensual) antes que se desse conta do que estava acontecendo. Tipo, ela meio que me lembra uma aranha. Eu devia ficar feliz por ela não ter arrancado a cabeça do cara, dando-lhe ainda uma chance.

– *O.k.*, que tal assistirmos àqueles *DVD*'s de *nerd* no sábado? – eu disse antes que acabasse cometendo a loucura de dispensar o cara mais lindo da escola.

– Combinado – ele disse.

Obviamente me dando tempo para me afastar se eu quisesse, Erik lentamente se abaixou e me beijou. Seus lábios eram quentes e ele tinha um cheiro muito bom. O beijo foi suave, ótimo. Acabou cedo demais, mas ele não se afastou de mim. Estávamos perto e eu me dei conta que estava com as mãos no peito dele. As dele estavam pousadas de leve em meus ombros. Eu sorri para ele.

– Que bom que você me convidou outra vez – eu disse.

– Que bom que você finalmente aceitou – disse ele.

Então ele me beijou de novo, só que desta vez sem hesitação. Foi um beijo mais intenso, e eu envolvi seus ombros com meus braços. Eu o senti, mais do que ouvi, gemer enquanto me dava um beijo longo e forte, e foi como se ele ligasse um interruptor dentro de mim, e eu senti um doce, quente e elétrico desejo. Era uma coisa louca e impressionante, além do que já havia sentido em qualquer outro beijo. Eu adorava o jeito com que meu corpo se encaixava ao de Erik, e apertei meu corpo contra o dele, esquecendo de Aphrodite e do círculo que eu acabara de projetar e do resto do mundo. Desta vez quando interrompemos o beijo estávamos ambos arfando e nos encaramos. À medida que eu retomava o bom senso, percebi que estava totalmente agarrada a ele e que estava lá, em frente ao dormitório, dando a maior bandeira. Comecei a me desvencilhar dos braços dele.

– O que foi? Por que de repente você parece ter ficado diferente? – ele disse, apertando os braços ao meu redor.

– Erik, não sou como Aphrodite – fiz força para me desvencilhar e ele me soltou.

– Eu sei que não é. Se fosse, eu não gostaria de você.

– Não estou falando só de personalidade. Estou dizendo que ficar dando bandeira com você aqui fora não é um comportamento normal para mim.

– Tudo bem – ele esticou o braço em direção a mim como se quisesse me puxar de volta para seus braços, mas deixou a mão cair ao lado do corpo. – Zoey, você me faz sentir algo bem diferente de tudo que já senti antes.

Senti meu rosto esquentar e não sabia se era de raiva ou de vergonha.

– Não seja condescendente comigo, Erik. Eu vi você no corredor com Aphrodite. Está na cara que você já sentiu esse tipo de coisa antes, e mais ainda.

Ele balançou a cabeça e eu vi a mágoa em seus olhos.

– O que Aphrodite me fazia sentir era só físico. O que você me faz sentir tem a ver com tocar meu coração. Eu conheço a diferença, Zoey, e pensei que você conhecesse também.

Olhei para ele, para aqueles lindos olhos azuis que pareceram me tocar desde a primeira vez que ele olhou para mim.

– Desculpe – eu disse baixinho –, foi maldade minha. Eu conheço a diferença.

– Prometa que você não vai deixar Aphrodite se intrometer entre nós dois.

– Prometo – aquilo me dava medo, mas fui sincera.

– Ótimo.

Nala surgiu do escuro e começou a se enroscar em minhas pernas e a reclamar.

– Acho melhor entrar e colocá-la para dormir.

– Tudo bem – ele sorriu e me deu um beijinho rápido – até sábado, então, Z.

Meus lábios ficaram latejando até eu chegar no quarto.

25

O dia seguinte começou de um jeito tão normal que mais tarde acabei considerando suspeito. Stevie Rae e eu tomamos café da manhã, ainda fofocando baixinho sobre como Erik era lindo e tentando imaginar o que eu deveria usar no encontro de sábado. Nós nem vimos Aphrodite e nem o trio de malditas Belicosa, Terrível e Vespa. A aula de sociologia *vamp* estava tão interessante – passamos das amazonas para aprender sobre um antigo festival grego de vampiros chamado *Correia* – que parei de pensar no ritual das Filhas das Trevas programado para a noite, e por um tempinho eu parei de me preocupar com o que faria com Aphrodite. A aula de teatro foi boa também. Resolvi fazer um dos solilóquios de Kate em *A Megera Domada* (adoro essa peça desde que vi o antigo filme com Elizabeth Taylor e Richard Burton). Então eu estava saindo da sala quando Neferet esbarrou comigo no corredor e me perguntou em que parte eu estava do livro mais avançado de sociologia *vamp*. Tive que dizer a ela que ainda não havia lido muito (tradução: não havia lido nada) ainda, e estava totalmente distraída por sua decepção quando entrei correndo na aula de inglês. Tinha acabado de ocupar meu lugar entre Damien e Stevie Rae quando o inferno começou e tudo que parecia vagamente normal naquele dia chegou ao fim.

Penthesilea estava lendo "Você vai e eu espero um pouco", capítulo quatro de *A Night to Remember*. O livro é muito bom mesmo, e estávamos todos ouvindo, como de costume, quando aquele idiota do Elliott começou a tossir. Nossa, que garoto total e completamente irritante.

Lá pelo meio do capítulo aquela tosse detestável começou a emitir um cheiro. Um cheiro doce e delicioso, e fugaz. Inalei fundo automaticamente, ainda tentando me concentrar no livro.

A tosse de Elliott piorou e eu e o resto da turma nos voltamos para olhar feio para ele. Tipo, dá um tempo. Será que ele não podia arrumar uma pastilha para a garganta, ou beber água ou sei lá?

Então eu vi o sangue.

Elliott não estava em sua típica posição largada e sonolenta. Ele estava sentado com as costas retas, olhando para a mão, que estava coberta de sangue fresco. Enquanto eu olhava para ele, ele tossiu outra vez, fazendo um som nojento e molhado que me lembrou o dia em que fui Marcada. Só que quando Elliott tossia, saía um sangue vermelho e brilhante de sua boca.

– O que...? – ele gorgolhou.

– Chame Neferet! – Penthesilea ordenou enquanto abriu uma das gavetas de sua mesa, tirou uma toalha muito bem dobrada e correu até a carteira de Elliott.

Observei em completo silêncio enquanto Penthesilea chegou com a toalha bem na hora que Elliott tossira novamente. Ele enfiou a toalha no rosto enquanto tossia, cuspia e engasgava. Quando ele finalmente levantou o rosto, lágrimas de sangue corriam pelo seu rosto pálido e redondo, e o sangue escorria de seu nariz como se fosse uma torneira aberta. Quando ele virou a cabeça para olhar para Penthesilea, pude ver que havia um fluxo vermelho saindo de sua orelha também.

– Não! – Elliott disse com mais emoção do que jamais o vi demonstrar. – Não! Eu não quero morrer!

– *Shhh* – Penthesilea tentou acalmá-lo, enquanto afastava seus cabelos alaranjados do rosto suado. – Sua dor vai passar logo.

– Mas... mas, não, eu... – ele começou a argumentar de novo, com uma vozinha chorosa que parecia mais dele mesmo, então foi interrompido por outro ataque de tosse. Ele engasgou de novo, desta vez vomitando sangue na toalha já ensopada.

Neferet entrou na sala com dois vampiros altos e de aparência poderosa logo atrás. Eles carregavam uma maca e um cobertor; Neferet trazia apenas um frasco de líquido cor de leite. Menos de dois segundos depois, *Dragon* Lankford entrou na sala.

– Este é o mentor dele – Stevie Rae murmurou com voz quase inaudível. Eu fiz que sim com a cabeça, lembrando de quando Penthesilea esculhambou com Elliott, dizendo que ele era uma decepção para *Dragon*.

Neferet passou para *Dragon* o frasco que tinha na mão. Então parou atrás de Elliott. Ela pôs as mãos nos ombros dele. Instantaneamente ele desengasgou e parou de tossir.

– Beba isto rapidamente, Elliott – *Dragon* disse a ele. Quando ele começou a fazer que não mexendo a cabeça sem energia, *Dragon* acrescentou gentilmente – vai fazer sua dor parar.

– Você... você vai ficar comigo? – Elliott perguntou, arfante.

– É claro – *Dragon* disse. – Não vou deixá-lo sozinho nem por um segundo.

– Vai ligar para minha mãe? – Elliott sussurrou.

– Vou.

Elliott fechou os olhos por um segundo e então levou o frasco aos lábios com mãos trêmulas e bebeu. Neferet balançou a cabeça positivamente para os dois homens e eles pegaram o garoto e o deitaram na maca como se ele fosse um boneco e não um garoto moribundo. Com *Dragon* ao seu lado, ela se voltou para a turma do terceiro ano, que estava chocada.

– Eu poderia dizer que Elliott vai melhorar, que ele vai se recuperar, mas isto seria mentira – sua voz estava serena, mas cheia de força de comando. – A verdade é que o corpo dele rejeitou a Transformação. Dentro de minutos ele vai morrer em caráter permanente e não vai amadurecer para se transformar em vampiro. Eu poderia dizer para vocês não se preocuparem, que não vai acontecer com vocês. Mas isso também pode ser mentira. Em geral, um em cada dez de vocês não completará a Transformação. Alguns novatos morrem logo ao chegar e entrar no terceiro ano, caso de Elliott. Alguns de vocês serão mais fortes e durarão até completar o sexto ano, mas adoecerão e morrerão subitamente. Eu digo isso a vocês não para que vivam com medo. Eu digo por duas razões. Primeira, eu quero que vocês saibam que, na qualidade de Grande Sacerdotisa, não mentirei para vocês, mas vou, sim, lhes ajudar a passar para o próximo mundo se a hora chegar. Segunda, quero que vocês vivam conscientes de que podem morrer amanhã, porque isso pode acontecer. Então, quem de fato morrer poderá descansar o espírito em paz, sabendo ter deixado uma lembrança honrada. E quem não morrer terá dado a partida em uma vida longa e cheia de integridade – ela olhou bem nos meus olhos ao terminar, dizendo: – Peço que a benção de Nyx lhes conforte hoje e que vocês lembrem que a morte é parte natural da vida, mesmo na vida de um vampiro. Algum dia todos nós retornaremos ao seio da Deusa – ela fechou a porta ao sair, fazendo um som que pareceu ecoar o fim.

Penthesilea trabalhou rápida e eficientemente. Limpou os respingos de sangue da carteira de Elliott de modo bem objetivo. Depois de não restar mais nenhum traço da morte do garoto, ela voltou para frente da sala e nos fez dedicar um minuto de silêncio a Elliott. Então ela pegou o livro e recomeçou a ler de onde havia parado. Eu tentei ouvir. Tentei bloquear a visão de Elliott sangrando pelos olhos e orelhas, nariz e boca. E também tentei não pensar no fato de como me pareceu delicioso, sem dúvida alguma, o sangue de Elliott jorrando de seu corpo moribundo.

Sei que as coisas costumam continuar normais depois que morre um novato, mas pelo jeito era estranho dois jovens morrerem em um período tão curto, e todo mundo ficou pitorescamente quieto pelo resto do dia. O almoço foi silencioso e deprimente, e eu reparei que a maioria das pessoas mexeu na comida, mas não comeu de fato. As gêmeas nem discutiram com Damien, o que seria uma boa se eu não soubesse a razão sinistra por detrás da trégua. Quando Stevie Rae deu uma desculpa esfarrapada qualquer para sair do *almoço* mais cedo, eu aproveitei para dizer que ia também.

Caminhamos pela calçada na escuridão espessa de mais uma noite nublada. Naquela noite, as lâmpadas de gás não pareciam acolhedoras e calorosas. Pareciam frias e pouco luminosas.

– Ninguém gostava de Elliott, e por alguma razão acho que isso piora tudo – Stevie Rae disse. – É estranho, mas foi mais fácil com Elizabeth. Ao menos podíamos sinceramente lamentar sua falta.

– Sei o que você está dizendo. Estou chateada, mas sei que estou chateada mesmo por ver que isso pode acontecer conosco e não conseguir tirar isso da cabeça, não estou chateada porque o garoto morreu – eu senti um calafrio. – Será que dói?

– Eles dão algo para a pessoa... aquele troço branco que Elliott bebeu. Aquilo faz parar de doer, mas a pessoa fica consciente até morrer. E Neferet sempre ajuda com a morte em si.

– Assustador, não é? – eu disse.

– É.

Não dissemos mais nada por um tempo. Então a lua apareceu por entre as nuvens, tingindo as folhas da árvore com um tom de prata sinistro, e me lembrei subitamente de Aphrodite e seu ritual.

– Alguma possibilidade de Aphrodite cancelar o ritual de *Samhain* hoje?

– De jeito nenhum. Os rituais das Filhas das Trevas jamais são cancelados.

– Bem, que inferno – eu disse. Então dei uma olhada em direção a Stevie Rae. – Ele era a geladeira delas.

Ela me olhou apavorada. – Elliott?

– É, foi muito nojento, e ele parecia drogado e esquisito. Ele deve ter começado a rejeitar a Transformação desde então – houve um silêncio desconfortável e então eu acrescentei: – Não quis lhe dizer nada antes, principalmente depois que você me contou sobre... bem... você sabe. Tem certeza que Aphrodite não vai cancelar hoje? Tipo, se não bastasse Elizabeth, agora Elliott.

– Não interessa. As Filhas das Trevas não se importam com as pessoas que usam como geladeira. Simplesmente vão arrumar outra pessoa – ela hesitou. – Zoey, andei pensando. Talvez você não devesse ir hoje. Ouvi o que Aphrodite lhe disse ontem. Ela vai fazer de tudo para que ninguém lhe aceite. Ela vai ser muito, muito mesquinha.

– Vou ficar bem, Stevie Rae.

– Não, estou com mau pressentimento. Você ainda não tem um plano, não é?

– Bem, não. Ainda estou na fase de reconhecimento do campo inimigo – eu disse, tentando levantar o astral da conversa.

– Faça isso depois. Hoje o dia foi terrível demais. Todo mundo está mal. Acho que você devia esperar.

– Não posso simplesmente parar agora, principalmente depois do que Aphrodite me disse ontem. Ela vai pensar que pode me intimidar.

Stevie Rae respirou fundo.

– Bem, então acho que você precisa me levar com você – comecei a balançar a cabeça, mas ela continuou falando. – Você é uma das Filhas das Trevas agora. Tecnicamente, você pode convidar pessoas para os rituais. Então me convide. Eu vou e fico de guarda.

Pensei em quando bebi sangue e gostei tanto que ficou óbvio, até para Belicosa e Terrível. E tentei, sem conseguir, deixar de pensar no cheiro do sangue de Heath, de Erik e até de Elliott. Stevie Rae um dia descobriria como o sangue me afetava, mas não seria aquela noite. Na verdade, se dependesse de mim, não seria tão cedo. Não queria arriscar perdê-la, ou às gêmeas e Damien, e tinha medo que isso acontecesse. Sim, eles sabiam que eu era "especial" e me aceitavam porque minha singularidade para eles queria dizer Grande Sacerdotisa, e isso era bom. Minha sede de sangue não era tão boa. Será que eles aceitariam com a mesma facilidade?

– De jeito nenhum, Stevie Rae.

– Mas, Zoey, você não deve ir àquele antro de malditas sozinha.

– Não estarei sozinha. Erik estará lá.

– É, mas ele já foi namorado de Aphrodite. Quem sabe se ele vai mesmo enfrentá-la se ela tiver uma crise de ódio contra você?

– Meu bem, eu sei me defender.

– Eu sei, mas... – ela parou de falar e me olhou de modo estranho. – Z., você está vibrando?

– Ahn? Eu estou o quê? – e então ouvi também, e comecei a rir. – É o meu celular. Enfiei na bolsa depois de recarregar ontem à noite – tirei da bolsa, olhando as horas no visor – passa da meia-noite, que diabo... – ao abrir o fone fiquei chocada ao ver que havia quinze mensagens de texto novas e cinco chamadas não atendidas. – Nossa, alguém ligou direto e eu nem percebi – dei uma olhada nas mensagens de texto primeiro, e senti um aperto no estômago ao ler.

Zo me liga
Ainda t amo
Zo me liga pfavor
Preciso t ver
Vc & eu
Me liga? Qro falar c/vc
Vc me liga

Eu não precisava ler mais nenhuma mensagem. Eram basicamente a mesma coisa.

– Ah, droga. São todas de Heath.

– Seu ex?

Dei um suspiro.

– O que ele quer?

– Pelo jeito, eu – relutante, disquei o código para ouvir meus recados e a voz linda e drogadinha de Heath me chocou de tão alta e animada que soou.

"Zo! Me liga. Tipo, sei que tá tarde, mas... espera. Não é tarde pra você, mas é tarde pra mim. Mas tudo bem porque não tô nem aí. Só quero que você me ligue. *O.k.*, então, tchau. Me liga."

Eu resmunguei e deletei. A próxima soou ainda mais maníaca.

"Zoey! *O.k.*, você tem que me ligar. Mesmo. E não fique com raiva. Ei, eu nem gosto da Kayla. Ela é feia. Ainda te amo, Zo, e só você. Então me liga. Na hora que quiser. Eu acordo."

– Cara... – Stevie Rae disse ao ouvir sem dificuldade o desabafo de Heath. – O garoto está obcecado. Não foi à toa que você deu o fora nele.

– É – murmurei, deletando rapidamente o segundo recado. O terceiro era bem parecido com os outros dois, só que mais desesperado. Eu baixei o volume e fiquei batendo com o pé impacientemente enquanto passava pelos cinco recados de voz sem ouvir, só prestando atenção para ver quando estava pronto para deletar e passar ao próximo. – Vou falar com Neferet – eu disse, mais para mim mesma do que para Stevie Rae.

– Para quê? Você precisa bloqueá-lo para que pare de ligar?

– Não. Sim. Algo do tipo. Só preciso falar com ela sobre, bem, sobre o que devo fazer – desviei o olhar dos olhos curiosos de Stevie Rae. – Tipo, ele já apareceu aqui uma vez. Não quero que apareça de novo e cause problemas.

– Ah, é, isso é verdade. Seria muito ruim ele dar de cara com Erik.

– Seria terrível. Muito bem, vou correr para tentar achar Neferet antes das cinco horas. Te vejo depois da escola.

Não esperei Stevie Rae se despedir e saí correndo na direção do quarto de Neferet. Será que o dia podia ficar ainda pior? Elliott morre e eu sinto atração pelo seu sangue. Tenho de ir esta noite ao ritual de *Samhain* com um bando de gente que me odeia disposta a demonstrar isto, e provavelmente *Carimbei* meu ex-quase-namorado.

É. Hoje o dia estava uma boa droga.

26

Se os grunhidos e sibilos de Skylar não tivessem me chamado a atenção, eu jamais teria visto Aphrodite caída em um cantinho no fundo do corredor, próximo à entrada do quarto de Neferet.

– O que foi, Skylar? – eu levantei a mão cuidadosamente, lembrando do que Neferet dissera sobre seu gato ser famoso por morder. Eu também estava sinceramente contente por Nala não estar me seguindo já fazia um tempinho, pois Skylar provavelmente engoliria minha pobre gatinha de almoço. – Cuti-cuti – o grande gato macho ficou me observando (provavelmente considerando se me dava uma bela mordida ou não). Então ele se decidiu, baixou o pelo que estava todo arrepiado e veio trotando até mim. Esfregou-se em minhas pernas, deu mais um bom sibilo em direção ao canto e saiu, desaparecendo pelo corredor em direção ao quarto de Neferet.

– Que diabo ele tem? – eu olhei com hesitação para o canto, imaginando o que faria um gato malvado como Skylar se arrepiar e sibilar, e senti uma onda de choque. Ela estava sentada no chão, era difícil vê-la na sombra debaixo da base onde havia uma linda estátua de Nyx. Ela estava com a cabeça jogada para trás, e seus olhos estavam revirados de modo que só se via a parte branca. Ela me deixou apavorada. Fiquei imóvel, já esperando a qualquer minuto ver sangue lhe escorrendo pelo rosto. Então ela gemeu e murmurou algo que eu não consegui entender, enquanto seus olhos se reviravam por detrás das pálpebras fechadas, como se estivesse assistindo uma cena. Eu me dei conta do que devia estar acontecendo. Aphrodite estava tendo uma visão. Ela devia ter sentido a visão chegando e foi se esconder no canto para que ninguém a descobrisse e ela pudesse guardar para sua própria pessoa abjeta as informações sobre morte e destruição que poderiam ser evitadas. Maldita.

Bem, eu não a deixaria continuar com aquilo. Eu me abaixei e a segurei por debaixo dos braços, levantando-a. (Vou dizer uma coisa, ela é bem mais pesada do que parece.)

– Vamos – eu grunhi, meio que carregando-a enquanto ela seguia às cegas comigo. – Vamos dar um pulinho lá embaixo e ver que tipo de tragédia você quer esconder.

Felizmente, o quarto de Neferet não estava longe. Nós entramos cambaleando e Neferet pulou de trás de sua mesa e correu até nós.

– Zoey! Aphrodite! O que foi? – mas assim que ela deu uma boa olhada em Aphrodite, seu susto tranformou-se em compreensão. – Ajude-me a trazê-la até a minha poltrona. Ela vai ficar mais confortável.

Levamos Aphrodite até a grande poltrona de couro de Neferet, na qual deixamos ela afundar. Então Neferet agachou-se ao lado dela e pegou sua mão.

– Aphrodite, com a voz da Deusa eu rogo que diga à sua Sacerdotisa o que está vendo – a voz de Neferet era suave, mas convincente, e deu para sentir o poder em seu comando.

As pálpebras de Aphrodite começaram a tremer e ela respirou fundo, arfando. Então ela abriu os olhos de repente. Seus olhos estavam arregalados e vidrados.

– Tanto sangue! Tem muito sangue saindo do corpo dele!

– De quem, Aphrodite? Concentre-se. Focalize e clareie sua visão – Neferet ordenou.

Aphrodite respirou arfando mais uma vez.

– Estão mortos! Não. Não. Não pode ser! Não é certo. Não. Não é natural! Eu não entendo... eu não... – ela piscou os olhos de novo e sua visão pareceu clarear. Ela olhou ao redor do quarto. Como se não reconhecesse nada. Os olhos dela me tocaram. – Você... – ela disse, fraca. – Você sabe.

– É – eu disse, achando que com certeza sabia que ela estava tentando esconder sua visão, mas só disse. – Encontrei você no corredor e... – Neferet levantou a mão, sinalizando para que eu parasse.

– Não, ela não terminou. Ela não deveria estar voltando tão rápido. A visão ainda está muito abstrata – Neferet me disse rapidamente e então baixou a voz novamente e voltou ao tom firme de comando. – Aphrodite, volte. Veja o que você deve testemunhar e o que você deve mudar.

Ahá! Agora eu te peguei. Não tive como deixar de ser um pouco convencida. Afinal, ela havia tentando me arranhar os olhos ontem mesmo.

– O morto... – estava ficando cada vez mais difícil entender, e Aphrodite murmurou: – túneis... eles matam... alguém lá... eu não... não posso... – ela estava frenética, e eu quase senti pena dela. Estava claro que o que ela estava vendo a deixava histérica. Então os olhos errantes dela encontram Neferet e eu vi que ela a reconheceu e comecei a relaxar. E assim que eu pensei isso, os olhos de Aphrodite, que pareciam colados aos de Neferet, se arregalaram incrivelmente. Um olhar de puro terror dominou sua expressão e ela gritou.

Neferet levou as mãos aos ombros trêmulos de Aphrodite.

– Acorde! – ela olhou de relance para mim e disse: – Vá embora agora, Zoey. Ela está com a visão confusa. A morte de Elliott a deixou perturbada. Preciso ter certeza se ela é *ela* mesma.

Nem precisava dizer duas vezes. Esqueci da obsessão de Heath, dei o fora de lá e fui para a aula de espanhol.

Eu não conseguia me concentrar na escola. Ficava revendo aquela cena esquisita com Neferet e Aphrodite repetidamente em minha cabeça. Ela sem dúvida tivera uma visão de alguém morrendo, mas pela reação de Neferet, ela não se comportara como em uma visão normal (se é que havia algo assim). Stevie Rae havia dito que as visões de Aphrodite eram tão claras que ela podia direcionar as pessoas ao aeroporto certo e até ao avião específico que ela vira se acidentar. Mas hoje, de repente, nada mais parecia estar claro. Bem, nada além de me ver e dizer coisas estranhas, e depois gritar feito doida com Neferet. Não fazia o menor sentido. Eu estava quase ansiosa para ver como ela agiria aquela noite. Quase.

Pus de lado as escovas de Persephone e peguei Nala, que estava empoleirada em um dos recipientes com ração para cavalo, dando seus "*miaus*" esquisitos para mim e comecei a voltar lentamente ao dormitório. Desta vez Aphrodite não veio discutir comigo, mas quando dei a volta perto do carvalho encontrei Stevie Rae, Damien e as gêmeas conversando agitadamente – todos se calaram de repente ao me verem, e então olharam para mim com culpa nos olhos.

– O que foi? – eu disse.

– Estávamos mesmo esperando por você – comentou Stevie Rae. Seu atrevimento costumeiro desaparecera.

– O que há de errado com você? – perguntei.

– Ela está preocupada com você – disse Shaunee.

– Nós estamos preocupadas com você – completou Erin.

– Qual o problema com seu ex? – Damien perguntou.

– Ele está perturbando, só isso. Se não perturbasse, não seria meu ex – tentei falar demonstrando indiferença, sem olhar longamente nos olhos de nenhum dos quatro. (Nunca fui muito boa em mentir.)

– Nós achamos que eu devo ir com você esta noite – disse Stevie Rae.

– Na verdade, achamos que nós devemos ir com você – Damien corrigiu.

Eu olhei feio para eles. De jeito nenhum eu ia querer os quatro me vendo beber o sangue de algum infeliz que elas iam misturar ao vinho.

– Não.

– Zoey, o dia foi muito ruim. Todo mundo está estressado. Além do que, Aphrodite está querendo te pegar. Faz sentido que nós fiquemos juntos esta noite – disse Damien, cheio de lógica.

É, era lógico, mas eles não sabiam da história toda. Eu não queria que eles soubessem de toda a história. Ainda não. A verdade era que eu me importava muito com eles. Eles fizeram com que eu me sentisse aceita – me fizeram sentir adaptada ao local. Eu não queria correr o risco de perder aquilo justamente agora, que era tudo tão novo e assustador. Então eu fiz o que havia aprendido a fazer bem demais em casa quando estava com medo e aborrecida e não sabia mais o que fazer – fiquei irritada e na defensiva.

– Vocês dizem que eu tenho poderes que um dia farão de mim sua Grande Sacerdotisa? – Todos confirmaram, balançando a cabeça entusiasticamente e sorrindo para mim, o que me deu um aperto no coração. Eu trinquei os dentes e forcei minha voz a soar bem fria. – Então vocês precisam me escutar quando eu disser não. Eu não quero vocês lá esta noite. Isto é algo com que eu devo lidar. Sozinha. E não quero mais falar sobre este assunto.

E fui embora pisando forte.

Naturalmente, em meia hora eu estava arrependida de ter sido tão ríspida. Fiquei andando para lá e para cá debaixo do carvalho que havia virado meu santuário, irritando Nala e torcendo para que Stevie Rae aparecesse para eu poder me desculpar. Meus amigos não sabiam por que eu não os queria lá. Eles estavam apenas querendo me proteger. Talvez... talvez eles entendessem a história do sangue. Erik parecia entender. Tudo bem, claro, ele estava no quinto ano, mas mesmo assim. Esperava-se que todos nós passássemos por isso – ou que morrêssemos. Eu me animei um pouquinho e acariciei a cabeça de Nala.

– Quando a alternativa é a morte, beber sangue não parece tão ruim assim. Certo?

Ela ronronou, então entendi como se fosse um sim. Conferi as horas no meu relógio. Droga. Tinha de voltar ao dormitório, trocar de roupa e ir ao encontro das Filhas das Trevas. Sem a menor vontade, voltei pelo muro. A noite estava nublada de novo, mas eu não me importava com a escuridão. Na verdade, eu estava começando a gostar da noite. Eu devia mesmo. Aquele seria meu elemento durante um longo, longo tempo. Como se pudesse ler meus pensamentos mórbidos, Nala soltou um "miauuu" irritado para mim enquanto trotava ao meu lado.

– É, eu sei. Eu não devia ser tão negativa. Vou dar um jeito nisso logo depois que eu...

O rosnado grave de Nala me surpreendeu. Ela havia parado. Estava com as costas arqueadas e pelos arrepiados, fazendo-a parecer uma bola de pelos ainda maior, mas seus olhos apertados não estavam de brincadeira, tampouco o sibilo feroz que serpenteou de sua boca.

– Nala, o que...

Eu senti um calafrio na espinha antes mesmo de me virar e olhar na direção para onde minha gata estava olhando. Mais tarde eu nem entendi por que não gritei. Lembro que abri a boca para respirar, mas em silêncio absoluto. Parecia que eu tinha ficado paralisada, mas era impossível. Nem se eu tivesse me tornado paralítica teria ficado tão absolutamente petrificada.

Elliott estava parado a menos de três metros de mim na escuridão que sombreava o espaço perto do muro. Ele devia estar seguindo na mesma direção que eu e Nala. Então ele ouviu Nala e virou parcialmente em nossa direção. Ela sibilou de novo para ele, que terminou de virar com um movimento assustadoramente rápido para nos encarar por completo.

Juro que eu não conseguia respirar. Ele era um fantasma; tinha de ser, mas ele parecia tão sólido, tão real. Se eu não tivesse visto seu corpo rejeitar a Transformação, acharia que ele estava apenas especialmente pálido e... e... esquisito. Ele estava anormalmente branco, mas não era só isso que havia de errado com ele. Seus olhos haviam mudado. Eles refletiam o pouco de luz que havia por lá e cintilavam em um tom de vermelho enferrujado, como sangue seco.

Exatamente o mesmo brilho que tinham os olhos de Elizabeth.

Havia algo mais de errado com ele. Seu corpo parecia estranho – mais magro. Como era possível? O cheiro então me veio. Velho e seco e deslocado, como um armário que ficara fechado por anos em um porão horripilante. Era o mesmo cheiro que eu havia sentido pouco antes de ver Elizabeth.

Nala rosnou e Elliott se abaixou, agachando-se parcialmente, e sibilou de volta para ela. Então ele mostrou os dentes e eu vi que ele tinha presas! Ele deu um passo em direção a Nala como se fosse atacá-la. Eu não pensei, apenas reagi.

– Deixe-a em paz e caia fora daqui! – fiquei impressionada por soar como se não estivesse fazendo nada mais emocionante do que gritar com um cachorro malvado, porque eu estava com certeza quase me borrando de medo.

Ele virou a cabeça em minha direção e o brilho de seus olhos me tocou pela primeira vez. Errado! A voz intuitiva dentro de mim que se tornara familiar estava berrando. Isto é uma abominação!

– Você... – a voz dele era horrível. Era rascante e gutural, como se algo tivesse lhe prejudicado a garganta. – Vou pegar você! – e começou a vir em minha direção.

O medo mais puro me engolfou como um vento amargo.

O gemido bélico de Nala rasgou a noite quando ela se jogou sobre o fantasma de Elliott. Observei, totalmente chocada, esperando que a gata caísse tentando agarrar o ar. Mas ela caiu sobre a coxa dele, com as garras de fora, arranhando e uivando como um animal três vezes maior. Ele berrou, agarrou-a pela nuca e jogou-a longe. Então, com rapidez e força impossíveis, ele literalmente pulou para cima do muro e desapareceu na noite que inundava a escola.

Eu tremia tanto que tropecei.

– Nala! – solucei. – Onde você está, menina?

Ela veio caminhando até mim eriçada e rosnando, mas seus olhos apertados ainda estavam concentrados no muro. Eu me agachei perto dela e, com mãos trêmulas, conferi se ela estava inteira. Ela parecia estar bem, então eu a peguei e comecei a correr o mais rápido possível para longe do muro.

– Está tudo bem. Estamos bem. Ele já foi. Que menina valente que você foi – continuei conversando com ela. Ela ficou empoleirada em meu ombro, parcialmente virada para olhar para trás de nós, e continuou rosnando.

Quando alcancei a primeira lâmpada de gás, não muito longe do centro de recreações, parei e troquei Nala de posição para ver melhor se ela estava realmente bem. O que vi me revirou o estômago de tal maneira que achei que fosse vomitar. Ela tinha sangue nas patas. Só que não era sangue de Nala. E não tinha o cheiro delicioso de outros sangues. Tinha, sim, o cheiro seco e embolorado de porão velho. Esforcei-me para não ficar deprimida ao limpar as patinhas dela na grama de inverno. Então peguei-a novamente e corri pela calçada que levava ao dormitório. Nala não parou de olhar para trás e rosnar.

Stevie Rae, as gêmeas e Damien estavam todos visivelmente fora do dormitório. Não estavam assistindo televisão, não estavam na sala de computadores, nem na biblioteca, e não estavam na cozinha, tampouco. Subi a escada rapidamente na esperança desesperada de ao menos encontrar Stevie Rae no quarto. Que nada.

Sentei-me na cama, acariciando Nala, que ainda estava perturbada. Será que eu devia tentar encontrar meus amigos? Ou será que devia ficar ali mesmo? Stevie Rae acabaria voltando ao nosso quarto. Olhei para seu relógio giratório de Elvis Presley. E tinha cerca de dez minutos para me trocar e ir para o centro de recreações. Mas como eu poderia ir ao ritual depois do que havia acabado de acontecer?

O que havia acabado de acontecer?

Um fantasma tentara me atacar. Não. Isso não estava certo. Como fantasmas podiam sangrar? Mas teria sido sangue? Não senti cheiro de sangue. Não fazia ideia do que estava se passando.

Eu devia ir correndo procurar Neferet e contar o que acontecera. Eu devia me levantar imediatamente e ir com minha gata apavorada até Neferet e contar-lhe sobre Elizabeth na noite anterior, e agora Elliott esta noite. Eu devia... eu devia...

Não. Desta vez, não era um grito dentro de mim. Era a força da certeza. Eu não podia contar a Neferet, ao menos não neste momento.

– Eu tenho de ir ao ritual – disse em voz alta as palavras que ecoavam em minha mente. – Eu tenho que ir a este ritual.

Enquanto vestia o vestido preto e procurava minhas sapatilhas de balé no armário, fui me sentindo bem mais calma. Por ali as coisas não seguiam as mesmas regras do meu velho mundo – minha vida de antes – e estava na hora de eu aceitar isso e começar a me acostumar.

Eu tinha afinidade pelos cinco elementos, o que significava que eu tinha sido agraciada pela Deusa com poderes incríveis. Como me lembrara minha avó, grande poder vem com grande responsabilidade. Talvez eu estivesse tendo permissão para ver coisas – como fantasmas que não tinham cheiro nem agiam como se esperava de um fantasma – por alguma razão. Na verdade, eu não sabia muita coisa, a não ser duas que estavam claras em minha mente: eu não podia contar a Neferet, e tinha de ir ao ritual.

Corri até o centro de recreações e tentei ao menos pensar positivo. Quem sabe Aphrodite não aparecesse hoje, ou estivesse lá, mas esquecesse de me perseguir.

No final das contas, como era de se esperar com a minha sorte, não foi nem uma coisa, nem outra.

27

– Belo vestido, Zoey. Igualzinho ao meu. Ah, espere aí! Ele era meu – Aphrodite deu uma risada gutural, tipo "eu sou crescida e você não passa de uma criança". Odeio quando uma garota faz isso. Tipo, sim, ela é mais velha, mas eu tenho peitos também.

Eu sorri, propositalmente usando uma voz bem de quem não entendeu nada, e comecei a dizer a maior mentirada do mundo, com a qual acho que me saí muito bem considerando que minto mal, tinha acabado de ser atacada por um fantasma e todo mundo estava olhando para nós e nos ouvindo.

– Oi, Aphrodite. Nossa, eu estava lendo o capítulo no livro de sociologia 415 que Neferet me deu que fala sobre como é importante que a líder das Filhas das Trevas faça todos os novos membros se sentirem bem-vindos e aceitos – então me aproximei um pouquinho dela e falei em um tom só para ela me escutar. – E devo dizer que você agora está com melhor aparência do que a última vez que a vi – eu a vi empalidecer e tive certeza de ver o medo adejar em seus olhos. Surpreendentemente, isso não me fez sentir vitoriosa nem convencida. Só me fez sentir mesquinha, fútil e cansada. Eu suspirei. – Desculpe. Eu não devia ter dito isso.

A expressão em seu rosto ficou mais dura.

– Ferre-se, sua anormal – ela sibilou. Então riu como se tivesse dito uma grande piada (à minha custa), deu as costas para mim e, jogando os cabelos em um gesto cheio de ódio, caminhou para o meio do salão do centro de recreações.

Tudo bem, eu não estava mais me sentindo mal. Ela levantou um de seus braços magros e todo mundo que estava olhando com cara de bobo para mim voltou a atenção (felizmente) para ela. Naquela noite ela estava com um vestido estilo antigo de seda vermelha que se encaixava nela como se tivesse sido pintado. Eu gostaria de saber exatamente onde ela conseguia aquelas roupas. Na butique das prostitutas góticas?

– Uma novata morreu ontem, e outro morreu hoje.

A voz dela estava forte e clara, e soou quase compassiva, o que me surpreendeu. Por um segundo ela realmente me lembrou Neferet, e eu imaginei se ela diria algo muito profundo e típico de líderes.

– Todos nós os conhecíamos. Elizabeth era legal e tranquila. Elliott foi nossa geladeira em vários dos últimos rituais – ela sorriu de repente, um sorriso bestial e malvado, e qualquer semelhança que pudesse haver com Neferet se encerrou ali. – Mas eles eram fracos, e vampiros não precisam de fraqueza em seu *coven* – ela sacudiu os ombros cobertos de tecido escarlate. – Se nós fossemos humanos, chamaríamos isso de sobrevivência do mais forte. Graças à Deusa não somos humanos, então vamos chamar apenas de Destino, e nos alegrarmos por ele não ter descartado ninguém daqui.

Fiquei totalmente enojada de ouvir os sons de concordância generalizada. Eu não conhecera Elizabeth de verdade, mas ela foi legal comigo. Tudo bem, reconheço que não gostava de Elliott; ninguém gostava. O garoto era irritante e nada atraente (e seu fantasma, ou sei lá o quê, parecia continuar com as mesmas características), mas não estava feliz por ele ter morrido. Se um dia eu for líder das Filhas das Trevas, não vou zombar da morte de um novato, por mais insignificante que seja. Fiz a promessa para mim mesma, mas também tive consciência de emanar a promessa como uma prece. Torci para Nyx me ouvir, e esperava que ela aprovasse.

– Mas chega de morte e tristeza – Aphrodite dizia. – É *Samhain*! A noite em que celebramos o fim da estação da colheita e, mais ainda, hora de lembrarmos de nossos ancestrais – todos os grandes vampiros que viveram e morreram antes de nós – o tom da voz dela era sinistro, como se ela estivesse embarcando demais no próprio desempenho, e revirei os olhos enquanto ela continuou. – É a noite em que o véu entre a vida e a morte torna-se mais fino e delicado que nunca e quando os espíritos têm mais probabilidade de caminhar sobre a terra – ela fez uma pausa e olhou para a plateia, tomando o cuidado de me ignorar (como fizeram os demais). Tive um momento para pensar no que ela havia acabado de falar. Será que o que acontecera com Elliott podia ter algo a ver com o fato de ele ter morrido em pleno *Samhain*? Eu não tive tempo de pensar mais nesse assunto, pois Aphrodite levantou a voz e gritou: – então o que vamos fazer?

– Sair! – as Filhas e Filhos das Trevas gritaram em resposta.

A risada de Aphrodite foi sensual demais para ser apropriada, e juro que ela tocou em si mesma. Lá, na frente de todo mundo. Nossa, ela era desagradável.

– Isso mesmo. Eu escolhi um lugar impressionante para nós esta noite, e temos até uma nova geladeirazinha esperando por nós com as meninas.

Eca. As "meninas" seriam Belicosa, Terrível e Vespa? Eu dei uma olhada rápida ao redor do recinto. Não as vi em parte alguma. Ótimo. Dava para imaginar o que aquelas três e Aphrodite consideram "impressionante". E nem sequer queria pensar no infeliz que, por alguma razão, se deixara convencer a ser a nova geladeira do grupo.

E, sim, eu pretendia negar totalmente o fato de minha boca salivar quando Aphrodite mencionou que havia uma geladeira esperando por nós, o que significava que eu ia beber sangue de novo.

– Então vamos sair daqui. E lembrem-se, fiquem em silêncio. Focalizem suas mentes em ficarem invisíveis, assim nenhum humano que possa estar acordado nos verá – então ela olhou diretamente para mim.

– E que Nyx tenha piedade de quem quer que revele nosso segredo, porque nós não teremos piedade nenhuma – ela sorriu delicadamente de volta para o grupo. – Sigam-me, Filhas e Filhos das Trevas!

Em pares silenciosos e grupos pequenos, todos seguiram Aphrodite pela porta dos fundos do centro de recreações. Naturalmente, me ignoraram. Quase deixei de seguí-los. Realmente não queria. Tipo, eu já havia tido uma noite suficientemente excitante. Eu devia voltar ao dormitório e pedir desculpas a Stevie Rae. Então poderíamos encontrar as gêmeas e Damien e eu poderia lhes contar sobre Elliott (parei para considerar se meu instinto me dizia algo contra eu contar aos meus amigos, mas meu instinto ficou em silêncio). *O.k.*, então, eu podia contar a eles. Isso parecia melhor ideia do que seguir a idiota da Aphrodite e um grupo que me detestava. Mas a minha intuição, que ficara quieta quando eu pensei em conversar com meus amigos, subitamente se manifestara outra vez. Eu tinha de ir ao ritual. Dei um suspiro.

– Vamos lá, Z. Você não vai querer perder o espetáculo, vai?

Erik estava parado na porta dos fundos, parecendo o *Super-Homem* sorrindo para mim com seus olhos azuis.

Ora, que inferno.

– Está brincando? Garotas detestáveis, totalmente isolacionistas com a possibilidade de constrangimento e sangria. Como não amar tudo isso? Não posso perder nem um minuto – Erik e eu seguimos juntos o grupo porta afora.

Todo mundo caminhava em silêncio em direção ao muro atrás do centro de recreações, que estava perto demais de onde eu vira Elizabeth e Elliott para eu conseguir ficar à vontade. E depois o pessoal começou a desaparecer estranhamente parede adentro.

– Mas que p...? – eu murmurei.

– É só um truque. Você vai ver.

E vi. Na verdade era só um alçapão. Do tipo que a gente vê naqueles filmes antigos de assassinato, só que ao invés de uma porta falsa na biblioteca ou atrás da lareira (como em um dos filmes do Indiana Jones

– sim, eu sou uma *nerd*), este alçapão era uma parte menor do muro da escola que, fora isso, parecia sólido. Parte do alçapão girou, deixando aberto um espaço que dava só para passar uma pessoa (ou novato ou *vamp* ou talvez um fantasma bizarramente sólido, ou dois). Erik e eu fomos os últimos. Ouvi um ruído suave e olhei para trás a tempo de ver o muro se fechando facilmente.

– Está ligado a um teclado numérico automático, como uma porta de carro – Erik sussurrou.

– Ahn. Quem sabe disso?

– Qualquer um que tenha sido uma Filha ou Filho da Noite.

– Ahn. Eu suspeitei que isso representasse a maioria dos *vamps* adultos. Olhei ao redor. Não vi ninguém nos observando, nem nos seguindo.

Erik reparou no meu olhar.

– Eles não ligam. É uma tradição da escola sairmos para alguns rituais. Contanto que não façamos nenhuma grande besteira, eles fingem que não sabem que estamos indo – ele deu de ombros. – Acho que funciona assim.

– Contanto que não façamos nenhuma grande besteira – eu disse.

– *Shhh*! – Alguém sibilou em frente a nós. Eu calei a boca e resolvi me concentrar no que estava acontecendo.

Era mais ou menos quatro e meia da manhã. Ahn, ninguém estava acordado. Grande surpresa. Era esquisito estar caminhando por esta parte tão legal de Tulsa – um bairro cheio de mansões construídas com o dinheiro do velho petróleo – sem ninguém reparar em nós. Era como se fôssemos sombras... ou fantasmas... O pensamento me fez sentir um calafrio sinistro. A lua que antes estava obscurecida por nuvens agora brilhava, branca e prateada, em um céu inesperadamente limpo. Juro que até mesmo antes de ser Marcada eu poderia ler com uma luz assim. Estava frio, mas isso não me incomodava como teria incomodado uma semana atrás. Tentei não pensar no que isso significava em relação à Transformação que acontecia dentro do meu corpo.

Atravessamos a rua, depois entramos sem fazer o menor ruído entre dois terrenos. Ouvi água corrente antes de ver a pequena ponte. O luar iluminava o córrego como se alguém tivesse jogado mercúrio sobre ele. Senti-me capturada pela beleza e automaticamente diminuí o passo, procurando lembrar que a noite era meu novo dia. Eu esperava jamais me acostumar à sua sombria majestade.

– Vamos, Z. – Erik murmurou do outro lado da ponte.

Olhei para ele. Vi sua silhueta contra uma incrível mansão que se estendia pela encosta acima com seu vasto gramado projetado, lago, mirante, chafarizes e cachoeiras (estava na cara que este pessoal tinha dinheiro demais) e ele me fez lembrar um daqueles heróis românticos históricos, tipo... tipo... Bem, os dois únicos heróis que eu podia citar eram *Super-Homem* e *Zorro* e nenhum deles era realmente histórico. Mas ele parecia bem cavalheiresco e romântico. E então entendi exatamente que mansão impressionante estávamos invadindo, e corri pela ponte até ele.

– Erik – eu murmurei freneticamente – isto aqui é o Museu *Philbrook*! Vamos entrar em sérios apuros se nos pegarem por aqui.

– Eles não vão nos pegar.

Eu tive de me esforçar muito para acompanhar o passo dele. Ele estava andando rápido, muito mais ansioso que eu para alcançar o grupo fantasmagoricamente silencioso.

– Muito bem, isso aí não é só a casa de um ricaço. Isto é um museu. Tem guardas tomando conta vinte e quatro horas por dia.

– Aphrodite os terá dopado.

– O quê?

– *Shhh*. Não vai machucá-los. Eles vão ficar grogues por um tempo e depois voltar para casa e não vão se lembrar de coisa nenhuma. Nada demais.

Eu não respondi, mas realmente não gostava de ele achar tão "normal" dopar os guardas. Simplesmente não parecia correto, apesar de eu entender a necessidade. Estávamos invadindo. Não queríamos que nos pegassem. Então os guardas precisavam ser dopados. Entendi. Só não gostava, e isso parecia mais uma coisa que precisava mudar em relação às Filhas das Trevas e suas atitudes mais que sagradas. Elas me lembravam cada vez mais o Povo de Fé, o que não era uma comparação nada elogiosa. Aphrodite não era Deus (nem Deusa, aliás), a despeito de como designasse a si mesma.

Erik parou de caminhar, e então nós apertamos o passo para nos juntarmos ao grupo, que havia formado um círculo informal ao redor do mirante situado na base do leve declive que levava ao museu. Ficava perto do lago de peixes ornamentais que terminava logo antes de começarem as varandas que levavam ao museu. Era um lugar incrivelmente lindo. Já havia estado ali antes, duas ou três vezes em excursões escolares e uma vez, durante a aula de artes, fiquei até inspirada para desenhar os jardins, apesar de eu não saber desenhar nada. Agora a noite transformara o museu de um lugar de jardins lindos e bem cuidados e chafarizes de mármore em um lugar mágico, de contos de fada, todo banhado pela luz do luar e sombreado por camadas de tons de cinza e prata, e o azul da meia-noite.

O mirante em si era impressionante. Ficava no topo de enormes escadas em caracol, como se fosse um trono, de modo que é preciso subir nele. Era feito de colunas brancas entalhadas e a cúpula se acendia de baixo para cima, de modo que parecia algo encontrado na Grécia antiga e depois restaurado à sua glória original e iluminado para brilhar à noite.

Aphrodite escalou os degraus para assumir seu lugar ao centro do mirante, o que imediatamente sugou parte da mágica e da beleza do lugar. Naturalmente, Belicosa, Terrível e Vespa também estavam lá. Outra garota estava com elas, mas eu não a reconheci. Claro que eu já devia tê-la visto zilhões de vezes, mas não me lembrava – era mais uma loura tipo Barbie (apesar de seu nome provavelmente ser algo com significado tipo Malvada ou Odiosa). Elas instalaram uma mesinha no meio do mirante e a cobriram com um pano preto. Pude ver que havia um monte de velas sobre ela, além de outras coisas, como uma taça e uma faca. Algum garoto infeliz também estava ali, com a cabeça caída sobre a mesa, completamente grogue. Ele estava de capuz e o corpo também estava coberto. A imagem se parecia bastante com Elliott na noite em que ele fora a geladeira.

Ter o sangue extraído para os rituais de Aphrodite devia custar muito ao garoto, e imaginei se isso teria alguma coisa a ver com a morte de Elliott. Bloqueei em minha mente o fato de já estar de água na boca ao pensar no sangue sendo misturado ao vinho na taça. Estranho como algo podia me enojar e ao mesmo tempo me dar água na boca.

– Vou projetar o círculo e chamar os espíritos de nossos ancestrais para que dancem nele conosco – disse Aphrodite. Ela falou com suavidade, mas sua voz moveu-se ao nosso redor como se fosse uma bruma venenosa. Era assombroso pensar em fantasmas sendo atraídos para o círculo de Aphrodite, especialmente após minhas experiências recentes com fantasmas, mas tenho de reconhecer que estava quase tão intrigada quanto com medo. Talvez eu tivesse tanta certeza de ter de estar lá por querer exatamente pegar alguma pista sobre Elizabeth e Elliott. Além do quê, estava claro que este ritual era algo que as Filhas das Trevas já vinham fazendo há algum tempo. Não podia ser tão pavoroso ou perigoso assim. Aphrodite se fazia de grande e tranquila, mas eu sentia que era fingimento. No fundo ela era o que todos os abusados agressivos são: insegura e imatura. Além disso, gente como ela tende a evitar qualquer um que seja mais forte, então era lógico que, se Aphrodite ia invocar espíritos para um círculo, eles tinham de ser inofensivos, talvez até legais. Aphrodite certamente não encararia um bicho-papão monstruoso e mau. Nem nada bizarro de verdade, como aquilo em que Elliott se transformara.

Eu comecei a relaxar naquilo que já estava se transformando em um conhecido cantarolar de poder enquanto as quatro Filhas das Trevas pegavam velas que correspondiam aos elementos que representavam e então se dirigiam para a área apropriada do mini-círculo no mirante. Aphrodite invocou o vento, e meus cabelos se levantaram gentilmente em uma brisa que só eu senti. Fechei os olhos, adorando a eletricidade que latejava através de minha pele. Na verdade, a despeito de Aphrodite e daquelas Filhas das Trevas metidas, eu já estava gostando do começo do ritual. E Erik estava ao meu lado, o que me ajudou a não ligar para o fato de ninguém mais ali falar comigo.

Eu relaxei mais com a súbita certeza de que o futuro não seria tão ruim assim. Eu me entenderia com meus amigos, descobriríamos que diabo estava acontecendo com aqueles fantasmas esquisitos e no final talvez eu ficasse com um namorado muito gostoso. Daria tudo certo. Cada elemento me penetrou fazendo um chiado e eu me perguntei como Erik podia estar tão perto de mim e não perceber. Eu até olhei para ele de canto de olho, meio que esperando que ele estivesse olhando para mim enquanto os elementos brincavam sobre minha pele, mas ele, como todos, estava olhando para Aphrodite. (O que na verdade era irritante – não era para ele estar olhando de canto de olho para mim também?) Então Aphrodite começou o ritual de invocação dos espíritos ancestrais, e nem eu consegui mais deixar de prestar atenção nela. Ela parou em frente à mesa segurando uma longa trança de grama seca sobre a chama da vela roxa do espírito, que se acendeu rapidamente. Ela deixou queimar um pouquinho e soprou. Ela o agitou delicadamente ao redor de si enquanto começava a falar, preenchendo a área com brumas de fumaça. Eu inalei, reconhecendo o cheiro de erva-doce americana, uma das ervas cerimoniais mais sagradas por atrair energia espiritual. Vovó usava muito em suas preces. Então franzi a testa e senti uma ponta de preocupação. A erva-doce americana só devia ser usada depois da sálvia ter sido queimada para limpar e purificar a área; do contrário, poderia atrair qualquer energia – e "qualquer" nem sempre significava boa coisa. Mas era tarde demais para dizer qualquer coisa, mesmo se eu pudesse ter interrompido a cerimônia. Ela já havia começado a invocar os espíritos e sua voz adquirira um tom cantado sinistro que foi de alguma maneira intensificado pela fumaça espessa que se enroscava ao seu redor.

– Nesta noite de *Samhain*, ouçam meu chamado ancestral, espíritos de todos os nossos ancestrais. Nesta noite de *Samhain*, que minha voz seja transportada por esta fumaça ao Outro Mundo, onde espíritos luminosos brincam na memória da fumaça da erva-doce americana. Nesta noite de *Samhain* eu não invoco os espíritos de nossos ancestrais humanos. Não, que eles durmam; não preciso deles em vida nem em morte. Nesta noite de *Samhain* eu invoco os ancestrais mágicos, os ancestrais místicos, aqueles que já foram um dia mais que humanos, e que, em morte, são ainda mais fortes.

Totalmente em transe, observei, como os demais, a fumaça se enroscar e se transformar e começar a tomar formas. Primeiro achei que estivesse vendo coisas e tentei piscar os olhos para clarear a visão, mas logo me dei conta de que o que estava vendo não tinha nada a ver com visão turva. Havia pessoas se formando na fumaça. Eram indistintas, mais como contornos de corpos, que corpos em si, mas à medida que Aphrodite continuou a agitar a erva-doce americana, eles foram ficando mais substanciais e então subitamente o círculo estava tomado por figuras espectrais de olhos escuros e cavernosos com bocas abertas.

Eles não lembravam Elizabeth ou Elliott em nada. Na verdade, eles pareciam bem como eu imaginava que fossem os fantasmas: esfumaçados, transparentes e sinistros. Inalei o ar. Não, com certeza não estava sentindo o cheiro nojento de porão velho.

Aphrodite baixou a trança de grama ainda ardente e levantou a taça. Mesmo de onde eu estava assistindo, parecia que ela estava peculiarmente pálida, como se tivesse adquirido algo da característica dos fantasmas. Seu vestido vermelho estava quase dolorosamente luminoso dentro do círculo de fumaça cinza e névoa.

– Eu vos saúdo, espíritos ancestrais, e peço que aceitem nossa oferta de vinho e sangue para que se lembrem do gosto da vida – ela levantou a taça e as formas fumegantes se eriçaram e soltaram ruídos de evidente excitação. – Eu vos saúdo, espíritos ancestrais, e de dentro da proteção de meu círculo eu...

– Zo! Eu sabia que encontraria você se procurasse bastante!

A voz de Heath cortou a noite e interrompeu as palavras de Aphrodite.

– Heath! Que diabo você está fazendo aqui?

– Bem, você não me ligou – ignorando os demais, ele me abraçou. Não precisei do forte luar para ver seus olhos injetados. – Senti sua falta, Zo! – disse ele, emanando seu bafo de cerveja sobre mim.

– Heath. Você tem que ir embora...

– Não. Deixe-o ficar – Aphrodite me interrompeu.

Heath olhou para ela e imaginei como ela pareceria aos seus olhos. Ela ficou parada no círculo de luz causado pelas lâmpadas do mirante brilhando através da fumaça de erva-doce americana, iluminando-a como se ela estivesse debaixo d'água. O vestido vermelho dela estava colado ao corpo. Seus cabelos louros eram grossos e caíam pesadamente pelas costas. Seus lábios estavam ligeiramente levantados em um sorriso malvado, que tenho certeza que Heath interpretaria errado, achando-a legal. Na verdade ele não devia nem estar reparando nos fantasmas de fumaça que pararam de se revolver ao redor da taça e agora voltaram seus olhos vazios para ele. Ele também não devia ter reparado que a voz de Aphrodite tinha um som estranho e vazio e que ela o observava com olhos vidrados. Inferno, conhecendo Heath como eu conhecia, tinha certeza que ele só estava reparando nos peitões dela.

– Legal, uma gata vampira – disse Heath, provando que eu estava totalmente certa.

– Tire-o daqui – a voz de Erik estava tensa de preocupação.

Heath tirou os olhos dos peitos de Aphrodite e olhou para Erik.

– Quem é você?

Ah, droga. Eu reconheci aquele tom. Era o tom que Heath usava quando estava começando a ter um ataque de ciúmes. (Outra razão pela qual ele era meu ex).

– Heath, você precisa sair daqui – eu disse.

– Não – ele se aproximou de mim e pôs o braço ao redor dos meus ombros em um gesto possessivo, mas não olhou para mim. Ficou olhando para Erik. – Eu vim ver minha namorada e vou ver minha namorada.

Eu ignorei o fato de sentir o pulso de Heath no meu ombro, onde ele estava apoiando o braço. Ao invés de fazer algo nojento e perturbador como morder seu pulso, tirei o braço dele de meu ombro e o puxei para olhar para mim ao invés de Erik.

– Eu não sou sua namorada!

– Ah, Zo, você está dizendo isso da boca para fora.

Eu rangi os dentes. Deus, ele era tapado. (Mais uma razão pela qual era meu ex.)

– Você é retardado? – perguntou Erik.

– Escute aqui, seu merda chupador de sangue, eu... – Heath começou a dizer, mas a voz de Aphrodite, que ecoava estranhamente, o distraiu.

– Suba aqui, humano.

Como se nossos olhos fossem ímãs atraídos pela bizarrice dela, Heath, Erik e eu (e o resto das Filhas e Filhos das Trevas, inclusive) levantamos os olhos para vê-la. O corpo dela parecia esquisito. Será que estava pulsando? Como poderia? Ela jogou os cabelos para trás e passou uma das mãos no corpo como se fosse uma *stripper* vulgar, abarcando os seios e descendo para esfregar a região entre as pernas. Com a outra mão ela chamava Heath, movimentando apenas o dedo indicador.

– Venha, humano. Quero provar você.

Isso era ruim; isso era errado. Algo terrível ia acontecer se Heath subisse lá e entrasse naquele círculo.

Totalmente hipnotizado por ela, Heath foi se aproximando sem nenhuma hesitação (e nem bom senso). Eu agarrei um de seus braços e fiquei feliz ao ver Erik agarrar o outro.

– Pare, Heath! Quero que você vá embora. Agora. Aqui não é seu lugar.

Fazendo esforço, Heath tirou os olhos de Aphrodite. Ele puxou o braço que Erik estava segurando e quase rosnou para ele. Depois virou-se para mim.

– Você está me traindo!

– Será que você não ouve? Eu não posso estar te traindo. Nós não estamos juntos! Agora dê o fora...

– Se ele não atende nossos chamados, então iremos pegá-lo.

Virei a cabeça e vi Aphrodite em convulsão enquanto pequenos filetes cinzentos serpenteavam a partir do seu corpo. Ela arfou de um jeito que foi meio suspiro e meio grito. Os espíritos, inclusive aqueles que a estavam evidentemente possuindo, correram para a borda do círculo, pressionando-o na tentativa de se livrarem e pegar Heath.

– Detenha-os, Aphrodite. Se você não fizer isso, eles vão matá-lo! – Damien gritou ao surgir de trás de uma cerca viva ornamental que emoldurava o lago.

– Damien, o que... – eu comecei a dizer, mas ele balançou a cabeça.

– Não há tempo para explicar – ele me disse rapidamente antes de voltar a atenção para Aphrodite. – Você sabe o que eles são – ele gritou para ela – você tem que contê-los no círculo, senão ele morre.

Aphrodite estava tão pálida que ela mesma parecia ter virado um fantasma. Ela se afastou das formas de fumaça que ainda forçavam para ultrapassar a fronteira invisível e ficou comprimida contra uma das bordas da mesa.

– Eu não vou detê-los. Se eles o querem, que o tenham. Antes ele do que eu, ou qualquer um de nós – disse Aphrodite.

– É, não queremos nada com este tipo de merda! – Terrível disse, e soltou a vela, que emitiu faíscas e se apagou. Sem mais nenhuma palavra, ela saiu correndo do círculo e desceu as escadas do mirante. As outras três garotas que supostamente personificavam os elementos a seguiram, desaparecendo rapidamente na noite e deixando suas velas caídas e apagadas.

Horrorizada, observei uma das formas de fumaça começar a derreter pelo círculo. A fumaça de seu corpo espectral começou a escorrer pela escada, lembrando-me uma cobra se aproximando de nós. Senti as Filhas e Filhos das Trevas se agitarem, confusos, e olharem para mim. Estavam recuando nervosamente, com expressão de medo nos rostos.

– Depende de você, Zoey.

– Stevie Rae!

Ela estava no meio do círculo, trêmula. Havia tirado o capuz que a cobria e vi as ataduras brancas em seus pulsos.

– Eu disse que precisávamos ficar juntas – ela deu um sorriso fraco para mim.

– É melhor correr – gritou Shaunee.

– Estes fantasmas estão deixando seu ex apavorado – disse Erin.

Olhei para trás e vi as gêmeas paradas ao lado de Heath, que estava pálido e boquiaberto, e senti uma onda de pura felicidade. Elas não haviam me abandonado! Eu não estava sozinha!

– Vamos acabar com isto – eu disse. – Segure-o aqui – pedi a Erik, que me olhava com evidente perplexidade.

Sem precisar olhar para trás para ter certeza que meus amigos estavam me seguindo, subi correndo a escada que dava para o mirante repleto de fantasmas. Quando cheguei à borda do círculo, hesitei por um segundo. Os espíritos estavam se dissolvendo lentamente através da borda, totalmente voltados para Heath. Respirei fundo e adentrei a barreira invisível, sentindo um calafrio horroroso enquanto os mortos roçavam inquietos em minha pele.

– Você não tem direito de estar aqui. Este é o meu círculo – disse Aphrodite, recompondo-se o suficiente para fazer cara de raiva para mim e bloquear minha passagem para a mesa e para a vela do espírito, que era a única que permanecia acesa.

– Era o seu círculo. Agora cale a boca e caia fora – eu disse.

Aphrodite apertou os olhos para mim.

Ah, droga. Eu não estava mesmo com tempo para aquilo.

– Cabeça de bagre, você tem de fazer o que Zoey está mandando. Faz dois anos que sou louca para acabar com você – gritou Shaunee, subindo para ficar ao meu lado.

– Eu também, sua filha da mãe – completou Erin, pulando para o outro lado.

Antes que as gêmeas pudessem atacá-la, o grito de Heath cortou a noite. Eu me virei. A névoa estava subindo pelas pernas de Heath, deixando rasgos longos e finos que começaram a pinçar sangue imediatamente. Em pânico, ele estava chutando e gritando. Erik não havia fugido, mas também estava batendo na névoa, apesar de que, sempre que acertava, a névoa lhe rasgava a roupa e cortava a pele.

– Rápido! Tomem seus lugares – eu gritei antes que o aroma sedutor de sangue me tirasse a concentração.

Meus amigos correram para pegar as velas abandonadas. Pegaram-nas apressadamente e esperaram em suas posições.

Eu dei a volta em Aphrodite, que estava olhando para Heath e Erik com a mão na boca, como que tentando segurar os gritos. Eu peguei a vela roxa e corri até Damien.

– Vento! Eu o invoco a este círculo – gritei, tocando a vela roxa com a amarela. Tive vontade de chorar de alívio quando surgiu subitamente aquela brisa familiar ao redor do meu corpo e levantando meus cabelos loucamente.

Protegendo a vela roxa com minha mão, corri até Shaunee. – Fogo! Eu o invoco a este círculo! – o calor flamejou com o vento rodopiante quando acendi a vela vermelha. Não parei, continuei seguindo no sentido do relógio ao redor do círculo. – Água! Eu a invoco a este círculo! – lá estava o mar, salgado e doce ao mesmo tempo. – Terra! Eu a invoco a este círculo! – encostei o fogo à vela de Stevie Rae, tentando não hesitar ao ver as ataduras em seus pulsos. Ela estava pálida demais, mas sorriu quando o ar se encheu do cheiro de feno fresco.

Heath gritou outra vez e eu corri para o centro do círculo e levantei a vela roxa.

– Espírito! Eu o invoco a este círculo! – a energia me chamuscou. Olhei ao redor do círculo e, com certeza, vi a faixa de poder formando a circunferência. Fechei os olhos por um instante. Ah, obrigada, Nyx.

Então pus a vela na mesa e peguei a taça de vinho com sangue. Virei-me para encarar Heath e Erik e a horda espectral.

– Aqui está seu sacrifício! – gritei, borrifando o líquido da taça em um arco mal-feito ao meu redor, fazendo um círculo cor de sangue no chão do mirante. – Vocês não foram chamados aqui para matar, e sim porque é *Samhain* e nós queremos lhes homenagear – borrifei mais vinho, tentando de tudo para ignorar o cheiro sedutor de sangue fresco misturado ao vinho.

Os fantasmas pararam de atacar. Concentrei-me neles, sem querer me distrair com o terror nos olhos de Heath e a dor nos olhos de Erik.

– Nós preferimos este sangue quente e jovem, Sacerdotisa – a voz assustadora ecoou em mim, causando-me calafrios pela pele. Juro que senti cheiro de carne podre em seu bafo.

Engoli em seco.

– Eu entendo, mas estas vidas não são suas. Esta noite é de celebração, não de morte.

– Mesmo assim, escolhemos a morte... ela nos é mais cara – a risada fantasmagórica flutuou pelo ar misturada à fumaça de erva-doce, e os espíritos começaram a se voltar para Heath novamente.

Joguei a taça para baixo e levantei as mãos.

– Então não estou mais pedindo, estou mandando. Vento, fogo, água, terra e espírito! Eu ordeno, em nome de Nyx, que fechem este círculo, trazendo de volta os mortos que deixaram escapar. Agora!

Senti um calor no corpo que saiu pelas minhas mãos abertas. Em meio ao vento salgado que queimava, uma névoa verde e brilhante moveu-se ruidosamente partindo de mim para descer a escada e envolver Heath e Erik, fazendo seus cabelos e roupas sacudirem loucamente.

O vento mágico pegou as formas de fumaça e as arrancou de suas vítimas, e com um rugido ensurdecedor, sugou os fantasmas de volta para dentro dos limites do meu círculo. De repente estava cercada por formas fantasmagóricas, das quais sentia pulsar o perigo e a fome com a mesma clareza que havia sentido antes o sangue de Heath. Aphrodite estava encolhida na cadeira, com medo dos fantasmas. Um deles roçou nela, que soltou um gritinho que pareceu agitá-los ainda mais, e eles me rodearam, pressionando-me violentamente.

– Zoey! – Stevie Rae gritou meu nome, a voz trêmula de medo. Eu a vi dar um passo hesitante em minha direção.

– Não! – Damien ralhou. – Não quebre o círculo. Eles não podem machucar Zoey, não podem machucar nenhum de nós. O círculo é forte demais. Mas só se não o quebrarmos.

– Não vamos a parte alguma – Shaunee gritou.

– Não. Eu gosto disso aqui – disse Erin, soando um pouco sem fôlego.

Senti sua lealdade, confiança e aceitação como se fosse um sexto elemento. Aquilo me encheu de segurança. Empinei a espinha e olhei para os fantasmas furiosos e serpeantes.

– Então nós não vamos embora. O que significa que vocês têm que ir – apontei para o sangue e vinho derramados. – Peguem seu sacrifício e vão embora daqui. Este é todo o sangue que vocês vão conseguir esta noite.

A horda de fumaça parou um pouco. Eu sabia que os tinha sob controle. Respirei fundo e terminei.

– Com o poder dos elementos, eu ordeno: Vão!

Subitamente, como se um gigante invisível lhes tivesse derrubado, eles se dissolveram no chão do mirante ensopado de vinho, de alguma forma absorvendo o líquido misturado a sangue e fazendo com que tudo desaparecesse com eles.

Eu respirei longamente, cheia de alívio. Automaticamente, virei-me para Damien.

– Obrigada, vento. Você pode ir – ele começou a soprar sua vela, mas nem precisava, pois uma pequena brisa brincalhona fez isso por ele. Damien sorriu para mim. E depois seus olhos ficaram arregalados e redondos.

– Zoey! Sua Marca!

– O quê? – levei a mão à testa. Estava latejando, como também meus ombros e meu pescoço (o que fazia sentido, pois eu sempre tenho dores no pescoço e nos ombros quando estou estressada demais), além do quê, meu corpo todo ainda estava zunindo com os efeitos das forças dos elementos, de modo que nem reparei na minha Marca.

O choque se transformou em felicidade.

– Termine de fechar o círculo. Depois você pode usar um dos vários espelhos de Erin para ver o que aconteceu.

Voltei-me para Shaunee e disse adeus ao fogo.

– Uau... impressionante – disse Shaunee, olhando fixo para mim.

– Ei, como você sabia que eu tinha mais de um espelho na bolsa? – Erin reclamou com Damien do outro lado do círculo quando me virei para ela e dispensei a água. Ela também arregalou os olhos ao olhar bem para mim. – Caramba! – ela disse.

– Erin, você não devia mesmo falar assim dentro do círculo sagrado. Todo mundo sabe que não é... – Stevie Rae começou a dizer com seu doce sotaque de Oklahoma quando eu me virei para me despedir da terra e suas palavras foram subitamente interrompidas quando ela arfou – Ah, meu Deus!

Eu suspirei. Inferno, o que era agora? Voltei à mesa e levantei a vela do espírito.

– Obrigada, espírito. Pode partir – eu disse.

– Por quê? – Aphrodite se levantou tão abruptamente que chegou a derrubar a cadeira. Como todo mundo, ela estava olhando fixo para mim com uma expressão ridiculamente chocada. – Por que você? Por que não eu?

– Aphrodite, do que você está falando?

– Ela está falando disso – Erin me passou uma caixa de pó de arroz que tirou de sua bolsa chique de couro que sempre carregava no ombro.

Eu abri e olhei. Primeiro não entendi o que estava vendo – era estranho demais, surpreendente demais. Então, ao meu lado, Stevie Rae murmurou – é linda...

E eu me dei conta que ela tinha razão. Era linda. Minha Marca fora complementada. Uma delicada tatuagem curvilínea em forma de renda e tom de safira emoldurava meus olhos. Não era uma tatuagem tão intrincada e grande quanto a de um *vamp* adulto, mas nunca se vira isso em novato nenhum. Passei os dedos pelo desenho enroscado, pensando que parecia algo que devia decorar o rosto de uma exótica princesa estrangeira... ou quem sabe o rosto de uma Grande Sacerdotisa da Deusa. E olhei fixo para aquele *eu* que não era realmente eu – aquela estranha que estava se tornando cada vez mais familiar para mim.

– E isto não é tudo, Zoey. Olhe em seu ombro – disse Damien suavemente.

Baixei os olhos para ver o decote profundo de meu lindo vestido e senti uma onda de choque passar pelo meu corpo. Meu ombro também estava tatuado. Expandindo-se a partir do meu pescoço, descendo pelo meu ombro e pelas costas. Haviam tatuagens cor de safira em um padrão curvilíneo bem parecido com o de meu rosto, só que as marcas azuis em meu corpo pareciam ainda mais antigas, ainda mais misteriosas, pois estavam entremeadas por símbolos que pareciam letras.

Minha boca se abriu, mas as palavras não saíram.

– Z., ele precisa de ajuda – Erik despertou-me do choque e olhei para trás e o vi tropeçando para dentro do mirante, carregando Heath, que estava inconsciente.

– Ele não importa. Deixe-o aqui – disse Aphrodite. – Alguém o encontrará de manhã. Precisamos sair daqui antes que os guardas acordem.

Eu me virei para ela.

– E você me pergunta por que eu e não você? Quem sabe por que Nyx esteja de saco cheio de você, sua egoísta, mimada, detestável... – parei, tão irritada que já não encontrava mais adjetivos.

– Nojenta! – Erin e Shaunee acrescentaram juntas.

– É, e uma nojenta folgada – dei um passo para mais perto dela e falei bem na sua cara. – Esta Transformação toda já é bastante difícil sem ter alguém como você. Se nós não quisermos ser seus – olhei para Damien e sorri – aduladores, você nos trata como se fôssemos intrusos, como se não fôssemos nada. Acabou, Aphrodite. O que você fez esta noite foi total e completamente errado. Você quase causou a morte de Heath. E talvez até de Erik e sabe-se lá quem mais, e tudo por causa do seu egoísmo.

– Não foi culpa minha seu namorado ter lhe seguido até aqui – ela gritou.

– Não, Heath não foi culpa sua, mas esta é a única coisa que não foi sua culpa esta noite. Foi por sua culpa que suas supostas amigas não ficaram do seu lado para manter o círculo forte. E foi por sua culpa que os espíritos negativos chegaram ao círculo, para começo de conversa – ela pareceu confusa, o que me irritou ainda mais. – Sálvia, sua maldita detestável! Você tem de usar sálvia para limpar a energia negativa antes de usar a erva-doce. E não é de surpreender que você tenha atraído espíritos tão horrorosos.

– É, porque você é horrorosa – completou Stevie Rae.

– Você não tem nada com isso, geladeira – Aphrodite escarneceu.

– Não! – eu pus o dedo na cara dela. – Essa droga de história de geladeira é a primeira coisa que está acabando.

– Ah, então agora você vai fingir que não morre de vontade de beber sangue, como o resto de nós?

Dei uma olhada para os meus amigos. Eles me olharam nos olhos sem hesitar. Damien sorriu, encorajando-me. Stevie Rae balançou a cabeça. As gêmeas piscaram os olhos. E eu me dei conta de que havia sido uma tola. Eles não me rejeitariam. Eles eram meus amigos; eu devia ter confiado mais neles, mesmo não tendo aprendido ainda a confiar em mim mesma.

– Um dia todos nós teremos sede de sangue – eu disse simplesmente –, do contrário, morreremos. Mas isso não nos torna monstros, e está na hora de as Filhas das Trevas pararem de bancar que são. Você está acabada, Aphrodite. Você não é mais líder das Filhas das Trevas.

– E suponho que você esteja se achando a líder agora?

Confirmei com a cabeça.

– E sou. Eu não vim para a Morada da Noite pedindo esses poderes. Eu só queria um lugar para me encaixar. Bem, acho que essa é a resposta de Nyx às minhas preces – sorri para meus amigos e eles me devolveram o sorriso. – Está na cara que a Deusa tem senso de humor.

– Sua retardada, você não pode simplesmente tomar o comando das Filhas das Trevas. Só uma Grande Sacerdotisa pode mudar a liderança.

– Então é muito conveniente que eu esteja aqui, não é? – interrompeu Neferet.

28

Neferet saiu das sombras e entrou no mirante, caminhando rapidamente em direção a Heath e Erik. Primeiro ela tocou o rosto de Erik e conferiu as sangrentas marcas de cortes em seus braços de quando ele tentou afastar os fantasmas de Heath. Quando ela passou a mão nos ferimentos, vi o sangue secar. Erik suspirou aliviado, como se sua dor tivesse desaparecido.

– Estes ferimentos vão curar. Vá à enfermaria quando voltarmos à escola e eu vou lhe dar uma pomada para diminuir a dor dos cortes – ela deu um tapinha de leve em sua bochecha e ele ficou bastante corado. – Você mostrou a bravura de um vampiro guerreiro ao ficar para proteger o garoto. Estou orgulhosa de você, Erik Night, e a Deusa também está.

Senti uma onda de prazer ao ouvir sua aprovação; eu também estava orgulhosa dele. Então ouvi murmúrios de concordância ao redor e percebi que as Filhas e Filhos da Noite haviam voltado e estavam enchendo os degraus do mirante. Por quanto tempo ficaram observando? Neferet voltou a atenção para Heath e eu me esqueci de todos. Ela levantou a perna rasgada da calça jeans e examinou as marcas de sangue lá e nos braços. Então ela emoldurou-lhe o rosto pálido e rígido com as mãos e fechou os olhos. Eu vi o corpo dele ficar ainda mais duro e se retorcer, e depois ele suspirou e, como Erik, relaxou.

Após um momento, ele pareceu que estava dormindo em paz e não lutando silenciosamente para não morrer. Ainda de joelhos ao lado dele, Neferet disse:

– Ele vai se recuperar, e não vai se lembrar de mais nada desta noite, a não ser que ficou bêbado e se perdeu tentando achar a ex-quase-namorada – ela olhou para mim ao terminar a frase com olhos gentis e cheios de compreensão.

– Obrigada – sussurrei.

Neferet balançou a cabeça de leve para mim e foi confrontar Aphrodite.

– Eu sou tão responsável pelo que aconteceu aqui hoje quanto você. Faz anos que eu conheço seu egoísmo, mas preferi fazer vista grossa, esperando que a idade e o toque da Deusa lhe fizessem amadurecer. Engano meu – a voz de Neferet ganhou a qualidade clara e poderosa de uma ordem. – Aphrodite, eu oficialmente a destituo de sua posição de líder das Filhas e Filhos das Trevas. Você não está mais treinando para ser Grande Sacerdotisa. Agora você não é mais diferente de nenhum novato – com um movimento ligeiro, Neferet esticou o braço e tirou do pescoço de Aphrodite o colar de prata e granada que pendia entre seus seios e que lhe conferia a posição.

Aphrodite não soltou um pio, mas seu rosto estava branco como cera enquanto ela olhava para Neferet sem piscar.

A Grande Sacerdotisa virou as costas para Aphrodite e se dirigiu a mim.

– Zoey Redbird, eu sabia que você era especial desde o dia em que Nyx me avisou que você seria Marcada – ela sorriu para mim e pôs o dedo debaixo do meu queixo, levantando minha cabeça para ver melhor o que havia sido acrescentado à Marca. Então ela afastou meus cabelos para o lado para ver as tatuagens que apareceram em meu pescoço, ombros e costas. Percebi o susto das Filhas e Filhos das Trevas ao verem minhas Marcas incomuns. – Extraordinário, realmente extraordinário – ela sussurrou, deixando a mão cair na lateral do corpo ao continuar a falar – esta noite você mostrou como a Deusa foi sábia em lhe conceder poderes especiais. Você fez por merecer a posição de Líder das Filhas e Filhos das Trevas e de Grande Sacerdotisa em treinamento através dos dons que a Deusa lhe concedeu, bem como por sua compaixão e sabedoria – ela me passou o colar de Aphrodite. Era pesado e quente. – Use este colar com mais sabedoria que sua antecessora – então ela fez um gesto realmente impressionante. Neferet, a Grande Sacerdotisa de Nyx, me saudou com o punho sobre o coração, a cabeça baixada formalmente, fazendo o sinal de respeito dos vampiros. Todos ao nosso redor fizeram o mesmo, menos Aphrodite. Lágrimas me borraram a visão quando meus quatro amigos sorriram para mim e se curvaram com os demais Filhos e Filhas das Trevas.

Mas mesmo em meio a uma felicidade tão perfeita eu senti a sombra da confusão. Como eu poderia ter duvidado que podia contar tudo a Neferet?

– Volte para a escola. Vou resolver o que precisar ser resolvido por aqui – Neferet me disse. Ela me abraçou rapidamente e murmurou em minha orelha: – Estou tão orgulhosa de você, Zoey Passarinha – então ela me deu um empurrãozinho em direção aos meus amigos – saúdem a nova Líder das Filhas e Filhos das Trevas!

Damien, Stevie Rae, Shaunee e Erin lideraram a torcida. E então todos me cercaram e pareceu que eu fui levada do mirante em uma onda exuberante de risadas e parabéns. Lembrei em silêncio que, poucos momentos antes, aquelas pessoas concordavam com tudo que Aphrodite dizia.

Com certeza levaria tempo para mudar as coisas.

Chegamos à ponte e eu lembrei àqueles que agora eram minha nova responsabilidade que tínhamos de voltar para a escola em silêncio total ao passar pelo bairro, e fiz um gesto para que tomassem a dianteira. Quando Stevie Rae, Damien e as gêmeas começaram a atravessar a ponte eu murmurei:

– Não, pessoal, caminhem comigo.

Sorrindo tanto que pareciam apatetados, os quatro então pararam ao meu lado. Eu me deparei com o olhar luminoso de Stevie Rae:

– Você não devia ter se oferecido para bancar a geladeira. Eu sei que você estava morrendo de medo – o sorriso de Stevie Rae desapareceu ao ouvir a repreensão em minha voz.

– Mas se eu não tivesse feito isso, não saberíamos onde seria o ritual, Zoey. Eu fiz isso para poder mandar um torpedo para Damien, para que então ele e as gêmeas pudessem nos encontrar aqui. Nós sabíamos que você precisaria de nós.

Eu levantei as mãos e ela parou de falar, mas ela pareceu prestes a chorar. Eu sorri gentilmente para ela.

– Você não me deixou terminar. Eu ia dizer que você não devia ter feito isso, mas fico feliz que tenha feito! – eu a abracei e sorri com lágrimas nos olhos para os outros três. – Obrigada... Fico feliz por vocês todos estarem lá.

– Ei, Z., amigos são para isso – acrescentou Damien.

– É – disse Shaunee.

– Exatamente – completou Erin.

E eles se fecharam ao meu redor em um enorme abraço grupal – e eu adorei totalmente.

– Ei, posso entrar nisso?

Levantei os olhos e vi Erik parado ali perto.

– Ora, claro, você deve – Damien disse, todo animado.

Stevie Rae se dissolveu em risadinhas e Shaunee suspirou e disse:

– Desista, Damien. Ele joga em outro time, lembra? – então Erin me empurrou do meio do grupo em direção a Erik – dê um abraço nele. Ele tentou salvar seu namorado esta noite – disse ela.

– Meu *ex*-namorado – corrigi rapidamente, caindo nos braços de Erik, mais do que devastada pela mistura do cheiro de sangue fresco que ainda estava nele e pelo fato de ele estar, ora, me abraçando. Então, para completar, Erik me beijou com tanta força que juro que pensei que minha cabeça fosse pular do pescoço.

– Ah, por favor, dá um tempo – ouvi Shaunee dizer.

– Vão arrumar um quarto para fazer isso! – Erin disse.

Damien riu quando saí dos braços de Erik, semiconsciente.

– Estou morta de fome – disse Stevie Rae. – Esse negócio de geladeira dá uma fome danada.

– Bem, vamos arrumar algo pra comer – eu disse.

Meus amigos começaram a atravessar a ponte e eu ouvi Shaunee discutindo com Damien se devíamos comer pizza ou sanduíches.

– Se importa se eu caminhar com você? – Erik perguntou.

– Que nada, já estou me acostumando – eu disse, sorrindo para ele.

Ele riu e caminhou pela ponte. Então ouvi um barulho, vinha da escuridão atrás de mim, um "miaaauuu" bem claro e irritado.

– Vão, eu já encontro vocês – disse a Erik e voltei para as sombras perto do gramado do museu. – Nala? Cuti-cuti-cuti... – chamei, e é claro que aquela bolinha de pelo saiu trotando de um arbusto e reclamando o tempo inteiro. – Ora, sua bobinha, por que você me seguiu até aqui se não gosta de caminhar tanto assim? Até parece que você já não passou por coisas demais – murmurei, mas antes que eu conseguisse voltar para a ponte, Aphrodite saiu das sombras e bloqueou meu caminho.

– Você pode ter vencido esta noite, mas não acabou – ela disse.

Ela realmente me cansava.

– Eu não estava tentando "vencer" nada. Só queria fazer a coisa certa.

– E você acha que fez? – seus olhos disparavam nervosamente de mim para o ponto das sombras de onde saíra, como se alguém a tivesse seguido. – Você não sabe realmente o que aconteceu hoje aqui. Você estava apenas sendo usada... estávamos todos sendo usados. Somos marionetes, é isso que somos – ela esfregou o rosto furiosamente e percebi que ela estava chorando.

– Aphrodite, as coisas não precisam ser assim entre nós – eu disse baixinho.

– Precisam! – ela rebateu – São os papéis que devemos desempenhar. Você vai ver... você vai ver... – Aphrodite começou a se afastar.

Um pensamento me veio inesperadamente à memória. Lembrei de Aphrodite durante a visão que ela teve. Como se estivesse acontecendo de novo, eu pude ouvi-la dizer "eles estão mortos! Não. Não. Não pode ser! Não está certo. Não! Não é natural! Eu não entendo... Eu não... você... você sabe." O grito de terror dela ecoou pavorosamente em minha mente. Pensei em Elizabeth... em Elliott... o fato de eles terem aparecido para mim. O que ela dissera fazia sentido demais.

– Aphrodite, espere! – ela olhou para trás. – A visão que você teve hoje na sala de Neferet, o que era aquilo?

Ela balançou a cabeça lentamente.

– Está só começando. Vai ficar bem pior – ela se virou e subitamente hesitou. Seu caminho estava bloqueado por cinco garotos: meus amigos.

– Tudo bem – eu disse a eles. – Deixem-na passar.

Shaunee e Erin abriram caminho. Aphrodite levantou a cabeça, jogou os cabelos para trás e passou por eles marchando como se fosse dona do mundo. Sentindo um nó no estômago, observei-a caminhar pela ponte. Aphrodite sabia de algo sobre Elizabeth e Elliott, e eu teria de descobrir o que era.

– Ei – disse Stevie Rae.

Olhei para minha colega de quarto e nova melhor amiga.

– Aconteça o que acontecer, estamos juntos nisso.

Senti o nó em meu estômago se desfazer.

– Vamos – eu disse.

Cercada pelos meus amigos, voltamos todos para casa.

Descubra o que irá acontecer em

Traída

o próximo livro da fascinante série
The House of Night

1

– Garota nova na área. Dá só uma olhada – Shaunee disse ao se sentar à mesa que sempre reivindicamos como nossa em todas as refeições escolares servidas no salão de jantar (tradução: lanchonete de escola de primeira classe).

– Tragédia total, gêmea, total – a voz de Erin fez eco à de Shaunee. Ela e Shaunee tinham uma espécie de vínculo psíquico que as fazia bizarramente semelhantes, razão pela qual foram apelidadas de "as gêmeas", apesar de Shaunee ser uma americana de origem jamaicana cor de café-com-leite oriunda de Connecticut e Erin ser uma loura de olhos azuis vinda de Oklahoma.

– Felizmente ela é companhcira dc quarto de Sarah Freebird – Damien apontou com a cabeça a garota baixinha de cabelos pretíssimos que estava mostrando a sala de jantar à novata de aparência perdida; com seu olhar incisivo e "fashionista" ele analisou as duas garotas e seus trajes – dos sapatos aos brincos – em uma só rápida olhadela. – Está na cara que seu senso de moda é melhor do que o de Sarah, apesar do estresse de ser Marcada e mudar de escola. Quem sabe ela não consegue ajudar Sarah a perder a propensão a escolher calçados feiosos.

– Damien – Shaunee disse –, você está outra vez enchendo meu...

– ...Saco com essa sua droga de vocabulário interminável – Erin completou a frase para ela.

Damien fungou, parecendo ofendido e superior e mais *gay* do que costumava parecer (apesar de ser totalmente *gay*).

– Se seu vocabulário não tivesse propensão tão abismal, você não teria de ficar carregando um dicionário para lá e para cá para poder me acompanhar.

As gêmeas olharam feio para ele e sugaram o ar para começar um novo ataque que, felizmente, foi interrompido por minha companheira de quarto. Com seu pesado sotaque de Oklahoma, Stevie Rae deu as definições como se estivesse dando dicas em uma competição de ortografia:

– Propensão: intensa preferência, geralmente inata. Abismal: absolutamente horrível. Pronto. Agora dá para pararem de brigar e se comportarem? Vocês sabem que está quase no horário de visita dos pais e não devíamos ficar agindo como retardados quando nossos velhos derem as caras.

– Ah, bobagem – eu disse. – Eu me esqueci totalmente do horário de visitas.

Damien resmungou e jogou a cabeça sobre a mesa, batendo com ela não tão delicadamente assim.

– Eu também me esqueci completamente – os quatro lançaram olhares solidários a ele. Para os pais de Damien não havia problema em ele ser Marcado, ou em sua mudança para a Morada da Noite ou no fato de ele estar começando a passar pela Transformação, mesmo correndo o risco de não sobreviver a ela. O problema para eles era ele ser *gay*.

Ao menos para os pais de Damien não havia problema em tudo que se referia a ele. Por sua vez, minha mãe e seu atual marido – meu "padrastotário" John Heffer – odiavam absolutamente tudo em mim.

– Meus velhos não vêm. Eles vieram mês passado. Este mês estão ocupados demais.

– Gêmea, provamos mais uma vez que somos gêmeas – Erin disse. – Meus velhos me mandaram um *e-mail*. Eles também não vêm, por causa de alguma viagem para o Alaska que eles resolveram fazer no Dia de Ação de Graças com minha tia Alane e meu tio Liar Lloyd. Sei lá – ela deu de ombros, aparentemente tão pouco incomodada quanto Shaunee pela ausência dos pais.

– Ei, Damien, quem sabe sua mãe e seu pai também deixam de vir – Stevie Rae disse com um breve sorriso.

Ele suspirou.

– Eles virão. É o mês em que faço aniversário. Eles vão trazer presentes.

– Não parece tão ruim assim – eu disse. – Você falou que anda precisando de um bloco novo.

– Eles não vão me dar um bloco novo – ele disse. – No ano passado eu pedi um cavalete. Eles me deram equipamento de *camping* e uma assinatura da *Sports Illustrated*.

– Eeeca! – Shaunee e Erin disseram juntas enquanto Stevie Rae e eu torcemos nossos narizes e fizemos ruídos de solidariedade.

Claramente querendo mudar de assunto, Damien virou-se para mim.

– Esta será a primeira visita de seus pais. O que você está esperando?

– Pesadelo – eu suspirei. – Pesadelo total, absoluto e completo.

– Zoey? Pensei em trazer minha nova companheira de quarto para apresentar a você. Diana, esta é Zoey Redbird, líder das Filhas das Trevas.

Feliz por não ter mais que falar sobre meus horrendos problemas de família, eu levantei os olhos sorrindo ao ouvir a voz nervosa e hesitante de Sarah.

– Nossa, é verdade mesmo! – a novata deixou escapar antes mesmo que eu pudesse dizer "oi". Como de costume, ela estava olhando para minha testa e corando como um tomate. – Quer dizer, ahn... desculpe. Não tive intenção de ser rude nem nada... – ela foi baixando a voz, aparentemente arrasada.

– Tudo bem. Sim, é verdade. Minha Marca está completa e aumentada – mantive meu sorriso no lugar, tentando fazer com que ela se sentisse melhor, apesar de realmente odiar me sentir a atração principal de um circo de horrores. Outra vez. Felizmente, Stevie Rae entrou na conversa antes que o olhar fixo de Diana e meu silêncio ficassem mais constrangedores.

– É, Z. arrumou essa tatuagem do rosto ao pescoço, toda entrelaçada em espiral, quando salvou o ex-namorado de uns fantasmas-vampiros pavorosos – Stevie Rae disse animadamente.

– Foi o que Sarah me contou – Diana disse, hesitante. – Mas soou tão inacreditável que eu, bem...

– Você não acreditou? – Damien disse, ajudando.

– É. Desculpe – ela repetiu, mexendo os dedos de modo inquieto.

– Ei, não se preocupe com isso – eu forcei um sorriso bastante autêntico. – Às vezes eu mesma acho tudo aquilo bem bizarro, e eu estava lá.

– E botando para quebrar – Stevie Rae disse.

Eu lancei-lhe meu olhar "você-não-está-me-ajudando-em-nada", o qual ela ignorou. Sim, um dia eu podia virar a Grande Sacerdotisa dos meus amigos, mas não seria exatamente a chefe.

– Obrigada – ela disse com genuína simpatia.

– Bem, é melhor irmos agora para que eu possa mostrar a Diana onde será sua quinta aula do dia – Sarah disse, e então me constrangeu completamente ao ficar toda séria e formal e me saudar antes de sair com o tradicional sinal vampírico de respeito: punho fechado sobre o coração e cabeça inclinada para frente.

– Eu odeio demais quando fazem isso – eu murmurei, beliscando minha salada.

– Eu acho legal – Stevie Rae disse.

– Você merece que lhe demonstrem respeito – Damien disse com sua voz professoral. – Você é a única terceira-formanda que conseguiu virar líder das Filhas das Trevas e a única novata ou vampira da história que demonstrou afinidade pelos cinco elementos.

– Encare os fatos, Z. – Shaunee disse enquanto abocanhava salada e gesticulava com o garfo.

– Você é especial – Erin completou para ela (como de costume).

Uma terceira-formanda é como na Morada da Noite chamam os calouros. Portanto um quarto-formando é um aluno do segundo ano etc. E, sim, eu sou a única terceira-formanda a se tornar líder das Filhas das Trevas. Que sorte a minha.

– Falando nas Filhas das Trevas – Shaunee disse. – Você já decidiu quais serão os novos requisitos para se tornar membro do grupo?

Contive a vontade de berrar "não, droga, ainda não acredito que sou responsável por este troço!" e apenas fiz que não com a cabeça e concluí – no que esperava ser um golpe de mestre – pressionar-lhes um pouco.

– Não, eu não sei quais serão os novos requisitos. Na verdade, eu estava esperando que vocês me ajudassem. E então, têm alguma ideia?

Como eu suspeitei, todos os quatro ficaram quietos. Eu abri a boca para agradecer-lhes por seu silêncio, mas a voz imponente de nossa Grande Sacerdotisa soou pelo interfone da escola. Por um segundo eu fiquei feliz pela interrupção, até que me dei conta do que ela estava dizendo e meu estômago começou a dar um nó.

– Alunos e professores, por favor, dirijam-se à recepção. Está na hora da visita mensal dos pais.

Ora, que inferno.

– Stevie Rae! Stevie Rae! Ai meu Deus, que saudade de você!

– Mamãe! – Stevie Rae gritou e correu para os braços de uma mulher muito parecida com ela, só que vinte quilos mais gorda e vinte e tantos anos mais velha.

Damien e eu ficamos sem graça, parados na recepção, o que estava começando a atrair olhares constrangidos dos pais humanos, mais alguns irmãos humanos e um bando de alunos novatos, além de vários professores vampiros.

– Bem, lá vêm meus pais – Damien disse com um suspiro. – Melhor terminar logo com isso. Até mais.

– Até mais – eu murmurei e observei enquanto ele se aproximava de dois sujeitos completamente comuns que traziam um presente embrulhado. Sua mãe lhe deu um breve abraço e o pai apertou-lhe a mão com exuberante masculinidade. Damien parecia pálido e estressado.

Eu abri caminho em direção à longa mesa forrada com uma toalha de linho e que se estendia por uma parede inteira. Estava cheia de queijos caros e pratos de carne, sobremesas, café, chá e vinho. Fazia um mês que eu estava na Morada da Noite e, para mim, ainda era um pouquinho chocante ver o vinho ser servido tão prontamente. Parte da razão para tal era simples: a escola era modelada de acordo com as Moradas da Noite europeias. Ao que parece, na Europa o vinho é como o chá ou Coca-cola aqui, ou seja, nada demais. A outra parte é um fato genético: vampiros não ficam bêbados – os novatos mal conseguiam ficar altos (ao menos com álcool; sangue, infelizmente, era outra história). Então aqui o vinho literalmente não era nada demais, apesar de que eu achava que seria interessante conferir como os pais de Oklahoma reagiram ao ver bebida alcoólica sendo servida na escola.

– Mamãe! Você precisa conhecer minha nova colega de quarto. Lembra que falei sobre ela? Esta é Zoey Redbird. Zoey, esta é minha mãe.

– Olá, senhora Johnson. Que bom conhecê-la – eu disse educadamente.

– Ah, Zoey! É bom demais conhecê-la! E, ai meu Deus! Sua Marca é linda mesmo como Stevie Rae disse – ela me surpreendeu com um suave abraço maternal e sussurrou: – Fico feliz de você tomar conta de minha Stevie Rae. Fico preocupada com ela.

Eu acariciei-lhe as costas e sussurrei:

– Não é nada, senhora Johnson. Stevie Rae é minha melhor amiga – e apesar de ser totalmente irreal, eu subitamente desejei que minha mãe me abraçasse e se preocupasse comigo como a senhora Johnson se preocupava com a filha.

– Mamãe, a senhora trouxe biscoitos de chocolate para mim? – Stevie Rae perguntou.

– Sim, meu bem, trouxe, mas só agora me dei conta que esqueci no carro – a mãe de Stevie Rae falava com o mesmo sotaque cantado de Oklahoma que a filha tinha. – Por que você não vai lá fora comigo e me ajuda a trazê-los? Trouxe um pouquinho a mais para seus amigos desta vez – ela deu um sorriso amável para mim. – Você é mais do que bem-vinda se quiser vir conosco, Zoey.

– Zoey.

Eu ouvi minha voz sair como um eco gelado da calorosa simpatia da senhora Johnson e olhei por sobre o ombro dela e vi que minha mãe e John estavam na recepção e vinham em minha direção. Por que diabos ela não podia ter vindo sozinha e deixar que a coisa fosse apenas entre eu e ela para variar um pouco? Mas eu sabia a resposta para isso. Ele jamais permitiria. E o fato de ele não permitir significava que ela não o faria. Ponto final. Fim de papo. Desde que se casou com John Heffer minha mãe parou de se preocupar com dinheiro. Ela morava em uma casa gigantesca em um subúrbio tranquilo. Era voluntária da Associação de Pais e Professores. Ela era bastante ativa na igreja. Mas durante os últimos três anos de seu casamento "perfeito" ela se perdeu completamente.

– Desculpe, senhora Johnson. Preciso ver meus pais agora, é melhor que eu vá.

– Ah, meu bem, eu adoraria conhecer sua mãe e seu pai – e assim, como se estivéssemos em qualquer escola secundária normal, a senhora Johnson virou-se, sorridente, para conhecer meus pais.

Stevie Rae olhou para mim e eu olhei para ela. Desculpe, eu murmurei sem som para ela. Tipo, eu não tinha certeza absoluta se algo de ruim poderia acontecer, mas ao ver meu "padrastotário" se aproximando de nós como se fosse algum general cheio de testosterona liderando uma marcha de morte, eu percebi que a tendência era uma cena de pesadelo daquelas.

Então meu coração subiu de volta do estômago e tudo ficou subitamente muito, muito melhor quando a pessoa que eu mais adoro no mundo deu a volta em John e abriu os braços para mim.

– Vovó!

Ela me envolveu em seus braços e com o doce cheiro de lavanda que sempre a acompanhava, como se ela estivesse carregando um galho de lavanda para toda parte que ia.

– Ah, Passarinha! – ela me abraçou forte. – Que saudade de você, *u-we-tsi a-ge-hu-tsa*.

Eu sorri entre lágrimas, adorando ouvir o som familiar da palavra "filha" em *Cherokee* – que para mim representava segurança, amor e aceitação incondicional. Coisas que eu não sentira em minha casa nos últimos três anos; coisas que, antes de vir para a Morada da Noite, só encontrava na fazenda de minha avó.

– Também senti saudades de você, vovó. Estou tão feliz que tenha vindo!

– A senhora deve ser a avó de Zoey – a senhora Johnson disse quando nos soltamos dos braços uma da outra. – É muito bom conhecê-la. A sua garota é admirável.

Vovó sorriu calorosamente e começou a responder, mas John interrompeu, como sempre com aquela sua voz de "eu-sou-tão-superior".

– Bem, na verdade a senhora estaria elogiando *nossa* garota admirável.

Minha mãe, a perfeita esposa submissa, finalmente falou.

– Sim, somos pais de Zoey. Eu sou Linda Heffer. Este é meu marido, John, e minha mãe, Sylvia Red... – então, no meio de suas apresentações tão educadas, ela se deu ao trabalho de olhar para mim e sua voz pareceu estrangulada. Eu fiz meu rosto sorrir, mas o senti quente e duro, como se eu tivesse aplicado gesso nele e sentado sob o sol de verão e ele fosse se quebrar em pedacinhos se eu não tivesse cuidado.

– Oi, mãe.

– Pelo amor de Deus, o que você fez àquela Marca? – Minha mãe disse a palavra Marca como se falasse uma palavra como "câncer" ou "pedófilo".

– Ela salvou a vida de um jovem e estabeleceu conexão com seu dom, concedido pela Deusa, de afinidade com os elementos. Em retorno a deusa Nyx a tocou com várias Marcas incomuns para uma novata – Neferet disse com sua voz melodiosa enquanto adentrava nosso embaraçoso grupinho de mão estendida para meu "padrastotário". Neferet era como a maioria dos vampiros adultos, de uma perfeição estonteante. Ela era alta, tinha longas ondas de cabelos castanho-avermelhados escuros e brilhantes e olhos amendoados de um tom incomum de verde musgo. Ela se movimentava com uma graça e uma segurança que eram claramente não-humanas, e sua pele era tão espetacular que parecia que haviam acendido uma luz dentro dela. Hoje ela estava usando um elegante conjunto azul-real com brincos de prata em espiral (representando o caminho da Deusa; não que a maioria dos pais soubesse disso). Na blusa havia uma imagem prateada da Deusa com as mãos para cima sobre o peito esquerdo, como todas as professoras. Seu sorriso era deslumbrante. – Senhor Heffer, eu sou Neferet, Grande Sacerdotisa da Morada da Noite, apesar de que deve ser mais fácil se o senhor me encarar como encararia qualquer professora do ensino médio. Obrigada por vir à noite de visitas para pais.

Pude notar que ele pegou a mão dela automaticamente. Eu tinha certeza que ele teria recusado se ela não o tivesse pegado de surpresa. Ele apertou a mão dela rapidamente e virou-se para minha mãe.

– Senhora Heffer, é um prazer conhecer a mãe de Zoey. Estamos muito felizes por ela ter entrado para a Morada da Noite.

– Bem, ahn, obrigada! – minha mãe disse, claramente desarmada pelo charme e beleza de Neferet.

Quando Neferet cumprimentou minha avó, deu um sorriso mais largo e foi além da mera educação. Percebi que elas deram um aperto de mão à moda vampírica tradicional, uma segurando o pulso da outra.

– Sylvia Redbird, é sempre um prazer vê-la.

– Neferet, meu coração também se alegra em vê-la, e obrigada por honrar seu juramento de cuidar de minha neta.

– É um juramento fácil de cumprir. Zoey é uma menina muito especial – agora o sorriso de Neferet me incluiu em sua ternura. Então ela se voltou para Stevie Rae e sua mãe: – E esta é a companheira de quarto de Zoey, Stevie Rae Johnson, e sua mãe. Ouvi falar que as duas são praticamente inseparáveis e que até a gata de Zoey é chegada a Stevie Rae.

– É verdade, sim. Ela até sentou no meu colo quando estávamos assistindo tevê ontem à noite – Stevie Rae disse, dando risada. – E Nala não gosta de ninguém, só de Zoey.

– Gata? Não me lembro de ninguém ter dado permissão a Zoey de arrumar uma gata – John disse, me deixando com vontade de vomitar. Como se alguém, com exceção de vovó, tivesse se dado ao trabalho de falar comigo por um mês inteiro!

– O senhor não entendeu, senhor Heffer; na Morada da Noite os gatos vivem soltos. Eles escolhem os próprios donos, e não o contrário, como é comum. Zoey não precisava de permissão quando Nala a escolheu – Neferet disse tranquilamente. John bufou, e para meu alívio percebi que todo mundo ignorou. Cara, que babaca ele é.

– Posso lhes oferecer um lanche? – Neferet mostrou a mesa com um gesto gracioso.

– Céus! Isto me faz lembrar os biscoitos que deixei no carro. Stevie Rae e eu estávamos indo pegá-los. Foi muito bom conhecer a todos – Stevie Rae e sua mãe me deram um rápido abraço, acenaram para os demais e escaparam, deixando-me lá, apesar de eu desejar estar em qualquer outro lugar.

Fiquei perto de minha avó, entrelaçando os dedos aos dela enquanto caminhávamos em direção à mesa de lanches, pensando em como seria muito mais fácil se só ela tivesse vindo me visitar. Dei uma olhada para minha mãe. Parecia que uma careta fora pintada em seu rosto. Ela estava olhando para os outros garotos e garotas ao redor e mal olhava em minha direção. Por que vir? Eu quis gritar para ela. Por que demonstrar que se importa comigo, que sente minha falta, e depois deixar claro que não?

– Vinho, Sylvia? Senhor e senhora Heffer? – Neferet ofereceu.

– Sim, obrigada, tinto, por favor – vovó disse.

Os lábios tensos de John evidenciaram seu descontentamento.

– Não. Nós não bebemos.

Fiz um esforço sobre-humano para não revirar os olhos. Desde quando ele não bebia? Eu seria capaz de apostar os cinquenta dólares que me restavam na poupança que ele tinha meia dúzia de cervejas na geladeira agora mesmo. E minha mãe costumava beber vinho tinto como minha avó. Cheguei a ver que ela lançou um olhar de despeito para minha avó quando ela provou do saboroso vinho que Neferet lhe servira. Mas não, eles não bebiam. Ao menos não em público. Hipócritas.

– Então, como estava dizendo, o desenvolvimento da Marca de Zoey foi por ela ter feito algo especial? – vovó apertou minha mão. – Ela me disse que foi feita líder das Filhas das Trevas, mas não me disse exatamente como foi que aconteceu.

Eu senti que fiquei tensa outra vez. Eu realmente não queria lidar com a cena que viria se minha mãe e John descobrissem que o que acontecera de verdade fora que a ex-líder das Filhas das Trevas havia projetado um círculo na noite de Halloween (conhecida na Morada da Noite como *Samhain*, a noite em que o véu entre o nosso mundo e o mundo dos espíritos fica mais tênue), conjurado uns espíritos vampíricos bem pavorosos e depois perdeu o controle deles quando Heath, meu ex-namorado humano, deu de cara com a cena quando estava à minha procura. De modo que eu não queria jamais mencionar o que só umas poucas pessoas sabiam – que Heath estava à minha procura porque eu provei de seu sangue e ele estava ficando cada vez mais obcecado por mim, o que acontece facilmente quando humanos se envolvem com *vamps* – mesmo sendo *vamps* novatos, aliás. Então Aphrodite, que era então líder das Filhas das Trevas, perdeu totalmente o controle dos fantasmas e eles iam devorar Heath. Literalmente. Pior ainda; eles estavam agindo como se quisessem dar umas mordidas no resto de nós, também, incluindo o ultragostoso Erik Night, o jovem *vamp* que tenho a felicidade de dizer que não é meu ex-namorado, mas com quem venho ficando de um mês para cá, de modo que ele é meu quase-namorado. Enfim, eu tinha de fazer alguma coisa, então, com a ajuda de Stevie Rae, Damien e as gêmeas, eu projetei meu próprio círculo, conectando-me ao poder dos cinco elementos: ar, fogo, água, terra e espírito. Valendo-me de minha afinidade com os elementos, eu consegui banir os fantasmas de volta para o lugar onde viviam, fosse lá qual fosse (ou será que eles "desviviam"?). Quando eles foram embora eu estava com essas tatuagens novas, uma delicada coleção de espirais em forma de renda cor de safira me emoldurando o rosto – algo que nunca se ouviu falar de acontecer com uma novata – e combinando com Marcas entremeadas com os símbolos totalmente lindos em meu ombro, que pareciam runas, o que vampiro novato nenhum jamais teve. Então, Aphrodite foi exposta como a péssima líder que era, o que levou Neferet a exonerá-la do cargo e me colocar em seu lugar. Consequentemente, também estou treinando para ser a Grande Sacerdotisa de Nyx, a Deusa vampira que é a personificação da Noite.

Nada disto soaria muito bem para minha mãe e John, que eram ultrarreligiosos e ultracríticos.

– Bem, houve um pequeno acidente. Zoey pensou rápido e teve a bravura de não deixar que ninguém saísse ferido, e ao mesmo tempo ela se conectou com uma afinidade especial que lhe foi concedida de canalizar a energia dos cinco elementos – Neferet sorriu orgulhosamente e eu senti uma onda de felicidade por ter sua aprovação. – A tatuagem é simplesmente um sinal externo do favorecimento da Deusa.

– O que a senhora está dizendo é blasfêmia – John falou com uma voz tensa e forçada, mas que ao mesmo tempo conseguia soar cheia de condescendência. – A senhora está colocando a alma imortal dela em perigo.

Neferet voltou seus olhos cor de musgo para ele. Não parecia estar com raiva. Na verdade, parecia estar se divertindo.

– O senhor deve ser um dos Veteranos do Povo de Fé.

Ele inflou o peito de pombo.

– Bem, sim, sou, sim.

– Então vamos chegar logo a um entendimento, senhor Heffer. Eu não pensaria em entrar em sua casa, ou em sua igreja, para depreciar suas crenças, apesar de eu discordar profundamente delas. Mas também eu não espero que o senhor tenha as mesmas crenças que eu. Na verdade, eu jamais pensaria em sequer tentar lhe atrair para minhas crenças, apesar de ter um profundo e permanente compromisso para com minha Deusa. De modo que apenas insisto que o senhor me retribua com a mesma cortesia que já lhe outorguei. Quando estiver em minha casa, respeite minhas crenças.

Os olhos de John se transformaram em pequenas lâminas afiadas e percebi que ele trincou o maxilar e o soltou.

– Seu modo de vida é pecaminoso e errado – ele disse incisivamente.

– Isto de acordo com um homem que admite adorar um Deus que vilifica o prazer, relega as mulheres ao papel de meras serventes e procriadoras, apesar de elas serem a espinha dorsal de sua igreja, e que busca controlar seus fiéis através de culpa e medo – Neferet riu baixinho, mas o som não transmitia graça nenhuma e o aviso implícito em sua voz me arrepiou os pelos dos antebraços. – Cuidado com a maneira com que julga os outros; talvez o senhor devesse primeiro limpar a própria casa.

John ficou com o rosto vermelho, sugou o ar e abriu a boca para falar o que eu sabia que seria um sermão daqueles sobre como suas crenças eram corretas e como todas as demais eram erradas, mas antes que ele pudesse responder, Neferet o interrompeu. Ela não levantou a voz, mas soou subitamente cheia do poder de uma Grande Sacerdotisa e eu tremi de medo, apesar de sua ira não estar se voltando contra mim.

– O senhor tem duas escolhas. Pode visitar a Morada da Noite como convidado, o que significa que irá respeitar nosso modo de ser e guardar seu descontentamento e suas críticas para si mesmo. Ou então pode ir embora e não retornar. Nunca mais. Decida agora – eu senti as últimas duas palavras na pele e tive de me esforçar para não me encolher de medo. Percebi que minha mãe estava olhando para Neferet com olhos arregalados e vidrados e com o rosto branco como leite. O rosto de John ficou da cor oposta. Seus olhos estavam apertados e as bochechas coradas de um tom de vermelho nada agradável.

– Linda – ele disse entre dentes. – Vamos embora – então ele olhou para mim com tanto nojo e ódio que eu literalmente recuei. Tipo, eu sabia que ele não gostava de mim, mas até aquele momento eu não sabia até que ponto. – Este lugar é o que você merece. Sua mãe e eu não vamos mais voltar. Você está sozinha agora – ele deu meia-volta e começou a andar em direção à porta. Minha mãe hesitou, e por um segundo eu achei que ela fosse dizer algo de bom, como talvez pedir desculpas por ele, ou que estava com saudades de mim, ou que eu não me preocupasse porque ela voltaria a despeito do que ele dissesse.

– Zoey, não acredito no que você foi se meter desta vez – ela balançou a cabeça e, como sempre, seguiu John e saiu do recinto.

– Ah, meu bem, eu sinto muito – vovó estava lá, instantaneamente me abraçando e me confortando com sua voz sussurrante. – Eu voltarei, minha Passarinha. E estou muito orgulhosa de você! – ela me segurou pelos ombros e sorriu entre lágrimas. – Nossos ancestrais *cherokees* também estão orgulhosos de você, posso sentir isso. Você foi tocada pela Deusa e tem a lealdade dos bons amigos – ela olhou para Neferet rapidamente e disse – e sábios professores. Um dia você deve até aprender a perdoar sua mãe. Até este dia chegar, lembre-se que você é minha filha do coração, *u-we-tsi a-ge-hu-tsa* – ela me beijou. – Também tenho de ir. Vim dirigindo seu carrinho e vou deixá-lo aqui, de modo que preciso pegar carona com eles para voltar. – Ela me deu as chaves de meu fusca vintage. – Mas lembre-se sempre que eu amo você, Zoey Passarinha.

– Eu também te amo, vó – eu disse, e retribuí o beijo, abraçando-a com força e respirando fundo como se eu pudesse prendê-la em meus pulmões e exalá-la lentamente ao sentir saudade ao longo do mês seguinte.

– Tchau, meu bem. Quando puder, me ligue – ela me beijou outra vez e então partiu.

Eu a observei ir embora e não me dei conta que estava chorando até sentir as lágrimas pingarem no meu pescoço. Eu havia até esquecido que Neferet ainda estava ao meu lado, de modo que me surpreendi um pouquinho quando ela me passou um lenço.

– Sinto muito por isto, Zoey – ela disse calmamente.

– Pois eu, não – assoei o nariz e sequei o rosto antes de olhar para ela. – Obrigada por enfrentá-lo.

– Não foi minha intenção mandar sua mãe embora também.

– Você não mandou. Ela optou por acompanhá-lo. É o que ela vem fazendo há três anos – senti o calor das lágrimas que ameaçavam surgir e falei rápido, afastando-as. – Ela era diferente. Sei que é idiotice, mas eu ainda fico esperando que ela volte a ser o que era antes. Mas nunca acontece. É como se ele tivesse matado minha mãe e colocado uma estranha em seu corpo.

Neferet envolveu-me com seu braço.

– Gostei do que sua avó disse, que um dia talvez você consiga perdoar sua mãe.

Olhei pela porta através da qual passaram os três.

– Este dia está muito longe.

Neferet apertou meu ombro de modo solidário. Levantei os olhos para ela, muito feliz por ela estar comigo, e desejei – pela zilionésima vez – que ela fosse minha mãe. Então me lembrei do que ela me dissera quase um mês atrás, que sua mãe morrera quando ela era bem pequena e que seu pai abusava dela tanto física quanto mentalmente, até que ela foi salva ao ser Marcada.

– Você chegou a perdoar seu pai? – eu perguntei, hesitante.

Neferet baixou os olhos para mim e piscou várias vezes, como se estivesse lentamente voltando a uma memória que a levara para muito, muito longe. – Não. Jamais o perdoei, mas agora, quando penso nele, é como se me lembrasse de alguma vida passada. As coisas que ele fez comigo, ele as fez quando eu era uma criança humana, não uma vampira e Grande Sacerdotisa. E como Grande Sacerdotisa e vampira, ele, como a maioria dos humanos, não representa nada.

Suas palavras soaram fortes e decididas, mas ao olhar no fundo de seus lindos olhos verdes eu percebi uma partícula de algo antigo e doloroso e que certamente não fora esquecido, e me perguntei até que ponto ela estava sendo honesta consigo mesma...